KB080042

하와이 패밀리

지은이	손창우
초판 1쇄 인쇄	2018년 5월 8일
초판 1쇄 발행	2018년 5월 18일

발행처	이야기나무
발행인/편집인	김상아
기획/편집	김정예, 박선정
홍보/마케팅	한소라, 김영란
디자인	뉴타입 이미지웍스
인쇄	중앙 P&L
등록번호	제25100-2011-304호
등록일자	2011년 10월 20일
주소	서울시 마포구 양화로 10길 50 마이빌딩 2층
전화	02.3142.0588
팩스	02.334.1588
이메일	book@bombaram.net
홈페이지	www.yiyaginamu.net
페이스북	www.facebook.com/yiyaginamu
블로그	blog.naver.com/yiyaginamu
인스타그램	@yiyaginamu_
YellowID	@이야기나무

ISBN 979-11-85860-44-2

값 16,000원

이 도서의 국립중앙도서관 출판예정도서목록(CIP)은 서지정보유통지원시스템 홈페이지(http://seoji.nl.go.kr)와 국가자료공동목록시스템(http://www.nl.go.kr/kolisnet)에서 이용하실 수 있습니다.(CIP제어번호: CIP2018013855)

HAWAII FAMILY

하와이 패밀리

354일 아끼고 11일은 하와이로!

딱 평균이지만 뭔가 더 기다리고 있을 인생을 기대하며

나를 설명하는 것은 쉽다. 모범생이었던 학창 시절, 촌놈의 서울 생활, 경영학과 졸업생의 직장 생활 등을 생각할 때 떠오르는 평균적인 모습이 있다면 그 평균의 오차범위 내에서 살아가고 있다. 앞으로도 남들이 보기에 정규분포의 정중앙에서 예측 가능한 삶을 살아갈 듯하다. 그래도 내 가슴은 언제나 평균에서 벗어날 때 뛰었다. 일상을 흔들지 않는 범위 내에서 가슴이 뛰는 일을 계속 찾아 나섰다. 한 해 동안 영화를 200편 본 적이 있다. 그때 세상에서 가장 슬픈 영화를 만들어야 한다면 아이들이 커 가는 모습을 담으면 된다고 생각했다. 이미 그런 영화도 있었다. 무려 12년간, 1년에 한 번씩 배우와 스태프가 동창회 하듯 만나서 아이가 성장하는 모습을 담은 〈보이후드〉라는 영화였다. 160분짜리 영화가 끝날 때 극 중에서 엄마가 했던 말 한마디는 울림이 컸다. 아이들을 키우면서 치열하게 살았고 뭔가 더 있을 줄 알았는데 아무것도 남는 것이 없다며 내뱉은 말.

"I just thought there would be more."

그동안 봤던 영화를 통틀어 가장 슬픈 대사였다. 우리 아이들도 너무 빨리 자란다. 아등바등 현재를 희생하며 살다 보면 언젠가 훌쩍 큰 아이들을 보며 나도 똑같은 대사를 하게 되지 않을까. 아직 아이들이 어릴 때의 모습을 온전히 담고 싶었다. 그래서 무리를 해서라도 더 많이 여행을 다니기로 했다. 지난 2년간 집요하게 하와이만 11일씩 세 번 여행했다. 하와이라는 이름으로 묶기에는 오아후와 마우이, 빅아일랜드는 풍경과 느낌이 너무나 달랐다. 여행지에서 모두가 잠에 들면 난 몰래 글을 쓰기 시작했다. 여행 후 가족들에게 서프라이즈 선물로 주기 위해서였다. 그렇게 이 책이 탄생했다.

빡빡한 일정에도 잘 따라온 두 딸과 언제나 든든한 버팀목인 부모님과 가족들. 부족한 글이지만 빈말이라도 재미있다고 응원해 준 친구들.

마지막으로 내 인생 최고의 동반자, 지영이에게 이 책을 바친다.

패밀리 소개

아빠 창우 "장래희망은 재미있는 사람"

/생년월일/ 1977년 2월 **/성격/** 생각하는 것보다는 행동하는 걸 잘하고 남과는 다른 방식을 찾으려 노력한다. 즐거울 시간도 부족한 세상, 부정적인 생각은 하지 않는다. 10년 후에도 꼰대, 양아치가 되지 않을 자신이 있으며 장래희망은 재미있는 사람이다. **/입맛/** 좋아하는 음식은 모두 몸에 좋지 않다. 최고 수준의 초딩 입맛. 술은 즐기지 않고 치킨과 삼겹살에도 콜라를 마신다. **/체력/** 18년째 복싱을 하고 있지만 체력은 상당히 저질이다. **/전문 분야/** 경영학을 전공하고 대기업 마케팅 팀에서 사회 생활을 시작해 외국계 회사를 거쳐 투자 업계에서 8년째 몸담고 있다. 이번 커리어에서 정점을 찍은 후에는 어떤 선택을 하게 될지 나도 궁금하다. **/강점/** 일상 속에서 소소한 재미를 찾아서 글로 쓰는 걸 좋아한다. **/약점/** 서울말을 제대로 배우지 못했지만 내가 쓰는 말이 곧 서울말이라고 여기며 산다. **/기타/** 화를 내지 않는다. 내가 화를 내도 아무도 안 무서워 할 듯.

엄마 지영 "지를 때는 확실하게!"

/생년월일/ 1979년 3월 **/성격/** 온화하고, 겸소하고, 모나지 않았다. 모든 사람이 좋아할만한 성격이다. 생각이 많지만 11년 전, 남편을 고를 때처럼 지를 때는 확실하게 지른다. **/입맛/** 하루 세끼 까르보나라를 먹을 것 같지만 따뜻한 밥과 국을 좋아하는 토속적인 입맛. **/체력/** 8년째 운동을 전혀 하지 않지만 그것치고는 체력이 좋다. **/전문 분야/** 여러 업종을 넘나드는 남편과 달리 광고 기획사를 거쳐 현재 글로벌 회사까지 15년째 한 우물만 파고 있는 PR 전문가다. **/강점/** 어린 시절 독일과 룩셈부르크를 오가며 살아서 영어와 독어가 능숙하며 글로벌 소양을 갖췄다. 물론 서울말도 잘한다. **/약점/** 벌레를 무서워한다. 볼펜똥만한 벌레가 나와도 남편을 애타게 찾는다. **/기타/** 온화한 그녀도 배고플 땐 날카로워진다.

첫째 지우 "친절한 언니는 딱 2시간만"

/생년월일/ 2008년 6월생 **/성격/** 눈을 뜨면 세상이 아름다운 11세 소녀다. 대가족 생활이 익숙해 속이 깊고 동생과도 잘 놀아 준다. **/입맛/** 아빠의 초딩 입맛을 닮았다. 아직 초딩이니 지극히 정상이라 하겠다. 식탐이 없고 먹는 양도 적어서 11년째 밥 먹이는 게 일이다. **/체력/** 태권도는 1품, 수영도 1년을 했지만 기본적인 체력이 약한 편이다. **/전문 분야/** 줄넘기, 달리기, 퍼즐을 잘한다. 또 잘못했을 때는 사과도 잘한다. **/강점/** 스포츠로 세계를 호령했던 할아버지의 피를 이어받아 운동 신경이 좋다. **/약점/** 차를 오래 타는 걸 싫어한다. 나이답지 않게 돈 걱정을 많이 해서 아빠, 엄마가 돈 쓰는 꼴을 못 본다. **/기타/** 동생과 잘 놀지만 2시간이 최대다.

둘째 지아 "애교탑재, 눈치만점!"

/생년월일/ 2013년 2월 **/성격/** 애교를 탑재하고 태어나 가족들의 관심과 사랑을 독차지하고 싶어 한다. 눈치가 빨라 때로는 아기처럼 때로는 언니처럼 변신한다. **/입맛/** 토속적인 엄마 입맛을 닮았다. 밥과 미역국만 있으면 연속 30끼도 가능하다. **/체력/** 운동량이 적은 편이라 좋지 않지만 입 체력만큼은 국가대표다. **/전문 분야/** 말하기. 아침에 눈을 떴을 때부터 잠들기 전까지 쉴 새 없이 재잘거린다. **/강점/** 혼자서도 잘 논다. 혼자 놀 때도 끊임없이 재잘거린다. **/약점/** 잠을 잘 때 혼자인 걸 견디질 못한다. 우는 모습이 너무 귀여워서 뒤돌아 웃게 된다. 중요한 순간마다 "엄마 쉬." 로 흐름을 끊는다. **/기타/** 할아버지, 할머니를 제외하고는 모두 친구라고 생각한다.

목차

FIRST HAWAII TOUR
O'ahu
첫 번째 하와이
/오아후/
/ 2016.01.28 ~ 02.07 /

Chapter.02 / MAUI

마우이, 두 번째 하와이

Chapter.03 / BIG ISLAND

빅아일랜드, 세 번째 하와이

O'A

» FIRST HAWAII TOUR «

O'ahu

첫 번째 하와이

/오아후/

/ 2016.01.28 ~ 02.07 /

HU

부곡 하와이가 아닌 진짜 하와이로!

5개월 전, 베트남 다낭으로 떠나기로 했던 가족 여행을 촌스럽게 '바쁘다'는 핑계로 펑크냈다. 직장 생활 14년 차가 바쁘다는 이유로 휴가를 반납하다니. 어벤져스 군단처럼 지구를 지키는 직업을 가진 것도 아닌데. 혀를 쯧쯧 차고 있을 때 와이프가 4박 5일 다낭 여행도 못 떠나는 남편을 위해 반년 후 10박 12일짜리 하와이 여행을 시원하게 질러버렸다. 진짜가 나타났다.

처음에는 몇 년 전 다녀온 괌을 알아보는 듯싶더니 갑자기 하와이를 검색하기 시작했고 괌이나 하와이나 큰 비용 차이없이 다녀올 수 있겠다는 결론을 내린 모양이었다.

"그냥 괌 말고 하와이 갈까?"

와이프는 이 질문을 던져 놓고 내가 답을 하기도 전에 지갑에서 신용카드를 꺼내더니 결제하고 있었다. 10년 전 남편을 결정할 때만큼 빠른 결단력과 추진력이었다. 항공권은 하와이안 에어라인 얼리버드 예약을 통해 성수기와 비교하면 절반에도 못 미치는 금액인 1인당 55만 원이었고 숙소는 VRBO www.vrbo.com, 숙박 공유 사이트로 콘도 형태의 숙소가 많이 등록되어 있다.를 통해 예약을 마쳤다. 이제 되로는 없다. 무조건 가야 한다. 이런 시추에이션, 아주 바람직하다.

초등학교 때, 친구들과 처음으로 계를 했다. 성준이, 성철이 등등과 하루에 100원씩 3개월을 모았다. 떡볶이와 오락 한 판이 50원 하던 시절이니, 우리는 제법 큰 유혹을 뿌리치며 돈을 모은 셈이다. 공책에 이름이랑 날짜를 적고 동그라미까지 치면서 관리를 했고 돈이 밀리면 빨간 돼지저금통의 구멍 사이로 핀셋을 쑤셔 넣어서 동전을 꺼내 연체한 돈을 갚았다. 그래도 하교 때마다 꼬박꼬박 떡볶이를 먹은 걸 보면 하루 용돈이 몇백 원 정도는 되었던 것 같다. 출시된 지 얼마 되지 않은 데다 위풍당당하게 하늘로 솟구치는 학이 그려진 500원짜리 동전이 부의 상징이던 시절에 우린 석 달 동안 한 사람당 1만 원 정도 모았다. 그리고 각자 집에서 5,000원씩 찬조금을 받아 '부곡 하와이'로 떠났다. 어린 시절 부곡 하와이는 엄청나게 큰 수영장과 놀이동산이 함께 있는 꿈의 공간으로 부산경남지역 아이들이 무려 석 달 동안 유혹을 뿌리칠 정도로 신 나는 곳이었다.

결국, 커서도 나는 매달 월급을 모아 하와이로 떠난다.

무조건 와이프만 따라가면 된다

아직 내 안에는 소풍을 앞두고 가방에 꿀꽈배기, 홈런볼, 사이다를 넣고 아침에 엄마가 싸줄 김밥이 들어갈 자리가 있는지 확인하며 밤잠을 못 이루던 꼬마가 여전히 남아 있다. 여행 전의 설렘은 새벽 출근을 해야 함에도 정상적인 취침을 용납하지 않았다. 야근하고 집에 와도 기어코 새벽까지 하드 보일드 영화를 한 편씩 봤고, 리얼한 액션은 피를 들끓게 만들며 숙면을 방해했다. 여행을 떠나는 날도 내가 잠을 잔 건지 안 잔 건지 헷갈리는 상태로 새벽 5시에 집을 나섰다. 여행을 떠나는 날은 늘 이렇게 하루를 시작했다. 10시간 후면 출근 가방 안의 서류가 여권과 수영복으로 바뀔 것을 생각하니 전혀 졸리지 않았다.

밤 10시 비행기를 타야 하니, 4시 퇴근을 머리에 새기고 하나씩 일을 정리했다. 휴가지에서 업무에 연루되기 싫어서 평소보다 더 꼼꼼히 업무를 챙겼고 계획한 모든 일을 끝내고 시계를 보니 오후 4시 5분. 이 정도면 오차범위 안이다. 이제 가자! 회사 문을 나서는 순간부터 여행 1일 차의 시작이다.

택시에 몸을 싣고 강변북로를 지나며 와이프의 마지막 숙제를 챙겼다. 아이들 반창고, 하와이에 있는 와이프 친구가 부탁한 떡볶이 두 개, 차에서 칭얼거릴 아이들을 5분 정도 진정시킬 마이쮸, 그리고 물티슈를 사 오라고 했다. 나머지 짐은 와이프가 꾸리고 있었는데 나는 "여권 챙겼어? 면도기는? 선글라스는?" 등 잔소리를 일절 하지 않을 만큼 와이프를 신뢰한다.

하와이 여행은 그동안 떠났던 여행 중 가장 기간이 길고 겨울에서 여름으로 계절이 바뀌는 것은 물론, 삼시 세끼 애들 먹일 전투 식량과 각종 기기 등을 고려했을 때 고난도 짐 싸기 기술이 필요했지만 나는 와이프가 문자로 찍어 보낸 네 가지 숙제만 제대로 챙기자는 마음으로 마트에 입성했다. 반창고, 떡볶이, 마이쮸, 물티슈. 딱 네 개만 잊지 않으면 된다. 계산을 마친 비닐봉지 안에는 네 개의 물건이 있었다. 가벼운 마음으로 집으로 뛰어들어가니 와이프가 물었다.

"물티슈 사 왔지?"

헉, 물티슈는 비닐봉지에 없었다. 네 개만 사면 된다고 기억했더니 반창고와 마이쮸를 한 개씩 산 다음 떡볶이 봉지 두 개를 사고는 네 개를 전부 샀다고 판단하고 마트를 나와 버린 것이다. 물티슈를 빠뜨렸다는 말을 듣자마자 와이프는 마치 그럴 줄 알았다는 듯이 집에 있는 물티슈를 가방에 넣는다. 이건 뭐지?

5시 30분. 이제 진짜 떠나야 하는 시간이다. 이번 여행은 공항 픽업 리무진 서비스로 화려하게 시작했다. 와이프가 비자 카드를 하나 신청했는데 카드 혜택 중 하나가 고급 세단으로 집과 인천공항을 왕복해 주는 것이었다. 지금껏 카드사가 내놓은 수많은 혜택 중에서 가장 마음에 드는 서비스였다. 정확한 시각에 아파트 지하주차장에 도착한 에쿠스에는 캐리어 세 개가 거뜬히 들어갔다. 공항에는 6시 30분쯤이면 도착할 예정이었고 9시 30분까지 비행기에 탑승하면 되니 우아하게 식사를 마치고 샤워까지 한 다음 게이트로 이동할 계획이었다.

하지만 하와이는 만만치 않은 곳이었다. 모든 승객이 짐을 바리바리 싸서 공항에 도착했고 우리가 도착한 시간이 가장 혼잡한 시간이었다. 수속에만 2시간을 허비하니 저녁도 허겁지겁 먹어야 했고 옷만 재빨리 갈아입은 다음 비행기에 올랐다. 총 비행시간은 8시간 30분. 영화 한 편 보고 기내식 한 번 먹은 다음 살짝 잠이 들었다가 일어나니 아름다운 하와이 풍경이 눈앞에 펼쳐졌다… 라고 말하고 싶었다.

하지만 현실은 잔인했다. 탑승 전의 혼란스러움은 탑승 후의 아비규환에 비하면 애교 수준이었다. 밤 10시에 이륙해 아침에 도착하는 비행이라 수월할 것이라 기대했지만 둘째 딸 지아는 밤을 꼴딱 새우며 칭얼거렸고 덕분에 나와 와이프, 지우까지 세 명의 영혼이 탈탈 털리며 초췌한 몰골로 하와이에 도착했다. 그나마 손주를 봄직한 할머니 네 분이 우리 앞 좌석에 앉으셔서 지아의 투정을 견뎌 주신 게 천만다행이었다. 어떤 여행 후기에도 야간 비행기에서 아이들이 잠투정을 부렸다는 이야기는 없었다. 열 명 중 아홉 명이 멀쩡했더라도 나는 그 한 명이 될 수 있음을 기억해야 한다. 대신 지우는 한 번도 짜증을 부리지 않았다. 할머니들이 비행기에서 내리면서 지아 말고도 아이가 한 명 더 있었다는 사실을 알고 놀랐을 만큼 지우는 조용히 비행을 마쳤다. 이제는 지우와 별나라도 함께 갈 수 있겠다는 생각이 들어 고마웠고 언제 이렇게 큰 걸까 싶어 짠한 마음도 들었다.

2시간짜리 영화 한 편, 6시간 30분 동안 지아의 징징거림 속에서 하와이 공항에 도착했다. 세부였는지 푸껫이었는지 정확히 기억나지 않지만, 비행기 바퀴가 땅에 닿는 순간 사람들이 같이 박수를 쳤던 기억이 나는데 하와이 착륙은 사무적인 분위기 속해서 차분하게 마무리됐다.

첫 번째 미션으로 허츠 Hertz 에서 예약한 렌터카를 찾으러 갔다. 렌터카를 찾으러 가는 길은 아주 쉬웠다. 그냥 와이프만 따라가면 됐으니까. 난 어떤 차를 렌트했는지도 모른 채 도착했고 허츠 담당자는 하루에 25달러만 추가하면 아우디 SUV

로 업그레이드해 주겠다고 날 꼬드겼는데 내가 머뭇거리고 있는 걸 눈치챘는지 와이프가 다가와 “No, thank you!” 한 마디로 상황을 깔끔하게 종료시켰다.

일단 아우디보다는 작은 차라는 것만 확인하고 오늘 출고 예정인 렌터카들이 모여 있는 주차 구역에서 포커판의 마지막 카드를 정성스레 쪼는 기분으로 차키를 눌렀더니, 저 멀리서 ‘삐빅!’ 소리가 났다. 그곳엔 멋진 흰색 세단이 반갑다고 깜빡이를 반짝이고 있었다. 내심 아반떼급이 아닐까 생각했는데, 제법 큰 닷지 차저였다. 11일 동안의 나의 애마로는 기대 이상의 차였다.

한국에서 미리 준비한 미국 내비게이션을 장착했지만 화면도 너무 작았고 안내 멘트의 영어 발음도 낯설어 구글맵을 내비게이션으로 썼는데 구글맵의 엄청난 디테일과 정확성에 감탄하지 않을 수 없었다. 그렇게 미국 내비게이션은 차 수납장에 처박혔고 11일 동안 바깥 구경을 못했다.

하와이 여행의 첫 번째 목적지 코스트코 Costco 로 향했다. 공항과 가깝기도 했고 익숙한 공간이라 타겟 Target , 월마트 Walmart 등을 제치고 첫 번째 목적지가 됐다. 역시 코스트코는 세계 어딜 가나 비슷하다. 순간 코스트코 상봉점에 온 건 아닐까 착각이 들었다. 기본적인 식량을 사고 핫도그로 하와이에서 첫 번째 끼니를 해결했다. 아이들이 쓸 수영 장비를 사겠다는 목표가 있었지만 카시트가 무엇보다 시급했다. 지아의 카시트는 한국에서 챙겨왔지만 하와이에서는 지우도 카시트를 타야 한다고 해서 가장 저렴한 모델을 찾아다녔다. 어찌 된 일인지 코스트코에는 유아용만 있을 뿐 아홉 살 아이에게 맞는 카시트가 없었다. 코스트코에 없는 걸 보니 아홉 살 아이도 카시트에 태워야 한다는 것이 제대로 된 정보였는지 궁금해졌지만 태워서 나쁠 건 없지. 근처 다른 마트를 가볼까 했지만 숙소가 너무나 궁금했다.

짐을 싣고 다니는 건 차가 힘들지 내가 피곤할 일은 아니었지만 트렁크에 짐이 가득 실려 있다고 생각하니 정신적인 무게감이 대단했다. 와이마날로 비치 Waimanalo Beach 근처 숙소에 들러 짐을 풀고 한결 가벼운 몸과 마음으로 카일루아 Kailua 에 있는 타겟으로 가서 남은 장을 보기로 했다. 이번 여행의 주 무대인 오아후 Oahu 의 지도는 여행 오기 전 워낙 많이 봐서 동서남북이 머릿속에 새겨졌다. 내륙을 가로지르는 종단, 횡단 국도와 몇몇 주요 도로만 익힌다면 내비게이션이 없어도 괜찮을 것 같았다.

와이키키 Waikiki 에서 출발해 61번 국도를 타고 동쪽으로 20분 정도 이동하면 눈앞에 오바마 대통령도 사랑한다는 카일루아와 라니카이 비치 Lanikai Beach 가 웅장하게 모습을 드러낸다. 그 풍경을 잠시 감상하다가 칼라니아나올레 국도 Kalanianaole

Highway 에서 우회전해 10분 정도 내려가다가 와이마날로 비치에 거의 도착할 때가 되면 우리의 첫 번째 하와이 여행 숙소가 기다리는 에후카이 거리 Ehukai Street 가 나온다.

근데 여기는 길 이름을 참 어렵게 짓는다. 칼라니아나올레는 여행이 끝날 때까지 발음을 몇 번 시도하다가 포기했고 카메하메하 국도 Kamehameha highway 는 워낙 마음에 쏙 드는 길이라 수십 번의 반복 학습 끝에 입에 착 달라붙었다. 와이프는 카메하메하까지는 어렵사리 따라 했지만 뒤에 하이웨이를 붙이면 어김없이 헷갈려 했다. 가히 간장 공장 공장장 수준의 난이도였다.

호기심이 그리 많은 편은 아니지만 칼라니아나올레처럼 괴상한 이름은 무슨 뜻인지 궁금했다. 나름 고등학교 때 2만 2,000단어를 외웠던 사람으로서 산마루로, 옹달샘로처럼 예쁜 단어와 결합한 도로명은 아니겠다는 생각이 들었고 왠지 사람 이름일 듯했다. 검색해 보니 역시나 예상이 맞았다. 죠나 쿠히오 칼라니아나올레 Jonah Kuhio Kalaniana'ole 라는 이름의 하와이 왕자가 1900년대 초반에 존재했었다. 내친김에 카메하메하까지 찾아보니 그 역시 왕족이었다. 위키피디아에서 카메하메하가 칼라니아나올레보다 훨씬 설명이 많고 조금 더 긴 도로의 이름을 배정받은 거로 봐서 카메하메하가 하와이 발전에 조금 더 기여한 사람이라고 생각했다. 긴 설명 중 카메하메하는 많은 엄마를 두었다는 문장이 눈에 쏙 들어왔다. 칼라니아나올레의 가족 관계도를 찾아보니 엄마의 표기가 단수형이었다. 역시 카메하메하가 훨씬 훌륭한 사람이었나 보다.

이렇게 이름에 대해 쓸데없는 생각을 하면서 엄마를 하나만 두었던 왕자의 이름을 딴 도로를 달려 우리 가족이 여섯 밤을 보낼 숙소에 도착했다. 집의 첫인상은 애매했다. 나는 독채를 쓴다고 생각했지만 2층짜리 집을 사 등분 했을 때 1층 뒷부분이 우리 공간이었고 이미 수영장을 점령하고 있던 이십 대 중후반의 미국인 친구들이 한여름의 베짱이처럼 기타를 치며 노래를 부르고 있었다. 그런데 그 연주와 노래 실력이 훌륭하지 못해서 휴가지에서 맞이한 여유와 낭만이 아니라 소음에 더 가까웠다. 소음을 뚫고 조금은 열악한 셔터를 연 다음 집 안으로 들어가니 내부는 기대 이상으로 아주 훌륭했다. 4인 가족에게 딱 맞는 아늑함이 느껴졌다. 크기도 적당해서 오히려 독채로 큰 공간을 썼다면 여행지에서의 단란함이 사라졌을지도 모른다. 나는 짐을 옮기느라 계속 들락거렸고 수영장의 베짱이들은 나와 눈이 마주칠 때마다 인사했다. 인사성은 참 밝은 아이들인데 노래는 정말 못하는구나.

그 사이 하와이 숙소에서 공식적인 첫 식사가 준비되었다. 대망의 첫 메뉴는 한국에서 가지고 간 미역국, 김, 장조림 캔과 햇반이었다. 아이들은 김, 와이프는 미역국, 나는 장조림 캔을 집중적으로 먹었다. 단출하지만 구색을 갖춘 식사를 끝내고 우리는 타겟으로 장을 보러 갔다. 타겟에서 지우의 카시트부터 빵, 햄, 잼, 버터, 맥주, 주스, 과일, 스타벅스 커피, 각종 간식, 물놀이 도구까지 한가득 장을 봤고 어림짐작으로 300달러쯤 나오리라 추측했지만 계산서에는 199달러가 찍혔다. 역시 미국은 소비의 천국이구나. 난 마지막으로 슬며시 크램차우더 수프 캔을 추가하며 타겟 장보기를 마쳤다. 내일 아침 난 저 수프를 주식으로 삼을 것이다.

현지 시각으로 새벽 2시. 하와이가 한국보다 19시간이 늦으니, 43시간짜리 하루가 끝나가지만 어이없게도 컨디션이 쌩쌩했다. 한국도 하와이도 아닌, 굳이 따지자면 한국과 하와이 중간쯤 되는 곳에 시차 적응을 한 것 같았다. 알코올 성분이 없는 루트비어 한 캔을 마시니 그제야 스르르 눈이 감겼다. 길었던 하루였다. 잘해 보자, 하와이.

FAMILY COMMENT

엄마 / 지영

하와이 첫 숙소! 손님들이 우리와 같은 가족 여행객들부터 열정 넘치는 청년들 그리고 할머니 두 분까지. 게스트하우스 느낌도 나고 펜션 분위기도 있고. 이런 느낌 좋다.

첫째 / 지우

하와이는 날씨가 정말 좋았다. 우리 숙소가 처음엔 생각했던 것보다 별로라고 느껴졌는데 계속 보니 좋아졌다.

둘째 / 지아

하와이 재밌어!

안구가 깨끗하게 포맷되는 느낌

아침에 눈을 뜨니 10시 30분. 출국 전 세운 일정표에 따르면 아침을 먹고 점심 도시락을 싸서 라니카이 비치에 도착했어야 할 시간이다.

난 아침잠이 많다. 고등학생 시절 나의 알람 소리는 비발디의 사계 중 〈봄〉이었는데 인트로 부분 '빰 빰 빰빰빠바 빰'만 들으면 지금도 뭔가를 집어 던지거나 비뚤어지고 싶어진다. 대학시절에는 해가 중천에 떠 있는 3 교시 수업도 불안한 나머지 오후에 모든 수업을 빼곡하게 몰아넣을 정도로 극단적인 저녁형 인간으로 살았다. 눈을 뜰 때마다 이 좋은 잠을 포기하고 학교에 가고, 회사에 가야 한다는 사실에 30년간 아침을 사랑한 기억이 없다. 하와이의 아침도 그랬다. 눈을 떴을 때 귓가에서는 '빰 빰 빰빰빠바 빰'하는 환청이 들리며 습관적으로 반감이 들었다. 시계를 확인하고 첫날부터 일정이 틀어진 아쉬움까지 더해지자 살짝 짜증이 밀려왔다.

하지만 무거운 몸을 일으켜 커튼을 연 순간, 이 순간을 멋지게 표현하고 싶지만, 온 세상의 시간이 멈춘 것 같았고 가슴이 뻥 뚫렸다는 말밖에 떠오르지 않았다. 때로는 감정을 굳이 언어로 다 옮길 필요는 없는 것 같다. 일차원적으로 말하면 하늘은 초등학교 사생대회 때마다 파란색 물감을 짜고 붓끝에 살짝 흰색을 묻혀서 만들었던 바로 그 하늘색이었고 윤곽이 확실하게 드러난 뭉게구름, 연두색으로 먼저 칠한 후 초록색, 남색, 갈색 물감을 덧발라 완성한 산이 펼쳐졌다. 작은 스마트폰 화면에 혹사당하던 안구가 깨끗하게 포맷되는 느낌이었다.

'여기가 하와이구나.'

와이프가 설거지하는 동안, 나는 애들을 데리고 잠시 숙소 앞 바닷가를 산책했다. 그런데 산책에 나서자마자 말을 타고 가는 아주머니를 만났다. 말이라니. 하와이에서는 사람들이 말을 타고 다니나? 누군가 거대한 농담을 걸고 있는 것 같았다. 나에게도 혼란스러운 장면이었고 지우, 지아 모두 동화책 속에서 왕자님이 타고 다니는 것만 봤지, 실제 말을 본 건 처음이었다. 내가 대충 영어를 해도 아이들은 아빠가 엄청나게 영어를 잘하는 것처럼 느끼기 때문에 난 말을 탄 아주머니와 자연스럽게 몇 마디 주고받았다. "우리 애들이 태어나서 처음으로 말을 봤다. 너무 좋아한다. 말이 멋지다." 딱 요 정도 수준의 영어.

내가 비록 부산 사하구에서 영어를 배웠지만, 성문 기본 영어 수준의 문장은 원어민처럼 제법 그럴듯하게 구사할 수 있다. 그 뒤로 몇 마디 더 주고받았는데 아주머니의 대답도 비슷한 수준이었다. "애들이 귀엽다. 하와이에 처음 왔느냐. 어디서 왔느냐." 등등. 아주머니도 성문으로 영어를 배우셨던 모양이다. 이 짧은 순간이 내가 하와이에서 처음이자 마지막으로 만족스러운 영어 대화를 나눈 순간이었다.

오늘은 돌도 안 된 아이를 데리고 이미 하와이에 와 있던 설영이를 알라모아나 쇼핑센터 Ala Moana Center 에 있는 마리포사 Mariposa 레스토랑에서 만나는 일정이 있었다. 그래서 먼 바다로 나가기보다는 숙소에서 3분 거리에 있는 와이마날로 비치 파크 Waimanalo Beach Park 로 공식적인 첫 번째 바다 출정에 나섰다. 준비할 것이 많았다. 비치타월 4개, 어제 타겟에서 산 워터슈즈 4개, 여벌의 옷, 간식거리 등등을 챙겨서 바닷가로 이동했다.

와이마날로 비치는 모래사장과 바다의 빛깔이 예술이었다. 너무 깨끗해서 거친 파도에 부서진 모래가 그대로 내비쳐 바다가 온통 모래로 보였다. 조금 깊숙하게 걸어 들어가자 발가락까지 청명하게 보이는 에메랄드빛 바다가 펼쳐졌지만 아이들을 데리고는 물 반 모래 반인 파도 근처에 머물 수 없었다. 와이마날로 비치는 아이들을 데리고 아빠가 가기에는 힘든 곳인 것 같다. 아빠라는 존재는 망태기 할아버지한테 이길 자신이 있지만 파도 앞에서는 한없이 약했다. 지아는 품에 안고 지우의 손은 꼭 잡은 채로 파도와 맞서는 것은 상당한 에너지가 필요했다. 이런 곳은 어른들끼리 와서 서핑이나 스노클링을 즐기거나 튜브에 벌러덩 누워 멍 때리고 둥둥 떠다니는 게 제격일 것 같았지만 이런 상상은 아무짝에도 쓸모가 없다. 아이들과 함께라면 무조건 파도가 없는 곳이 정답이다.

모래사장에는 구멍이 많았다. 이 구멍이 무엇인지 물어봐 주기를 바랐지만 역시나 딸들은 관심이 없었다. 나는 유도 질문을 위한 밑밥을 던졌다.

"와, 여긴 정말 구멍이 많네. 이렇게 많은 곳은 드문데…."
"이 구멍들은 뭐야?"

그제야 지우가 질문했다. 구멍을 가리키면서도 시선은 파도를 향하고 있는 것이 마치 질문을 원하는 것 같아서 물어보는 것이 대충 대답하라는 분위기가 풍겼다.

"이 구멍은 게가 만든 거야. 구멍을 계속 파면 게들이 숨어 있는 집을 발견하게 돼. 아빠 어릴 때 부산에서 바닷가 갈 때마다 구멍을 파서 게를 잡았어."
"이 많은 구멍에 전부 게가 있다고? 이 작은 구멍에 어떻게 들어간 거야?"

지우는 호기심 어린 눈으로 구멍을 살피기 시작했다. 그 순간, 나도 갑자기 헷갈렸다. 진짜 다 게가 만들었나? 예전에 〈동물의 왕국〉에서 거북이도 이런 구멍에 알을 낳아서 새끼 거북이들이 구멍 밖으로 나오던 장면을 본 것 같았다. 게다가 여기는 거북이가 많기로 소문난 하와이가 아닌가. 난 바다 출신이지만 바다 상식에 약하구나. 지우의 질문을 대충 얼버무리고 하와이 바다에서 첫 번째 파도 적응 훈련을 끝냈다. 숙소로 돌아와 가장 손쉽게 만들 수 있으면서 아이들의 취향도 저격하는 계란밥과 김으로 점심을 해결하고 알라 모아나 쇼핑센터로 향했다.

말을 탄 사람이 지나가는 시골 마을에서 와이키키 시내로 들어서니 마치 왕십리 자취방에 있다가 압구정 로데오에 온 기분이었다. 와이키키는 명품 가게가 즐비했고 쇼핑 나온 여행객도 많았다. 그만큼 거리에는 노숙자도 많았는데 하와이 노숙자들은 그래도 따뜻한 곳에서 가끔 바다에 들어갈 수 있으니 참 환경이 좋다는 생각을 잠시 했다. 알라 모아나 쇼핑센터는 와이키키에서도 쇼핑의 중심지로 통할 만큼 규모가 크다. 여기서 마리포사라는 이름 하나만으로 레스토랑을 찾아가는 건, 외국인이 명동에 있다는 만둣집을 찾아가기 위해 명동역에서 내린 것과 다름없었다. 마리포사를 찾느라 30분이나 헤맸고 우연히 유모차를 끌고 지나가던 설영이를 만나 겨우 도착할 수 있었다.

마리포사에는 한국어 메뉴판이 있어서 음식을 주문할 때 적극적으로 나설 수 있었지만 안전하게 와이프가 고르는 걸 택했다. 하와이의 노을을 제대로 감상할 수 있는 고급 식당이었지만 가격은 크게 비싸지 않았다. 스테이크, 바비큐, 스파게티 등등을 시켰는데 그중 가장 기억에 남는 음식은 식전 빵이었다. 딸기 맛이 나는 버터를 바른 식전 빵이 내게는 메인 요리였고 나머지 음식으론 그저 배를 채울 뿐이었다. 일찍 식사를 시작했더니 다 먹고나니 저녁 6시 30분이었다. 그때 매주 금요일 저녁 7시 45분에 와이키키 인근 호텔에서 불꽃놀이를 하는데 마리포사가 불꽃놀이를 즐기기에 최적의 장소라는 걸 알게 되었다. 이 사실을 알고 와이프와 설영이가 마리포사를 예약했는지는 알 수 없었지만 마침 금요일이었고 발코니 쪽 예약석에 손님이 하나둘 들어오기 시작했다.

그래도 여기까지 왔는데 불꽃놀이는 한 번 봐야 하지 않겠는가? 다행히 아직 와이프와 설영이의 수다는 무궁무진했고 우리에게는 자리 하나를 차지할 명분이 될 한 조각의 케이크와 아이스크림이 남아 있었다. 두 사람이 디저트를 찔끔찔끔 먹으며 이야기를 나누는 동안, 나는 압구정 로데오 거리를 삐삐차고 거닐던 전사답게 쇼핑하러 나섰다. 쇼핑몰 속으로 당당하게 걸어가는 나의 뒷모습을 보며 와이프가 자신 있게 한마디를 했다.

"절대, 하나도 못 사서 돌아올 거야."

어허, 나를 뭐로 보고. 그 말을 후회하게 해 주겠다며 양손에 신용카드를 한 장씩 야무지게 쥐고 식당 문을 나섰다. 사실 나는 결정 장애가 있다. 무언가를 사야 하는 순간에 한없이 약해진다. 비싼 것만 잘 못 사는 것도 아니다. 마트에서 장을 볼 때 5,000원짜리에도 쉽게 손이 가질 않는다. 기껏해야 계산대 근처에서 연양갱을 하나 슬쩍 추가하는 게 전부다. 어제 타겟 쇼핑에서 크램차우더 수프만 하나 추가한 것처럼. 어릴 때부터 그랬던 것 같다. 우리 집은 궁핍하지도 않았고 부모님이 자식에게 돈 쓰는 걸 아까워하지 않았다. 특히 아버지는 매사에 자신감이 넘치는 분이었고 우리에게 '은행 돈이 전부 아빠 돈이다.'라고 허풍을 치셨는데 나는 그 말을 진짜라고 믿었다.

내가 무언가를 살 때 주저하는 이유를 나도 잘 모르겠다. 그런데 지우에게 나의 어린 시절 모습이 겹친다. 뭐 하나 사 준다고 해도 수십 번은 더 망설이다가 고르고 심지어 계산하러 가다가도 너무 비쌀 것 같다며 슬그머니 빼서 제자리에 두고 온다. 그럴 때마다 조금 짠하기도 하면서 풍선을 살까 말까 고민하고 껌인 줄 알고 딱풀을 씹어먹던 나의 어린 시절이 보여서 귀엽기도 하다.

"여기가
하와이구나."

알라 모아나 쇼핑센터로 걸어가면서 내심 몇백 달러를 긁어서 와이프를 한 번 놀라게 만들고 싶었다. 그러나 그동안 누적된 나의 구매 행동 패턴을 분석했을 때 그러지 못하리라는 것은 뻔했다. 다만 적어도 맨손으로는 돌아가지 않을 자신은 있었다. 속칭 나시, 영어로 슬리브리스 셔츠가 하와이에 도착하는 순간부터 땡겼다. 한국에서는 입을 일이 없지만 하와이에서라면 패션의 완성이 바로 나시가 아니겠는가. 팔뚝에 문신이 없어서 아쉽긴 하지만 말이다.

변명부터 하자면 누가 보더라도 내가 관광객임을 광고하는 촌스러운 디자인의 옷이나 갈비뼈가 거의 다 드러날 만큼 옆구리 쪽이 심하게 파진 옷들뿐이었다. 그나마 마음에 드는 디자인을 발견하면 XL 사이즈뿐이었다. 괜찮은 옷을 하나 발견하기는 했지만 Tokyo, New York, Paris, Italy라고 큼직하게 쓰여 있었다. 순간 이탈리아가 어느 나라의 수도인지 고민했다. 형용사 단어들 속에 부사 하나를 섞어 넣고 성질이 다른 단어를 골라내는 오지선다 문제를 수없이 풀어낸 사람으로서 이렇게 급이 맞지 않는 단어가 나열된 옷은 살 수가 없었다. 결국, 와이프의 예상대로 나는 빈손으로 돌아왔다.

사람들이 발코니 쪽으로 몰리는 것을 보니 시간이 됐다. 정확히 7시 45분에 불꽃놀이가 시작되고 아담한 사이즈의 불꽃이 터졌다. 워밍업을 끝내고 이제 제대로 한 번 터뜨리려나 하고 잔뜩 기대했지만 찰나의 불꽃을 끝으로 잠잠해졌다. 이게 다야? 이 정도는 광안리 모래사장에서 돈 많은 고등학생이 여자친구에게 고백할 때 터트리는 폭죽 수준이 아닌가. 겨우 이걸 보려고 3시간이나 앉아 있었던가. 그러나 사람들의 표정은 꽤 밝았다. 그동안 터무니없이 휘황찬란한 여의도와 광안리 불꽃놀이에 익숙해졌을 뿐 이 정도 규모가 글로벌 스탠다드였던 모양이다.

식사를 끝내고 주차장 가는 길에 막간 쇼핑을 했는데 와이프는 나랑 아이들을 디즈니 매장에 던져두고 빅토리아 시크릿에 들어가 나오질 않았다. 저 공간에는 과연 어떤 비밀이 있길래 한 번 들어가면 나오질 않는 건가. 나는 아이들을 데리고 디즈니 매장을 몇 바퀴 돌았고 결정 장애의 대척점에 있는 지아는 보는 것마다 사겠다고 했다. 긴 토론 끝에 지우는 녹색 구두, 지아는 핑크색 미니마우스가 그려진 옷을 하나씩 샀다. 지아는 나오자마자 입혀달라고 난리였다. 우리 집안에는 이런 성격이 없는데…. 양가를 통틀어 처음 나온 급한 성격의 소유자다웠다. 나는 나시를 향한 미련을 버리지 못하고 주차장 바로 앞에 있는 ABC 스토어에 마지막으로 들렀지만 와이프가 SPF 100짜리 선크림을 사는 걸 구경만 하다가 역시 빈손으로 나왔다. 비록 나시는 없지만 SPF 100짜리 선크림을 샀으니 내일은 태양과 한번 싸워 보자.

하루를 마무리할 시간이지만 마리포사에서 먹는 둥 마는 둥 하던 아이들이 밥을 찾았다. 평소 식탐이 많은 편도 아니라서 먹을 걸 찾으면 반가워서 뭐든 꺼내 주게 된다. 설영이 주려고 사 왔다가 깜박한 떡볶이 한 봉지를 뜯어서 먹이고 밤 10시가 되자 온 집의 불을 껐다. 내일은 스노클링을 위해 하나우마 베이 Hanauma Bay 로 일찍 떠날 계획이라 빨리 자야 했다. 하지만 아이들은 새벽 1시까지도 계속 침대를 탈출하며 거실로 나와 아빠를 찾았다. 결국, 새벽 2시가 되어서야 모두가 잠든 것을 확인하고 내일 기상을 위해 맞춰 놓은 알람을 지우고 편하게 잠들었다.

FAMILY COMMENT

엄마 / 지영

와이키키는 뭔가 청담동에 어이없이 바닷가가 있는 느낌이야. 세련되고 화려한데 재미는 글쎄.

첫째 / 지우

아빠가 일어나서 창문을 열었을 때 날씨가 너무 좋다고 소리쳤는데, 나도 일찍 일어나서 같이 열었으면 좋았을 텐데. 디즈니 매장은 또 가고 싶다.

둘째 / 지아

불꽃놀이가 시끄러웠고 바다랑 디즈니는 좋았어.

"난 누군가, 또 여긴 어딘가."

하와이에서 만난
갈비, 새우 그리고 바퀴벌레

계획대로라면 아침 10시에는 침대가 아니라 SPF 100짜리 선크림을 온몸에 바르고 백탁 현상으로 허옇게 뜬 얼굴로 하나우마 베이에서 거북이와 수영하고 있어야 했다. 하지만 알람을 끄고 눈이 떠질 때까지 늦잠을 자는 것도 휴가지에서라면 해 봄 직한 일이다.

눈을 뜨자마자 집 앞에 나가서 따사로운 햇살을 온몸으로 느끼며 기지개를 시원하게 켰더니, 여기가 아차산 약수터인 줄 아는 내 뼈마디들이 우두둑 소리를 내며 상쾌한 분위기를 망쳐 놓았다. 그러거나 말거나 깨끗한 공기를 한 움큼 크게 들이마시니 하와이에는 공기 중에 표백제 입자들이 날아다니는지 머릿속이 삶아 빤 것처럼 새하얗게 변했다. 이게 진정한 굿 모닝이구나.

아침을 먹자마자 아이들은 주섬주섬 수영복을 꺼내 입더니, 숙소 마당에 있는 수영장으로 뛰어나갔다. 노래 못하는 베짱이들은 바닷가로 갔는지 수영장은 우리 차지였고 최선을 다해 놀아 줬지만 지우는 작은 수영장에 금방 싫증을 내고 아이패드가 기다리는 선베드로 달려갔다. 나도 일광욕을 하며 늘어지고 싶었지만 지아가 계속 더 놀자고 졸랐다. 그래서 아직은 만능키로 통하는 호랑이를 소환했다. 겁에 질린 표정으로 수영장에 호랑이가 나타날지도 모른다고 하니 그제야 빨리 나가자고 일어섰다. 호랑이, 참 고마운 동물이다.

물에서 놀았으니, 점심은 짜왕이다. 난 걸쭉하고 뻑뻑한 자장을 좋아하

NB

지만 와이프는 묽고 기름진 자장을 좋아한다. 항상 그 중간 레벨로 만든다고 노력은 하지만 이번에도 너무 뻑뻑하다고 한소리를 들었다. 자취 10년 동안 내가 먹은 자장면 면발만 이어도 한국에서 하와이까지 오작교를 만들 수 있을 텐데 나의 자장 취향이 마이너 취급을 받다니.

오후에는 노스 쇼어 North Shore 로 향했다. 1시간 정도 걸렸는데 같은 1시간이라도 대학원을 다닐 때 역삼에서 신촌까지 가던 것과 비교하면 피로가 거의 느껴지지 않았다. 하와이 공기에는 표백제 입자뿐만 아니라 피로회복제 입자도 둥둥 떠다니는 것 같다.

H2 국도 H2 Highway 와 카메하메하 국도를 타고 북쪽으로 1시간쯤 올라가다가 처음 만난 바다에서 무작정 주차를 하고 해변으로 나갔다. 사실 내비게이션에 선셋 비치 Sunset Beach 를 찍고 가고 있었지만 노스 쇼어에 접어든 순간 잠에서 깬 지아가 존재감을 뽐내며 큰 소리로 울기 시작했다. 때마침 차들이 제법 주차된 해변이 보이길래 일단 차부터 세웠다. 바다로 내려가 보니 파도는 거칠었고 모래보다 바위가 더 많아 수영에는 적합하지 않은 곳이었는데 왜 이렇게 사람들이 모여 있는지 궁금했다. 지도를 확인해 보니 우리가 우연히 들른 이 바다가 바다거북이 자주 출몰해서 터틀 비치 Turtle Beach 로 알려진 라니아케아 비치 Laniakea Beach 였다.

사진에서 봤던 것보다 훨씬 좁고 열악한 바다였지만 그래도 거북이만 나온다면 모든 걸 용서할 수 있었다. 하지만 '뜻밖의 행운'과는 영 거리가 먼 우리 가족 앞에 거북이가 성난 파도를 뚫고 나타날 리 없었다. 거북이는 말할 것도 없고 게 한 마리도 보이지 않았으며 조금 전 먼바다에서 고래를 봤다고 자랑하는 사람만 봤다. 고래를 이기려면 인어 정도는 목격해야 하는데, 오늘은 내가 진 거로 하고 돌아섰다.

라니아케아 비치에서 선셋 비치까지는 약 8km 정도 떨어져 있었다. 길은 일 차선 도로인 데다 차도 많았고 눈을 뗄 수 없는 바다가 끝없이 펼쳐져 있어 차들이 거북이걸음으로 움직였다. 바다에서 거북이는 한 마리도 못 봤지만 차들의 느린 행렬 때문에 터틀 비치로 기억될 것 같다.

30분 후 선셋 비치에 도착했다. 별도의 주차 공간이 보이질 않아서 다른 차들처럼 갓길에 주차했다. 첫인상은 그다지 특별하지 않았다. 모래사장도 주변 풍경도 어제 갔던 와이마날로 비치만큼 화려하지 않았다. 파도가 몰려올 때 살포시 뒤로 물러갔다가 다시 뛰어들며 '나 잡아 봐라' 놀이를 세네 번했는데 그 뒤로 성난 파도가 몰려와 몸이 휘청거릴 만큼 세게 때리면서 옷을 다 적셨다. 나처럼 4분의 4박자 리듬으로

"성난 파도를 뚫고
거북이가 나타나길
기다리며."

치는 파도의 패턴을 읽지 못해 옷이 젖은 사람이 제법 보였다. 저 멀리 파도가 높은 곳에서 서핑을 즐기는 사람들이 조그맣게 보였다. 해변으로부터 거리가 300m 이상은 떨어진 것 같았는데 저 먼바다까지 서핑하러 나간 사람들이 부러울 뿐이었다. 고래나 상어가 충분히 다닐 법한 바다였는데 내가 수영을 펠프스처럼 할 줄 안다고 해도 저렇게 먼바다로는 못 나갈 것 같았다. 역시 세상은 넓고 용감한 사람은 많다.

어느새 해는 넘어가고 있었고 주위를 둘러보니 이곳이 왜 선셋 비치라 불리는지 알 수 있었다. 하루를 열심히 불태운 태양이 태평양 밑으로 가라앉은 모습은 터미네이터가 용광로 속으로 빠지는 장면만큼 강렬했고 석양의 무법자조차 이곳에 오면 온순해질 것 같았다.

그러고 보면 다 비슷한 바다인데 하와이는 테마별로 바다를 잘 정리한 것 같다. 정말 별 것 아닌 라니아케아 비치는 거북이 때문에 터틀 비치가 되었고 하나우마 베이나 샤스 코브 Shark's Cove 는 스노클링이 유명하고 이 평범한 해변도 이름이 선셋 비치라 찾아가야만 하는 이유가 생겼다. 카우아이 Kauai 에는 물개가 나오는 것으로 유명한 바닷가도 있고, 빅아일랜드 하와이 제도 중 가장 큰 섬인 하와이섬의 별칭 에는 온천이 흘러 따뜻한 바닷가도 있다. 마우이 Maui 에는 모래 색깔에 따라 이름을 붙인 레드 샌드 비치 Red Sand Beach , 블랙 샌드 비치 Black sand Beach 가 유명했다. 비록 우리 가족은 거북이를 보지 못했지만 오가는 드라이브 길만으로도 충분히 값졌다.

동서고금을 막론하고 해가 떨어지면 사람은 저녁을 먹어야 한다. 특히 이곳은 맛집의 천국인 하와이다. 저녁 식사만큼은 어설프게 해결하면 안 된다. 동쪽 해안도로를 따라 내려가다가 새우 트럭에 갈 계획을 세웠다. 오아후 북동쪽 해안가에는 새우 트럭 세 대가 모여 있다. 그중 지오반니 슈림프 Giovanni's Shrimp 가 가장 유명했지만 우리는 로미스 Romy's 에 갈 계획이었다. 다음 생에서도 사투리를 못 고칠 것 같은 친구, 희선이의 추천이라 그다지 신뢰할 수 없었지만 일단 로미스로 향했다. 그런데 저녁 7시도 안 된 시간에 로미스는 문을 닫은 상태였다. 서울시청 앞 오향족발 식당처럼 재료가 떨어지면 문을 닫아 버리는 진짜 맛집이었던 모양이다.

서둘러 지오반니 슈림프로 발길을 돌렸다. 다행히 트럭은 아직 영업 중이었고 아슬아슬하게 마지막 손님이 되었다. 우리의 주문을 받은 후 트럭은 셔터를 내렸다. 그나마 밥은 다 떨어져서 새우만 먹을 수 있었다. 슈림프 스캠피와 스파이시 슈림프를 한 접시씩 주문하고 아이들을 먹일 밥이 필요해 바로 옆에 있는 '한국 맛집 새우 갈비' 가게에서 갈비 한 접시를 사 왔다. 하와이까지 와서 한글 간판을 단 가게의 갈

비를 먹는 것이 썩 내키진 않았지만 입 짧은 아이들을 먹이려면 어쩔 수 없었다.

나는 원래 자극적인 음식을 좋아해서 스파이시 슈림프에 먼저 손이 갔다. 내 미각은 음식의 장점만을 받아들이는 긍정적인 성격의 소유자라, 모든 음식을 맛있게 잘 먹는 편인데도 이건 너무 심했다. 우리가 마지막 손님이라 프라이팬에 들러붙은 재료까지 싹싹 긁어서 만드는 바람에 평소의 맛이 아닐 수는 있었다. 맵고 짜고 시큼한 맛의 조합은 실패하기 쉽지 않은 맛인데 어이없이 맵고, 기분 나쁘게 시큼했다. 대신 슈림프 스캠피는 아주 훌륭했다. 지우와 지아도 입을 쩍쩍 벌리면서 잘 받아먹었다. 하지만 나는 두 접시의 균형을 맞춰야 하는 의무가 있었다. 매운맛 새우를 재고 처리하듯 하나씩 먹었지만 결국 세 마리를 남기고 말았다. 마저 다 먹으면 내 혓바닥이 나와 절교를 선언할 것 같았다.

'한국 맛집 새우 갈비'에서 사 온 갈비도 우리 가족의 입맛을 사로잡았다. 타지에서 보는 한글 간판이었고 유명한 맛집 옆에서 기생하는 듯한 입지 조건 때문에 이곳의 음식이 가장 맛있었다고 커밍아웃하는 것은 내 취향과 입맛이 드디어 아재가 되었음을 선포하는 것 같아 쉽지 않았지만 포크가 자꾸만 갈비로만 향했다.

새우 두 접시와 갈비 한 접시를 해치우는 동안 해는 완전히 넘어갔다.

가로등이 거의 없어 주변이 금새 어두워졌다. 해안도로를 타고 숙소로 내려가는 길은 어둠 속에서도 뭔가 또 다른 멋이 있는 것 같아 낮에 다시 찾기로 했다. 긴 하루를 끝내고 숙소에 돌아오니 밤 10시였다. 시골 마을은 칠흑같이 어두웠지만 한국 시각으로는 오후 5시밖에 안 된 시간이라 아이들은 팔팔했다. 문 앞에 수영장에서 가지고 놀았던 튜브가 놓여 있었다. 지아는 노란색 튜브가 반가워서 번쩍 들었다가 무언가를 보더니 깜짝 놀라며 앞으로 던졌다.

"개미! 개미!"

우리 아이들은 개미를 왜 이렇게 무서워하는 걸까. 사실 집 안에도 개미는 많았다. 눈에 잘 안 띄는 작은 개미들이었지만 독수리의 눈으로 바닥이나 식탁을 자세히 살펴보면 개미들이 분주하게 다니고 있었다. 베짱이들이 기타 치고 놀 때 개미들은 열심히 일하니 착한 아이들이라고 수십 번을 말했지만 소용없었다. 특히 지아는 개미를 보면 호랑이를 본 것처럼 겁에 질려 달려왔다. 이번에도 나는 아빠 미소를 지으며 지아를 바라봤다.

"개미는 무서운 게 아니야. 괜찮아. 착한 애들이야. 무서워하지 마."

난 오히려 개미에게 놀라지 않았느냐고 사과하고 쓰다듬어 줄 것 같은 인자한 얼굴로 지아가 던진 튜브 쪽을 돌아봤다. 그 순간, 나는 기절할 뻔했다. 케이블 드라마였다면 놀란 내 얼굴을 클로즈업하며 보여준 후 60초 광고가 나갔을 듯.

튜브에서 후다닥 내려오는 것은 개미가 아니라, 엄지만큼 큼직하고 새까만 바퀴벌레 두 마리였다. 이 끔찍한 광경을 본 사람은 나뿐이었다. 애써 놀란 가슴을 진정하고 태연하게 신발로 바닥을 쾅쾅 내리치며 놀란 바퀴벌레가 집 안으로 도망가려는 것을 막았다. 수풀 쪽으로 사라지는 두 마리를 확인한 다음 마치 좀비에 쫓기듯 집 안으로 뛰어들어왔다. 문을 세차게 닫고 잠금장치까지 단단히 건 후에야 비로소 진정이 됐다. 그렇다. 난 바퀴벌레를 무서워한다. 호랑이도 안 무섭고 곶감도 안 무섭고 조폭도 안 무서운데 바퀴벌레는 무섭다.

1980년대였지만 아직도 또렷하게 기억나는 날이 있다. 장소는 우리 집 안방이었고 바퀴벌레 한 마리가 벽에 붙어 있었는데, 사이즈가 특대형이라 아버지가 해결사로 나섰다. 형과 나는 그 광경을 지켜봤다. 아버지가 신문을 돌돌 말아서 벽을 향해 힘차게 내리치려는 순간, 믿기지 않는 장면이 펼쳐졌다. 바퀴벌레가 날개를 펴고 날기 시작하는 것이 아닌가. 바퀴벌레가 새도 아닌데 날다니! 그 녀석은 나에게로 돌진하더니 잠옷 안으로 기어들어 왔다. 잠옷과 내 살들 사이 공간에서…. 난 '흐린 기억 속의 그대' 춤을 추는 듯한 동작을 하며 미친 듯이 움직였다. 그날 이후 바퀴벌레는 내게 줄곧 두려운 존재였다.

이런 내가 날 수 있음이 분명한 바퀴벌레 두 마리를 한밤중에 1m 거리 내에서 목격하다니. 집안에는 없을 것이라 믿으며 죄 없는 개미만 잡으면서 화를 달랬다. 돌이켜보니 지아는 노란색 튜브에 매달린 바퀴벌레 두 마리를 보고도 그저 개미라고 소리 지르며 던졌을 뿐 아무런 트라우마 없이 놀고 있었다. 지아가 나보다 나았다. 아빠보다 강하구나, 우리 딸.

나도 아무렇지 않았다. 숙소 안방에 있는 킹사이즈 침대에서 와이프와 아이들이 자고 나는 거실 소파에서 잤는데 이날만큼은 소파에 누워 있다가 문 쪽을 힐끔 쳐다본 후, 안방 침대 끄트머리로 기어들어 가 다 같이 잤을 뿐.

FAMILY COMMENT

엄마 / 지영

선셋 비치에서 본 석양은 시간이 갈수록 뇌리에 박히네. 한적한 바닷가, 붉은 하늘, 파도 소리, 그리고 폴짝폴짝 뛰어다니는 아이들까지….

첫째 / 지우

수영장 물이 차가워서 많이 놀지 못해 아쉬웠다. 지금이라도 또 들어가고 싶다. 새우 트럭은 너무 맛없었다.

둘째 / 지아

바닷가에 못 들어가서 슬펐어. 집이 너무 좋아.

와이키키는 관광객, 카일루아 비치는 현지인

하와이에서는 일찍 일어나는 것이 금기라도 되는 듯, 오늘도 10시에 일어났다. 늦잠에서 깨어나 커튼을 열고 해와 뭉게구름 세팅을 마친 하늘을 쳐다보며 시원하게 기지개를 켜는 것, 이것이 진정 하와이 라이프인 듯했다. 날씨는 여전히 믿을 수 없을 만큼 맑아서 '죽이네.'라는 표현이 절로 튀어나왔다. 영어로 옮기면 'Couldn't be better!'

오전 시간은 동네 산책과 밀린 세탁을 하며 보내기로 했다. 숙소에는 세탁기가 있었지만 야박하게도 25센트 동전을 여덟 개나 넣어야 작동이 됐다. 난 25센트를 모으기 위해서 근처 맥도날드로 갔다. 애플파이와 아이스크림을 사고 10달러를 내면서 가급적 25센트로 거슬러 달라고 말했다. 아침 손님으로는 꽤 진상이었을 것 같다. 아침이라 동전이 충분하지 않다며 딱 여덟 개를 거슬러 줬고 난 발랄하게 "Eight is enough."라고 답한 뒤 윙크도 한 번 날리고 가뿐히 돌아섰다.

세탁기를 돌린 다음 우리는 카일루아 비치 Kailua Beach 로 향했다. 라니카이 비치로 가다 보면 카일루아 비치를 먼저 만나게 되는데 압도적인 풍경에 끌려 그대로 주차했다. 이번에는 짐이 더 많았다. 해변용 의자, 파라솔, 비치타월, 아이들 도시락, 어른들 간식, 각종 IT 기기 등. 와이마날로 비치보다는 파도가 잔잔해서 아이들을 데리고 놀기에는 좋았지만 경사가 급해 서너 발 이상 깊이 들어가기 힘들었다.

이곳은 여행객보다는 현지인으로 추정되는 사람들이 많았다. 와이키키

"아빠! 나 너무
예쁜 거 같아!"

"딴 데 가지말고
여기서만 놀자."

는 여행객에게 양보하고 현지인은 여기로 오는 듯했다. 마치 해운대를 타지 사람들에게 양보하고 송정으로 가는 부산 사람들처럼.

가만히 모래사장에 누워 사람들을 관찰했다. 하와이의 인종별 구성은 일본인이 가장 많다고들 하는데 카일루아 비치는 대부분 백인이었고 동양인 2세로 추정되는 사람들과 프로레슬링 선수이자 영화배우인 더 락과 같은 외모와 우락부락한 근육으로 무장한 사모안들이 눈에 띄었다. 간혹 한 끼에 하와이안 피자 한 판에 맥주 1,500cc를 마시고 입가심으로 무수비까지 서너 개를 가뿐히 먹어 치울 거구들도 보였는데 이들조차 적당히 근육이 있어 모래사장을 잘도 뛰어다녔다.

여기 사람들은 세 부류로 나뉜다. 나보다 잘생겼거나, 나보다 몸이 좋거나, 나보다 영어를 잘하거나. 이 기준에서 벗어나는 사람은 없었다. 나보다 영어 잘하는 사람이 대부분이고 그 안에 나보다 잘생긴 사람과 몸이 좋은 사람이 부분 집합으로 들어가는데 그 둘의 교집합이 제법 컸다. 이곳에 누워 있으니 나는 순두부처럼 희고 말랑말랑한 데다 외모는 오징어가 형님이라 부르며 뛰어올 것 같았다.

지우, 지아는 물놀이를 조금 하더니 해변용 의자에 앉아서 식사 후 아이패드 감상을 시작했고 난 소중한 자유 시간을 얻어 본격적으로 카일루아 비치를 만나러 갔다. 나이가 마흔이 되었지만 혼자 놀 때는 고등학생 시절의 내가 튀어나온다. 물 안에서 섀도 복싱도 하고 손으로 등지느러미를 만들어 조스를 흉내 내며 잠수도 했다. 그래도 몰래 쉬를 하지는 않았다.

마침 옆에서 격투기 스타, 마크 헌트 같은 외모의 현지인이 일곱 살쯤 돼 보이는 아들에게 수영을 가르치고 있었다. 거한에게도 목까지 물이 찼고 나도 까치발을 딛고 고개를 뒤로 젖혀야 겨우 코와 입이 물 밖으로 나올 정도였다. 그 깊은 물에서 마크 헌트 아저씨는 웃으면서 아들을 허공에 던지며 외쳤다.

"Swim like doggy, baby! Swim like doggy. Take it easy. Swim like doggy, baby!"

역시 바다 수영은 조오련이나 바다거북이 아니라면 자유형, 배영, 평형, 접영 다 필요 없고 개헤엄이 진리구나.

나도 바다에서 필사적으로 수영했던 기억이 떠올랐다. 고등학교 2학년 여름방학, 친구들과 상주로 2박 3일 여행을 떠났다. 조그만 튜브 하나에 다섯이 의지해서 계속 깊은 바다로 나아갔다. 그 튜브는 어딘가 구멍이 났는지 조금씩 바람이 빠지고 있었지만, 우리는 돌아가며 튜브에 매달려 쉬면서 해변이 잘 보이지 않을 만큼 멀리 나갔다. 폼생폼사 시절이라 누구 하나 먼저 돌아가자고 말하지 못했고 어느덧 우리가 떠 있던 곳은 상주 앞바다가 아니라 태평양 초입이었다. 돌아가야겠다고 결심한 순간, 물살이 해변과 반대 방향으로 흐르기 시작했다. 우리는 수영을 아무리 해도 뒤로 밀리는 느낌을 받고서야 얼굴에서 웃음기가 사라졌다. 그때부터 누가 먼저랄 것도 없이 바람이 빠져 무용지물이 된 튜브를 던져버리고 모래사장을 향해 헤엄쳤다. 필사의 수영이었다. 미친 듯이 팔을 내젓다가 그 자리에 멈췄는데 아슬아슬하게 발이 바닥에 닿았다. 기력을 모두 쓴 우리는 모래사장에 벌러덩 누워서 아무 말도 없이 숨만 헐떡거렸다. 마크 헌트의 아들이 필사적으로 수영하는 걸 보며 그 시절이 떠올랐다.

잠시 후 바다에서 나오니 하와이라고 해도 겨울은 겨울이었는지 바람이 제법 불어 쌀쌀함이 느껴졌다. 타월은 이미 아이들 몫이었고 순두부 같은 내 몸은 조금씩 찰랑찰랑 떨리기 시작했다. 이럴 때는 모래 속으로 파고들어야 한다. SPF 100짜리 선크림은 태양을 바라보고 대자로 화끈하게 눕는 것을 허락했고 혈관에 쌓인 찌꺼기들이 모래 열기로 사르르 녹는 듯하다. 바디프렌드 수면 모드보다 모래사장이 더 안락하구나.

구름 한 점 없는 하늘을 찍어서 배경화면으로 삼고 싶었지만 이미 양손이 모래에 파묻힌 상태라 눈으로만 캡쳐했다. 꽃은 져도 향기를 남긴다든지 눈으로 담고 가슴으로 기억한다는 등의 표현은 다 부질없다. 하루가 지나니 눈과 가슴으로 캡쳐한 장면은 기억 속에서 사라졌다. 나처럼 평범한 감수성과 기억력의 소유자는 순간의 감동을 고스란히 기억하고 싶다면 최대한 사진을 많이 찍어 두는 게 진리인 듯하다.

집으로 돌아오는 길에 공터에서 닭을 구워서 팔길래 급하게 유턴해서 갔더니 바로 앞사람에서 주문이 끝났다고 했다. 그래, 원래 이게 우리 집의 운빨이다. 내일도 장사하느냐고 물으니 주말에만 나온다고 했다. 그러고 보니 길거리에 닭이 정말 많이 돌아다니고 있었다. 저 닭들은 주말마다 본인들이 포동포동한 순서대로 구워질 슬픈 운명이라는 걸 알고 있을까. 지오반니 슈림프의 마지막 손님이라는 행운이 우리에게 왔었으니 이걸로 퉁치면 되겠다. 그리고 다행히 우리에게는 한 번의 주말이 더 남아 있었다.

벌써 여행 중반으로 접어들었다. 매일 새벽에 잠들어서 아침 10시에 일어나는 패턴을 끊어내기 위해 저녁 일정을 모두 포기하고 저녁 7시부터 불을 다 끄고 잠을 청했다. 어두워지면 풀 숲 사이로 스멀스멀 기어다니는 바퀴벌레 때문에 외출을 포기한 것이 아니다. 다행히 아이들이 카일루아 파도를 타며 체력을 소진한 덕에 초저녁에 잠이 들었다.

내일은 하나우마 베이에서 스노클링을 하는 날이다. 내일을 위해 워터슈즈, 스노클링 장비를 장만했다. 전야제 삼아 맥주라도 한 캔 따야 하는데 술이 오르면 숟가락을 들고 바퀴벌레와 싸우러 나갈까 봐 참았다. 아침에 일찍 일어나야 하는 건 사실 아이들보다 하와이에 적응하지 못한 촌스러운 육체의 소유자인 바로 나였다. 그동안 찍은 사진을 컴퓨터로 옮긴 다음 바로 잠자리에 들었다. 물론 소파가 아니라 킹사이즈 침대 틈으로.

FAMILY COMMENT

엄마 / 지영

오늘이 일요일이라 그런가, 유독 현지인이 많이 온 듯. 검은 비키니를 입은 어느 만삭의 임신부는 근처 유기농 마트에서 산 듯한 청포도를 먹으며 독서를 했고 로컬 고등학생처럼 보이는 아시아계 여학생 셋은 구릿빛 피부를 자랑하며 모래성 쌓기에 바빴다. 이렇게 여유롭게 사는 그네들을 보면서, 우린 이 여유를 맛보려고 서울에서 하와이까지 날아왔구나 싶었다.

첫째 / 지우

아빠랑 산책할 때 날씨가 너무 좋았다. 바닷가에서 아이패드 볼 때 햇빛이 너무 많아서 잘 안 보여서 힘들었다.

둘째 / 지아

언니랑 나랑 둘 다 너무 이쁘다.

"언니, 아이패드 같이 보자."

해파리가 앗아간 스노클링과 가방 도난 사건

계획한 만큼 이른 시간은 아니었지만, 아침에 눈 뜨는 것은 성공했다. 하나우마 베이는 스노클링으로 워낙 인기 있는 장소라, 아침 일찍 가지 않으면 주차장이 만차가 되어 입장할 수 없다고 겁을 주는 블로거가 많았다. 그렇지만 실제로 입장하지 못했다는 사람은 없었고 대부분 어렵사리 주차 공간을 발견해 들어갔다는 내용이 대부분이라 급히 서두르지는 않았다. 심지어 지금은 겨울이고 월요일인데 못 들어갈 리는 없다는 자신감도 있었다. 한껏 여유를 부리며 하나우마 베이가 왜 세계적으로 유명한 스노클링 포인트로 꼽히는지 궁금해 구글맵으로 찾아봤다.

딱 봐도 지형 자체가 특이했다. 바람도 거의 불지 않고 지도를 확대하자 육안으로도 뚜렷하게 보이는 산호들로 파도가 잔잔할 수밖에 없겠구나 싶었다. 내가 바다거북이나 물고기라도 이곳에서 지낼 듯했다. 사실 이렇게 움푹 들어간 지형은 아주 익숙하다. 학창 시절 연습장에 낙서 삼아 만화를 그릴 때, 몸통에 펀치를 맞은 걸 표현하며 항상 저런 형태로 몸 안으로 주먹이 쑤욱 들어가게 그렸다. 하나우마 베이는 '악당을 무찌른 나의 왼 주먹' 정도로 기억될 듯하다.

간단히 아침을 먹고 하나우마 베이로 출발했다. 숙소에서 해안 길을 따라 남쪽으로 내려가는 건 처음이었는데 이 길이 장관이었다. 해안선을 따라 절벽이 펼쳐지고 가끔 보이는 절벽 안쪽에는 천연 사이다보다 더 맑아 보이는 바다가 자태를 뽐내고 있었다. 아이들만 없었다면 당장이라도 뛰어들고 싶을 정도였다.

마침내 하나우마 베이 입구에 도착했지만 뭔가 이상했다. 입구가 막혀 있었다. 입구가 분명한데 이상하다 싶어서 차를 돌려 다시 진입로로 가려던 때, 눈썰미 좋은 와이프가 입구에서 조그만 푯말을 발견했다.

'Warning! Beach Closed Due to Jellyfish!'

이런 해파리냉채 같은 것들. 여기에 오려고 타겟에서 장비도 다 샀고 어젯밤에는 아이들도 힘겹게 초저녁에 재우고 일찍 일어났건만, 상어도 아니고 이름마저 귀엽고 맛있는 해파리 때문에 돌아서야 한다니. 억울했지만 방법이 없었다. 일단 그대로 직진했다. 저 멀리 와이키키가 보였다. 와이키키라면 하나우마 베이의 대안으로 나무랄 데 없었다. 와이키키 근처에 주차하기 편한 곳을 검색해 보니 호놀룰루 동물원 Honolulu Zoo 주차장에 무료로 주차한 다음, 해변을 이용하면 된다고 나와 있었다. 어차피 아이들 때문에 바다가 어디인지는 중요하지 않았다. 기왕이면 무료 주차가 낫겠다는 생각에 동물원 주차장으로 향했다.

어느 블로거가 친절하게 올린 글을 따라 동물원 옆쪽 무료 주차장에 차를 세우고 짐을 바리바리 싸 들고 해변으로 향했다. 바득바득 우기면 와이키키 해변이라고 볼 수도 있었지만 지도상으로는 와이키키 월 Waikiki Wall 을 기준으로 우리가 있는 곳은 퀸스 비치 Queen's Beach 였다. 해운대나 광안리나 거기서 다 거기지 뭐.

조금만 더 올라가면 자타공인 와이키키 해변이 나오는데 굳이 모래사장도 좁고 투박한 퀸스 비치를 찾아올 여행객은 없을 것 같았다. 그래도 뒤편에 공원이 있어서 아이들에게는 훨씬 놀기 좋은 공간이었다. 나중에 찾아보니 공원의 이름은 샌스 수시 스테이트 레크리에이셔널 파크 Sans Souci State Recreational Park 였는데 쓸데없이 긴 이름이라 외우지 않기로 했다. 나무 그늘 밑에 의자를 놓고 바다와 공원을 오가며 새를 잡으러 뛰어다니고 숙소에서 만들어온 김치볶음밥을 맛있게 먹다가 소화시키며 아이패드로 만화도 보고…. 아이들에게는 최고의 놀이터였다.

지우와 지아는 새를 잡으려고 뛰어다니느라 바빴는데 조그만 참새부터 커다란 오리와 닭까지 종류와 크기를 가리지 않았다. 내가 새라면 꼬마들이 계속 쫓아오면 날개를 파닥거리며 공격하는 시늉이라도 낼 텐데 새들은 이리저리 도망치며 약자로 살아가고 있었다. 만사가 귀찮은 표정을 지닌 하와이 출신의 새들은 이런 아이들을 많이 봤다는 듯, 빠르게 지우와 지아 사이를 비켜 다녔다.

아이들이 새들과 술래잡기하는 걸 늘어져서 보다가 스노클링 장비가 모두 차에 있다는 것이 떠올랐다. 그렇다. 오늘의 계획은 스노클링이었다. 아무리 무명의 바다라고는 하지만 태평양이 나를 실망시킬 리 없지. 장비를 착용하고 바다로 나갔다.

뜻밖이었다. 처음에는 큰 매력이 없는 바다였는데 깊이 들어갈수록 수심이 완만하게 깊어지면서 가시거리도 늘어났다. 발밑에는 알록달록한 산호도 보이기 시작했다. 물고기 커뮤니티에도 두부처럼 맛있게 생긴 생명체가 나타났다는 소문이 났는지 하나둘 몰려들었다. 개복치, 가오리, 해마와 같은 특이한 물고기는 없었지만 일곱 빛깔 무지개 색깔이 다 보였다. 저 친구는 굽고 싶고 저 친구는 튀기고 싶고 저 친구는 회로, 그 옆 친구는 탕으로 먹고 싶을 만큼 다양했다.

이 장관을 보여주고 싶어서 지우도 장비를 입혀서 데리고 나왔는데 모래사장에서 멀어지자 겁을 먹고 나에게 꼭 안겨서 입수를 거부했다. 고개만 물속으로 넣으면 무지개 세상이 펼쳐지는데 말이다. 다음으로는 인명구조 자격증이 있는 와이프를 부추겼다. 막상 바다에 들어갔다 나오면 뒤처리가 산더미라는 걸 잘 알고 있는 와이프는 고민하더니 결국 거부했다. 나는 한 번 더 바다로 나갔다. 하나우마 베이와 비교하면 살짝 아쉽지만 반경 100m 안에 있는 사람이 한 손가락에 꼽힐 만큼 인적이 드문 곳에서 스노클링을 하자니 내가 이곳을 처음 발견한 것 같은 뿌듯함이 밀려왔다.

열악한 샤워시설과 탈의시설 덕분에 대충 마무리하고 차를 타니, 각종 쓰레기와 모래, 아이들이 먹다가 아무렇게나 흘린 과자 부스러기들로 차 안이 난장판이었다. 차량털이범이 왔었더라도 차 꼬락서니를 보고 세차비를 와이퍼 밑에 꽂고 돌아섰을 것 같았다.

아이들도 놀 만큼 놀았고 이제 아빠, 엄마의 시간이다. 우선 와이키키 시내로 들어가기 전, 레오나드 베이커리 Leonard's Bakery 에서 유명하다는 말라사다 도넛을 한 상자 샀다. 주차가 애매해서 와이프만 도넛을 사러 들어갔는데 그것이 실수였다. 첫 번째 도넛을 먹을 때 3분의 1이나 먹었는데 크림이 나오지 않아 달달한 내용물이 모두 한쪽으로 쏠렸다고 생각했다. 가끔 그럴 때가 있으니까. 그런데 거의 다 먹을 때까지도 내용물이 쏟아져 나오지 않길래 아무것도 들어가지 않은 기본을 집었구나 했다. 두 번째 도넛은 다르게 생긴 걸 집으면서 어떤 맛이 들었을까 잔뜩 기대하며 크게 한입 물었는데 역시나 아무것도 나오지 않았다.

"이거 안에 아무것도 안 든 거야?"

레오나드 베이커리에는 기본 말라사다 도넛도 팔지만 달달한 내용물이 첨가된 도넛이 누가 뭐래도 메인이었다. 당연히 한 입만 물어도 질질 흘러내릴 만큼 속이 꽉 찬 커스터드, 코코넛, 초콜릿, 딸기 맛 도넛을 기대했는데, 와이프는 기본으로만 한 상자를 사 왔다. 소보루빵은 절대 크림빵과 팥빵을 이길 수 없다. 빵 안에는 무조건 달달하거나 맛있는 무언가가 들어 있어야 한다. 이십 대 시절 붕어빵 장사를 할 때 난 붕어가 터지든 말든 신경 쓰지 않고 팥을 꽉꽉 채워서 팔았다. 그런데 도넛 한 상자를 전부 기본으로만 사 오다니. 이 무슨 막돼먹은 미각이란 말인가. 물론 기본도 나쁘진 않았지만 내게는 짜장 소스가 빠진 간짜장이나 소시지가 없는 핫도그처럼 생기다 만 음식일 뿐이었다.

도넛에 실망한 마음은 쇼핑으로 풀면 된다. 곧이어 와이키키 시내에 있는 로스 Ross 로 향했다. 로스는 쇼핑을 즐기지 않는 내게도 흥미로운 곳이었다. 무질서하게 진열된 옷 틈에서 마음에 드는 걸 발견해 조심스럽게 가격표를 확인하면 터무니없이 싼 가격에 놀라게 되는 과정의 반복이었다. 어느덧 저녁 시간. 로스에서 3분 거리에 있는 우동집으로 갔다. 나의 취향은 아니었지만 아이들이 좋아하는 우동과 가츠동이면 안전한 한 끼가 될 것 같았고 설영이의 추천도 있었다. 예상대로 음식은 그냥 그랬다. 역시 내 혀와 식도는 일식에는 반응하지 않는다. 오랜만에 팁을 주는 곳에서의 식사였지만 조금 아쉬웠다. 식당을 나서니 해가 넘어가서 어둑어둑해지고 있었다. 차에 먼저 도착한 와이프가 두리번거리더니 내게 물었다.

"내 가방은 트렁크에 있어?"
"아니, 앞자리에 있었는데."

그 순간, 서늘한 기운이 감돌았다. 트렁크를 열어봐도 가방은 없었다. 나는 형식적으로 다시 우동집에 들어가 우리가 앉았던 테이블과 화장실을 뒤졌지만 이미 답은 알고 있었다. 분명히 내릴 때 차 앞 좌석에 가방이 있는 걸 봤으니까. 가방이 사라졌다. 말로만 듣던 휴가지에서의 도난사고였다. 차 안에는 내비게이션도 있었는데 가방 하나만 사라졌다.

다행히 그 가방 안에는 여행에 심각한 불편함을 초래할만한 중요 물품은 없었다. 와이프가 새로 산 화장품만 있었으면 좋았으련만… 와이프의 명품 선글라스까지만 있었으면 좋았으련만… 우리 가족이 가진 것 중 단일품목 최고가의 몸값을 자랑하는 디지털카메라까지 들어 있었다.

하와이에 온 후 처음으로 냉랭한 기운이 차 안을 맴돌았다. 지우는 어릴 때 만화책을 많이 본 실력으로 나름 범인을 추리하고 있었다. 지우에게는 다른 게 문제가 아니었다. 그 가방은 할머니의 물건인데 우리가 잃어버렸다는 것과 가방 안에는 숙소 열쇠가 있기 때문에 이제 잠은 어디서 자느냐는 것이 걱정이었다. 이럴 때는 '그럼에도 불구하고' 카드를 꺼내야 한다. 가방을 잃어버렸음에도 불구하고 고맙다고 생각할 수 있는 것을 생각하기 시작했다.

하와이에서는 도난 사고가 자주 일어난다고 했다. 특히 차 유리를 박살내고 절도하는 경우도 종종 있다는데 곱게 문만 따고 가방 하나만 가져간 것이 그럼에도 불구하고 고마웠다. 또 다행스러운 것은 디지털카메라 사진을 어젯밤에 모두 컴퓨터로 옮겨서 오늘 찍은 사진만 날렸다는 사실이다. 물론 오늘 오전에 찍은 역대급 사진은 아쉽지만 스마트폰으로도 몇 장 찍어 두었다. 또 절도범이 도넛 상자는 건드리지 않았다. 아니면 크림이 없는 도넛이라는 걸 눈치챈 미식가 절도범이었을 수도 있겠다. 절도범에게 고마운 것은 또 있었다. 지우가 도난 사건으로 엄마와 아빠 기분이 아주 좋지 않을 거라 예상하고 숙소에 돌아온 뒤로 잠들기 직전까지 아주 고분고분 말을 잘 듣고 엄마의 기분을 풀어주려고 편지도 썼다. 나는 기분 나쁜 티를 많이 안 냈는지 편지를 받지 못했다.

숙소에 도착하자마자 난 인터넷부터 접속했다. 까짓 카메라 하나 더 사면 된다. 그런데 가격을 보니 만만치 않았다. 스마트폰 카메라도 쓸 만하니 아주 고성능 카메라가 아닌 이상 카메라를 사야 할 필요성을 못 느꼈다. 살며시 카메라에서 스마트폰 페이지로 옮겨가 블랙베리를 검색하고 있을 때 와이프가 조용히 쐐기를 박았다.

"안 돼!"

잠들기 직전, 와이프가 또 한마디 했다.

"아, 맞다. 아이패드랑 카드 지갑이 전부 차 안에 있어."

이건 지금 나가서 가져와 달라는 소리다. 절도범이 많다는 걸 직접 확인했으니 가지고 와달라는 소리다. 하지만 난 단호하게 대답했다.

"안 돼!"

그렇다. 이곳은 밤이 되면 바퀴벌레가 파티를 한다. 처음 노란 튜브에서 두 마리를 발견한 후, 컴컴할 때 두 번 더 숙소 밖으로 나갔는데 두 번 모두 바퀴벌레를 봤다. 나도 놀랐고 바퀴벌레도 놀랐다. 이런 만남은 서로에게 못할 짓이다. 지금 나가서 또 마주친다면 트라우마가 클 것 같았다. 아이패드와 카드 지갑이 모두 털리더라도 밤에는 나갈 수 없었다.

체력 좋은 사마귀라도 보초를 세워야 하는 게 아닐까 고민하면서 하루가 저물었다. 하와이 일정의 반이 지났다. 내일은 하와의 전통시장에 들렀다가 노스 쇼어 쪽으로 올라가 새우 트럭에 들르고 알라 모아나 쇼핑센터 방문 등등 일정이 적혀 있었지만 이제 확실히 깨달았다. 여행은 절대로 계획대로 흘러가지 않을 것이다.

FAMILY COMMENT

엄마 / 지영

생각해보니, 우리 차 안에 있던 도넛…. 바퀴벌레들이 엄청 좋아했을 듯. 차 안에도 바퀴벌레가 많이 서식한다던데….

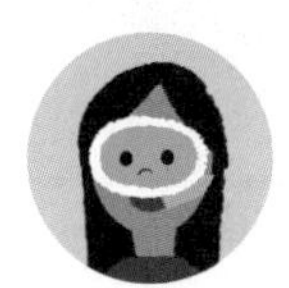

첫째 / 지우

가방이 없어졌을 때 너무 놀랐다. 아빠, 엄마는 카메라가 없어졌다고 아쉬워했지만 난 가방 안에 있던 집 열쇠가 없어져 이제 집에 들어가지 못할까 봐 무서웠다.

둘째 / 지아

우동이 너무 맛있었어.

이게 실화냐?
우리 가족 비밀 바닷가 발견!

아침에 비가 내렸다. 새벽에 잠시 눈을 떴을 때 빗소리가 마치 '지금 일어나도 할 수 있는 게 없다'고 말하는 것 같아 자다 깨기를 반복했다. 차에 묻은 새똥이 씻겨 내려갈 만큼 시원하게 비가 내린 후에야 하늘이 갰다. 이제 하와이에 온 지 6일 차다. 기지개를 켜고 상쾌하게 문을 열었더니, 문 앞에 달팽이 세 마리가 간도 크게 산책 중이었다.

남양주에서 가끔 봤던 사이즈가 아니었다. 생태계 먹이 피라미드 맨 꼭대기에 있을 법한 사이즈였다. 내 안의 미슐랭 본능이 꿈틀거렸으나 저놈들은 유기농이 아닌 듯하여 무심코 들었던 포크는 살포시 제자리에 두었다.

달팽이를 동화책이 아니라 실물로 처음 본 지아가 무척 신기해했다. 경계태세를 풀지 않고 한참을 보다가 나에게 이름을 물었다. 그래서 달팽이라고 가르쳐줬더니 그거 말고 이름을 알려달라고 했다. 나는 잠시 고민하다가, "갑, 을, 병."이라고 했다. 순간, 이건 아니다 싶었다. 비록 하와이에서 갑, 을, 병이 포함된 계약서를 검토하긴 했지만 한때 문학청년이었던 내가, 그것도 하와이에서 저 예쁜 달팽이의 이름을 갑, 을, 병이라 짓다니. 서로 연대보증 관계일 리도 없는데…. 태어나 처음으로 달팽이에게 육성으로 사과했다.

오늘은 조금 부지런히 다니기로 했다. 누룽지와 불고기 조합으로 아이들 배를 채우고 아이패드 배터리도 가득 채운 후 집을 나섰다. 일단 방향은 노스 쇼어

쪽이었다. 딱히 정해진 목적지 없이 북쪽으로 올라갔다. 경험상, 목적지가 없을 때는 기대치도 낮아서 뜻밖의 경험으로 만족도가 높을 때가 많았다는 걸 떠올리며 출발했다.

지난번 노스 쇼어로 갈 때는 H2 국도를 타고 내륙을 뚫고 올라갔는데 오늘은 최단 거리만 알려주는 내비게이션은 무시하고 동쪽 해안도로를 탔다. 나는 이 선택을 격하게 칭찬하고 싶다. 며칠 전 새우를 먹고 어둠속에서 내려오며 낮에 다시 찾기로 했던 그 길이었다. 동쪽 해안 도로는 하와이 전역을 통틀어 가장 인상적인 드라이브 코스였다. 오른쪽은 탁 트인 바다, 왼쪽은 웅장한 수풀을 끼고 달리다 보니, 영화 〈쥬라기 공원〉을 찍었다는 쿠알로아 목장 Kualoa Ranch 이 나왔다. 워낙 아름다운 곳이라 다양한 영화의 촬영지로 유명 했고 하와이에서는 반드시 찾아야 하는 곳이었지만 쿨하게 그냥 지나쳤다. 그렇게 1km 남짓을 더 달렸는데 '난 누군가, 또 여긴 어딘가' 싶을 만큼 아름다운 바다가 나왔다. 와이프도 옆에서 눈이 휘둥그레져서 창문을 내렸다.

"오빠, 여기 뭐야?"

아이들도 공룡이 뛰어다녔다는 숲을 보다가 엄마의 탄성에 반대편을 보더니 '우와'를 연발했다. 나의 오른발은 내 의견을 묻지도 않고 액셀에서 브레이크로 이동했고 일단 갓길에 차를 세웠다. 그래, 이곳이 오늘 우리의 목적지다.

뒤로는 쿠알로아 목장의 웅장한 산이 보이고 모래사장은 아무도 밟지 않은 첫눈처럼 곱게 펼쳐져 있었다. 파도도 잔잔하고 무엇보다 사람이 거의 없었다. 화장실이나 탈의실이 없는 곳이라 수영복을 입고 뛰어들 수는 없었지만 보는 것만으로도 충분했다. 지난 며칠 이름난 바닷가를 다녔지만 우리 가족에게는 이곳이 단연 최고였다. 바다를 멍하니 바라보고 있으면 내게 말을 거는 것 같았다. 부곡 하와이 다니던 꼬마가 이렇게 커서 가족들 데리고 진짜 하와이까지 잘 왔다고. 나는 바다에게 화답하는 뜻으로 미끈하게 생긴 돌멩이 하나를 골라 물수제비를 했다. 앞으로 하와이에 올 때마다 이곳에 들르게 될 것 같다는 운명 같은 끌림을 느꼈다. 이곳을 기억하기 위해 지도를 켜고 현재 위치를 체크했다. 51-329 Kam Hwy Kaaawa. 우리 가족만 안다는 의미로 '비밀 바닷가'로 이름도 붙였다.

다시 비밀 바닷가를 찾았을 때는 수영복과 스노클링 장비, 몸을 씻을 생수까지 만반의 준비를 하고 오겠다고 다짐하며 거북이가 기다리고 있는 라니아케아 비치로 향했다. 라니아케아가 하와이 말로 '측량할 수 없는 천국'이라고 하는데, 우리 가족은 예외인 것 같다. 30분 정도 해변에서 기다렸지만 허탕이었다.

사실 우리 가족의 운은 예측할 수 있었다. 지오반니 슈림프의 마지막 손님이 되었을 때 하와이에서 허락된 행운을 몽땅 쓴 거였다. 자리를 옮겨도 봤지만 과연 이곳에 거북이가 한 번이라도 나타난 적이 있는지 의심이 갈 정도로 조용했다. 바닷가에서 용왕을 만나고 나오는 토끼를 기다리는 게 빠를 것 같았다. 내가 그동안 거북이 칭찬을 얼마나 했었는데, 레고로 만든 거북이가 몇 마리인데, 두 번이나 헛걸음하게 하다니. 그래도 한 마리라도 나타날 때까지 오기로 버텨보고 싶었지만 지아의 한 마디로 상황은 종료됐다.

"아빠, 응가!"

쉬는 나무 뒤에서나 차 뒤에서 어떻게든 다양한 솔루션을 마련할 수 있지만 응가는 답이 없다. 모두에게 빠른 걸음으로 차량에 탑승하라는 절대 명령어다. 차에 탄 지아가 아이패드를 만지작거리는 걸 보면 일분일초가 급한 상황은 아닌 듯했다. 잠시 후 지아는 똥을 뱃속에 볼록하게 머금고 잠이 들었다. 한 번 잠이 들었을 때 최대한 멀리 가야 한다. 목적지를 집으로 정하고 달리기 시작했다. 그런데 문제가 하나 있었다. 주유가 필요했다. 이미 경고등이 켜진 상태였는데 비밀 바닷가에서 나올 때부터 주유소를 찾았지만 보이질 않았다. 이렇게 바로 고속도로로 들어서면 낭패다. 도무지

"겨울이라
물 속이 더 따뜻해.
나가지 말자."

주유소가 나타날 기미가 보이지 않고 파인애플 농장만 끝없이 펼쳐질 뿐이었다. 나의 불안함이 최고조를 찍었을 때 다행히 진입로 직전에 주유소가 나타났다. 힘든 운동을 끝내고 게토레이 하나를 원샷하는 기분이었다.

1ℓ에 750원인 주유소에서 홀가분하게 연료 탱크를 채우고 이제는 집이라고 부르게 된 숙소 앞바다로 나갔다. 와이마날로 비치 끄트머리에 자리 잡은 작은 바닷가지만 하와이보다는 부산 다대포 같은 분위기가 풍겼다. 시간이 훌쩍 지나서 오후 5시였고 바람도 세차게 불어 제법 추웠지만 바다에 들어가니 따뜻했다. 컨디션이 안 좋았던 지아는 먼저 들어가고 나와 지우만 남아 물놀이를 했다. 해가 떨어진 것도 모르고 정신없이 놀기 바쁜 지우를 그대로 두면 감기에 걸릴 것 같았다. 이럴 때는 두말없이 자리를 박차고 나올 유인책이 필요하다.

"큰 파도 스무 번만 맞고 들어가자."
"좋아, 좋아."

아직 숫자 20이 몹시 큰 숫자라고 생각하는 지우는 좋다고 했고 잔잔한 파도는 건너뛰면서 큰 파도가 올 때면 둘이서 손을 잡고 점프하면서 파도에 몸을 부딪쳤다. 마지막 파도는 내 몸도 흔들릴 정도로 짜릿해서 바다를 뒤로하고 나올 때는 기분 좋게 하이파이브도 했다. 집으로 돌아가는 100m 남짓의 짧은 길을 걸을 때 비치 타월을 드레스처럼 몸에 감아 주니 지우는 마냥 좋아했다. 신이 난 지우와 걸었던 짧은 시간이 오래 기억에 남았다.

내일이면 새로운 숙소로 이동한다. 아쉬운 마음에 저녁을 먹고 난 다음 카일루아 지역으로 저녁 외출을 나갔다. 해가 완전히 떨어지기 전이라, 아직 바퀴벌레는 출근 전이었다. 저녁 외출 장소는 홀푸드마켓 Whole Foods Market이었다. 왜 진작 여길 안 왔을까 후회가 될 만큼 색다른 재미가 있었다. 기본적인 생활용품, 과일, 빵, 꽃, 유기농 식품을 파는데 진열 스타일도 독특하고 매장 구석구석 숨어 있는 제품들도 매력적이었다. 아이들은 컵케이크에 꽂혔다. 작고 예쁘게 생긴 걸 워낙 좋아하는데 심지어 맛도 있게 생겼으니 어떻게 지나치겠는가. 지우가 예쁘지만 맛은 별로일 것 같은 컵케이크를 골라왔길래 사 줬더니 지아도 똑같은 걸 골라왔다. 자매가 양손으로 컵케이크를 들고 홀푸드마켓을 조심조심 걸어 다녔다.

생각해 보니, 하와이에 온 지 6일이 됐지만 레스토랑은 두 번밖에 가지 않았다. 늘 도시락을 먹거나 마트에서 장을 보고 집적 만들어 먹었다. 현지 음식을 먹는 것도 여행의 큰 즐거움이라 고민이 없었던 것은 아니지만 이번 여행은 무엇보다 엄마와 아빠가 먼저였다. 아이들의 여행 추억을 위해 현지에서 경험할 수 있는 것들을 좀 더 도전할 수도 있었지만 그러다 엄마와 아빠는 물론 아이들까지 모두 힘든 여행이 될 것 같았다. 그래서 아이들에게 아이패드도 마음껏 허락하고 밥도 숙소에서 편하게 먹을 수 있는 메뉴로 해결했다. 시간이 조금 더 흘러서 지우, 지아가 스스로 여행 계획을 세우고 경험할 준비가 된다면 아이들이 중심이 되는 여행을 해 보리라.

이제 5일 후면 돌아간다. 벌써 하와이가 그리워지기 시작했다.

FAMILY COMMENT

엄마 / 지영

홀푸드마켓은 진리임. 우린 왜 재미도 없고 감동도 없는 타겟, 코스트코만 공략했을까….
다음엔 여기서 파는 햄버거 패티를 사서 육즙 가득한 미국식 햄버거 만들어 먹자!

첫째 / 지우

비밀 바닷가에서는 날씨가 너무 좋아서 신났는데 수영복이 없어서 그냥 돌아왔고
집 앞 바다에 갔을 땐 날씨가 안 좋아서 속상했다.

둘째 / 지아

컵케이크는 맛이 없었는데 떡볶이는 정말 맛있었어.

UFC 체육관 앞에서 격덕 셀카질

두 번째 숙소로 이사하는 날이다. 아침에 눈을 뜨니 부지런한 와이프가 짐을 싸고 있었다. 지금 짐을 싸는 것은 잠시 후 호텔에 가서 다시 짐을 풀었다가 한국 돌아가기 위해 또 짐을 싸고 한국에 도착했을 때 다시 짐을 풀어야 하는 거대한 프로젝트의 시작이기 때문에 고도의 일관성과 전략적 사고가 필요하다. 이런 일은 뛰어난 프로젝트 리더가 수행하는 것이 효율적이다. 우리 집에서 이런 고부가가치의 일은 와이프의 몫이다. 리더 옆에서 어설프게 감 놔라 배 놔라 하는 것보다는 깔끔하게 빠져주는 게 낫다. 그렇다고 내가 베짱이처럼 소파에 늘어져 구경만 한 것은 아니다. 내 손길이 필요한 다른 업무를 찾아서 하나씩 해결했다.

우선 쓰레기를 버렸다. 이곳은 분리수거를 하지 않는데 착실한 분리수거 습관과 지구를 구하려는 메칸더브이 정신을 이어받아 나라도 최대한 분리수거를 하고 싶었지만 쓰레기통은 이미 엉망으로 뒤섞여 있었다. 공동의 책임은 곧 무책임, 나도 대세를 따라 한 번에 쓰레기를 버렸다.

이제 세차를 해야 했다. 차 안이 모래사장을 넘어 사막이 되고 있었다. 그것도 쓰레기와 음식 찌꺼기로 오염된 사막으로…. 일단 자동 세차장을 찾아 나섰다. 집에서 가장 가까운 주유소에 갔지만 너무나 열악해서 주유기가 있는 것만으로도 고마울 따름이었다. 주유소 직원에게 자동 세차장의 위치를 물으니 카일루아 쪽으로 가보라고 했다. 10분 거리였지만 굳이 거기까지 가야 하나 고민하다가 어차피 지금 집에 돌아가도 짐 싸는 일에 큰 도움이 안 될 것이 분명했고 마지막으로 카일루아를 한 번 더 구경하고 싶었다.

카일루아는 하와이의 대표적인 부촌이었다. 좋은 집은 언덕 위에 있다고 해서 언덕 쪽으로 올라가니 감탄을 자엄마는 그림 같은 집들의 연속이었다. 그나마 내가 명품 도시 남양주 시민이라 꿀리지 않았지만 바다를 보며 나이키와 아디다스로 무장한 채 닥터드레 헤드폰을 끼고 조깅하는 사람들에게는 의문의 1패를 인정할 수밖에 없었다.

제법 큰 주유소가 몇 곳 있었지만 자동 세차장은 없었다. 이제는 대안을 생각해야 할 순간이었다. 그때 소싯적 '손가이버'라 불리던 때처럼 뇌에 스파크가 튀면서 내부 세차 대안으로 스카치테이프가 떠올랐다. 스카치테이프로 구석구석 숨어 있는 모래도 다 찍어내고 남은 거로 비행기 수화물로 부칠 박스를 포장할 때 쓰면 일석이조였다.

근처 슈퍼마켓에서 누런 스카치테이프를 사다가 거의 반 통을 다 써가며 모래를 찍어냈다. 생각보다 훨씬 만족스러웠다. 제법 뽀송뽀송해졌고 미국까지 와서 하와이 모래들과 사투를 벌인 카시트를 꺼내 일광욕도 시켜줬다.

이제 모든 준비가 끝났다. 겨우 일주일 머물렀던 곳이지만 아쉬운 마음에 구석구석 사진을 찍었다. 바퀴벌레만 없었다면 완벽했을 집이었다.

"자, 이제 출발하자."

그때 출발 직전에 해야 할 일이 떠올랐다. 시동을 켜놓은 상태에서 다시 집으로 들어갔다. 그리고 꼭꼭 숨어있던 갑, 을, 병 달팽이들을 어렵게 찾아서 한곳에 모은 후 물을 뿌려줬다. 오늘은 비가 안 올 거 같으니 이걸로 목이라도 축여라.

짐을 가득 싣고 이번에는 오아후의 서쪽, 코 올리나 Ko Olina 로 향했다. 내륙을 가로지르면 가까웠지만 동부 해안도로를 타고 남쪽을 경유하는 길을 택했다. 영어 발음이 뛰어난 내비게이션이 계속 유턴하라고 압박하다가 이내 나의 의중을 파악했는지 아름다운 해안 길로 안내했다. 해파리 때문에 들어갈 수 없었던 하나우마 베이가 계속 아쉬웠다. 어차피 짐이 모두 차에 있으니 여차하면 뛰어들 생각이었지만 입구에는 또다시 해파리 경고문이 붙어 있었다. 이쯤 되니 해파리는 천적이 없다는데 내가 바로 그 천적이 되어 볼까 싶었다. 막강하기로 소문난 부산 사하구청 하천관리 공익근무요원 열 명만 투입하면 몇 시간 만에 깨끗이 소탕할 수 있을 것 같은데, 여기 구청은 일을 안 하나 보다.

와이키키에 잠시 들러 점심을 먹고 가방을 도둑맞았을 때 함께 사라진 화장품을 몇 개 사니 호텔 체크인 시간에 딱 맞춰 도착할 수 있을 것 같았다. 나는 아이들에게 낮잠을 자라고 한 다음 내비게이션에 호텔 주소가 아닌 다른 주소를 몰래 찍었다. 이곳은 내가 하와이에서 가장 가고 싶었던 곳이다. 멀리 돌아가더라도 꼭 갈 생각이었는데 마침 호텔로 가는 최단 거리에 있었다. 그곳에 다가갈수록 피가 끓어올랐다. 와이프가 창밖을 보다가 한마디했다.

"오빠, 저기 UFC 체육관 있어."
"응, 알아. 내비게이션에 저길 찍어놨어. 지금 가볼 거야."

수업시간에 몰래 과자를 꺼내 먹다가 들킨 사람처럼 멋쩍게 웃으며 대답했다. 때마침 내비게이션이 우회전하면 목적지라고 알려줬다. 스포츠 집안의 아들답게 한글은 〈스포츠 서울〉로 뗐고, 종목을 불문하고 선수들의 모든 정보를 외우다가 숫자에도 밝아졌다. 월드컵이 열릴 땐 참가국 선수들의 소속팀과 이름도 줄줄 외웠다. 격투기에 조금이라도 관심이 있는 사람이라면 BJ 펜을 모를 수가 없다. 게다가 나 같은 격덕후라면 BJ 펜의 체육관은 미슐랭 레스토랑 같은 성지다.

"BJ 펜이 유명한 사람이야?"

와이프의 질문에 잠시 숨을 골랐다. 격투기의 살아 있는 전설을 어떻게 설명해야 할까. 입문 4년 만에 주짓수 블랙 벨트를 딴 격투기 천재? 세계 챔피언? 뭐라고 설명하건 부족할 것이다. 먼저 한인 4세 격투기 선수라고 설명했다. 태평양을 건너와 말도 안 통하는 이국땅에서 사탕수수 농사를 하며 생존한 한인 1세대의 DNA는 얼마나 강인했겠는가. 그들의 피를 물려받은 BJ 펜은 최강의 피지컬이 모인 UFC에서도 두려움을 모르는 전사의 심장으로 두 체급 챔피언에 오른 올라운드 플레이어였다. 예전에 하와이 출신인 BJ 펜이 바닷가를 뛰어다니며 훈련하는 영상을 봤었고 하와이 여행을 확정했을 때 가장 먼저 검색한 것이 바로 이곳의 주소였다.

거북이가 나온다는 해변에서도 거북이를 못 봤는데 BJ 펜 체육관에서 BJ 펜을 볼 수 있으리라고 기대하지 않았다. 그럼에도 그가 나타난다면 용기를 내서 사진을 찍자고 할 생각이었다. 역시나 그는 없었고 셀카를 즐기지 않았지만 여기서는 선글라스를 썼다 벗었다, 모자를 썼다 벗었다, 앞으로 썼다 뒤로 썼다, 표정도 웃었다 인상 썼다, 얼굴만 찍었다가 몸까지 다 찍었다, 차렷 자세로 찍었다, 복싱 포즈를 취했다, 엄청나게 셔터를 눌러댔다.

체육관 입구에는 UFC 글러브, 도복, 운동복, 붕대, 가방 등 각종 장비를 팔고 있었고 안쪽에는 러닝머신, 사이클, 벤치프레스 같은 헬스 기구가 있었다. 옥타곤 링이 보이긴 했지만 일반인을 위한 피트니스센터 느낌이라 다소 김이 샜다. 체육관 투어를 마치고 밖으로 나와서야 이곳이 와이켈레 아웃렛 한복판이었다는 걸 깨달았다. 야심 찬 나의 체육관 방문은 5분밖에 걸리지 않았지만 저 앞에 와이프가 2시간은 거뜬히 놀 수 있는 천국이 펼쳐져 있었다.

깊은 잠에 빠진 지우와 나는 차를 지키고 와이프가 지아를 데리고 아웃렛이라는 개미지옥으로 들어갔다. 1시간 후 와이프는 800달러짜리 명품 선글라스를 각종 할인을 받아 100달러에 샀다며 만족스러운 미소와 함께 돌아왔다. 우리의 두 번째 숙소에서 이곳은 차로 10분 거리였다. 앞으로 몇 번은 더 들를 것 같은 느낌적 느낌이 들었다.

NO
TURN
ON
RED
NO
TURN
ON
RED

"각자의 천국을 찾아서."

예정에 없던 체육관과 아웃렛 방문으로 5시가 지나서야 호텔에 도착했다. 가장 저렴한 방을 예약했기 때문에 마음의 준비는 하고 있었지만 방이 작아도 너무 작았다. 수영장이 딸린 집에 있다가 와서 그런지 이 단칸방에서 4일 밤을 보내야 한다는 게 엄두가 나지 않았다. 아이들은 호텔에 왔다는 사실에 들떴지만 와이프는 나와 비슷한 생각을 했는지 눈빛을 몇 번 교환하고 전화기를 들었다. 하루에 80달러를 추가하면 더 큰 방으로 옮길 수 있다고 했다. 우리의 머릿속에서는 나흘 동안 추가되는 요금이 얼마인지 중요하지 않았다. 여행지에서는 방만 좋다면 그깟 320달러는 제로에 수렴한다는 생각뿐이었다.

흡사 고시원 같았던 방을 탈출해 업그레이드된 방문을 여는 순간, 탄성이 절로 나왔다. 인테리어가 훨씬 깔끔했고 카펫도 뽀송뽀송했다. 아일랜드 식탁이 딸린 주방, 드넓은 방, 코인이 필요 없는 세탁기와 건조기까지 모든 것이 감동이었다. 신이 나서 아이들과 뛰어다니며 술래잡기를 하다가 밤에는 호텔 주변을 산책했다. 수영장과 바닷가가 이어져 있어서 아이들이 놀기에는 딱 좋았다. 아이들이 호텔에서만 논다고 할까 봐 걱정될 정도로 훌륭했다. 특히 산책을 마치고 잠자리에 들기 위해 소파를 침대로 변신시키자 마술이라도 본 것처럼 좋아했다.

마치 여행의 첫날처럼 흥분한 아이들이 잠자리에 들고 나도 자리에 누웠다. 이제 자는 시간마저 아까운 구간에 접어들었다. 침대로 변신한 소파가 다시 한번 하늘을 나는 양탄자로 변해서 하와이를 한 바퀴 날아다니는 꿈을 꾸고 싶었다.

FAMILY COMMENT

엄마 / 지영

분명 어느 블로그에서는 스탠다드 호텔 방에서 다섯 가족이 잤다고 하던데 집을 빌려서 며칠씩 있었더니 코딱지만 한 호텔 방은 이제 못 견디겠다. 게다가 가격도 더 비쌈!

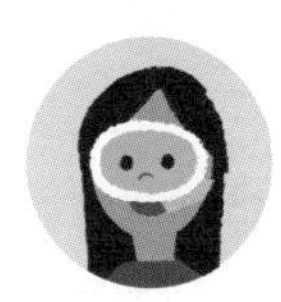

첫째 / 지우

다른 숙소로 이동하는 날이라 바쁘긴 했는데 호텔을 보니 기분이 다시 좋아졌다. 특히 더 큰 방으로 옮겼을 땐 최고였다.

둘째 / 지아

호텔도 좋은데 부산 가고 싶어.

“왜 아무도 없는 거지?”

인생의 장기 계획보다 눈앞에 고기를 맛있게

이제 확실히 시차 적응도 끝났다. 9시 무렵이면 온 가족이 상쾌하게 눈을 떴다. 지우는 일어나자마자 뜬금없이 학교 숙제를 했고 지아는 호텔 방 여기저기를 뛰어다니며 춤추고 놀았다. 와이프는 아침을 준비하고 나는 지우의 숙제를 구경하다가 두 자릿수 덧셈 문제에 흥미를 잃고 쫑알쫑알 쉴 새 없이 떠들며 노는 지아를 따라다녔다.

아침을 먹고 10시가 조금 지난 시간이었지만 바로 바닷가로 나갔다. 겨울 오전의 바다는 제법 찼다. 물론 호텔 수영장은 조금 더 따뜻했지만 눈앞에 태평양을 두고 수영장에만 몸을 맡길 순 없었다. 게다가 수영장 안에는 어림잡아 백여 명쯤 되는 할아버지, 할머니가 강사의 지도에 따라 체조를 하고 있었다.

호텔에서 만든 인공 바닷가는 파도가 잔잔해서 좋았지만 바닥이 너무나 깨끗한 모래뿐이라 스노클링의 재미는 떨어졌다. 지우는 팔에 끼우는 튜브를 하나 차더니 주 1회 3개월 강습으로 다져진 솜씨로 그럴듯하게 킥을 차며 아빠를 따라왔다. 발밑에는 모래뿐이라 수심을 가늠하기 힘들었는데 지우가 동동 떠 있는 곳은 서장훈이 까치발을 디뎌도 닿지 않을 만큼 깊은 곳이었다. 지아는 겁이 많아서 내가 안고 있어도 무릎 이상 물이 차면 겁을 냈고 족욕을 하듯 발만 물에 담그고 놀았다.

이번 여행에서 내심 나의 폴더폰에 사고가 나길 바랐다. 지난여름, 모던 레트로를 표방하며 엣지 있게 폴더폰으로 교체했었다. 스마트폰을 멀리하고 조금 불편해지는 대신 그 시간에 책을 읽자는 다짐을 했고 지금까지 잘 사용하고 있다. 물론 화면도 작고 자판을 누르는 것도 불편한 폴더폰으로 스마트한 기능들을 많이 사용하긴 하지만 확실히 스마트폰에 매달리는 시간이 많이 줄었다. 그래도 점차 아쉬움이 고개를 들었다. 아날로그 감성을 유지한 채 폴더폰으로 무너진 나의 차도남 스타일까지 살릴 수 있는 대안은 바로 블랙베리였다. 다만 블랙베리로 갈아타기 위한 명분이 없었다. 하와이 바다에서 폴더폰이 익사해 갈아탔다는 것이 가장 그럴듯해 보였다.

지우가 수영하는 모습을 찍어 준다는 핑계로 발이 닿지 않는 곳까지 폴더폰을 들고 나왔다. 한 손에는 폴더폰을 들고 한 손만 써서 수영하는 것은 생각보다 쉽지 않았다. 한 번이라도 큰 파도가 온다면, 한 번이라도 허우적거린다면 양손은 본능적으로 물 안으로 들어갈 수밖에 없다. 이미 사진과 전화번호는 다 백업을 받아놨다. 완벽한 시나리오다. 파도야, 와라!

하지만 파도는 잔잔했고 나의 발은 내 의지와 상관없이 1980년대 중반, 부산 괴정 영신 수영장에서 배웠던 우아한 발차기를 기억하는지 본능적으로 균형을 잡았다. 그렇게 수심 2m가 넘는 곳에서 너끈하게 떠 있다가 지우가 유유히 수영하는 사진만 건지고 무사히 돌아왔다. 안타깝지만 폴더폰의 익사는 다음 여행을 기약해야겠다.

오후에는 차를 몰고 카폴레이 Kapolei 로 갔다. 오전부터 수영에 매진했던 아이들은 차에서 깊은 잠에 들었고 와이프는 나에게 혼자 쇼핑을 해 보라며 스포츠용품 전문 아웃렛을 추천해줬다. 딱 내가 좋아할 만한 곳이긴 했다. 나는 조깅, 야구, 축구, 농구, 아웃도어 코너는 별다른 감흥 없이 지나고 맨 마지막에 있던 격투기 코너를 찾았다. 눈에 띄는 사람 모양 샌드백이 있길래 글러브를 끼고 한 50여 대를 야무지게 때렸다. 연세복서 주장 출신답게 체중을 실어 때리니 녀석도 휘청휘청했다. 그리고 회심의 어퍼컷 연타를 치려고 고개를 잠시 숙였을 때, 샌드백 밑에 적혀 있는 안내문을 봤다.

'Do Not Strike.'

웁스~ 쏘리. 샌드백 인간의 볼을 한 번 쓰다듬어 주며 사과하고 그 자리를 떴는데, 뒤에서 나의 타격을 힐끔거리며 보고 있던 사람이 내가 떠나자마자 글러브를 꼈다. 투박한 폼으로 샌드백 인간을 다시 패기 시작했다. 어퍼컷을 시도해야 바닥에 있는 안내문을 볼 텐데, 불행히도 어퍼컷을 칠 실력이 없는 친구였다. 샌드백 인간은

“주1회 3개월
강습으로 다져진
솜씨를 뽐내며.”

점원이 와서 말리기 전까지 속수무책으로 맞고만 있었고 역시나 나는 아무것도 사지 않고 아웃렛을 나왔다.

저녁은 고기를 구워 먹기로 하고 월마트와 코스트코, 타겟을 두루 거치며 장을 봤다. 나는 야외 그릴에서 고기를 굽는 역할을 맡았다. 고깃덩어리를 들고나오니 그릴 앞에는 생선을 굽는 사람이 더 많았다. 맥주를 마시며 생선을 굽고 끊임없이 옆 사람과 대화를 나눴다. 나를 중심으로 왼쪽에서는 '내 인생 최고의 낚시는 캐나다에서 잡은 생선이었다'는 이야기와 '캐나다에서는 생선이 정말 싸다'는 내용이 주를 이뤘고 오른쪽에서는 앨 고어처럼 생긴 아저씨가 본인 인생의 장기 계획을 설명하고 있었다. 그걸 듣고 있던 사람도 재미가 없었는지 나를 그 끔찍한 대화에 참여시킬 목적으로 힐끗 쳐다봤다. 나는 그런 대화에 어설프게 합류하고 싶지 않았다. 나는 인생의 장기 계획은커녕 눈앞의 고기를 어떻게 구워야 맛있는가에 관한 단기 계획도 없는 사람이다. 같이 대화 좀 하자는 간절한 눈빛을 외면하고 계속 고기를 뒤집었다.

그릴과 방을 몇 번 오가니 어느덧 하루가 지났다. 한국에서는 금요일 오후가 저무는 때였고 마침 설 연휴였던 터라 새해 인사와 훈훈한 문자가 계속 도착했다. 하지만 이제 곧 한국으로 가야 하는 날이 다가온다는 뜻이었기에 아쉬운 마음이 자꾸만 커졌다. 곧 돌아가야 한다고 생각하니 쿠알로아 목장 앞에서 발견한 비밀 바닷가가 생각났다. 거리를 확인하니 차로 1시간쯤 걸렸다.

"그 바다 한 번 더 갈까? 생일이잖아."

그랬다. 이틀 뒤면 나의 생일이었다. 나와 텔레파시가 통한 와이프가 먼저 말을 꺼냈다. 한국으로 돌아가기 전 하와이에서 맞는 생일을 비밀 바닷가에서 케이크를 나눠 먹으며 보내면 서른아홉 번의 생일 중 최고의 이벤트가 될 것 같았다. 벌써 여행이 끝난 것처럼 아쉬워하기에는 이르다며 마음을 다독이고 잠을 청했다.

FAMILY COMMENT

엄마 / 지영

미국산 소고기 하면 뭔가 맛도 없고 병에 걸릴 것만 같은 이미지였는데. 웬걸, 입에서 녹네! 녹아!

첫째 / 지우

호텔이 너무 마음에 들었다. 수영장에서 노는 건 좋은데 물 밖은 너무 추워서 계속 수건을 걸치고 있었다. 감기 걸릴 것 같았다.

둘째 / 지아

난 추워도 좋았어.

스노클링도 함께,
생일도 함께

아침에 눈을 뜨니 19시간이 빠른 한국은 이미 내 생일이었다. 여기저기서 생일 축하를 받으니 생일을 두 번 치러 두 살 먹는 느낌이지만 그래도 나쁘지 않았다. 지우는 아침에 일어나자마자 또 숙제를 했다. 내가 초등학생일 때는 방학식을 하는 날 친구랑 둘이서 숙제를 모두 해치우고 다음 날부터 개학할 때까지 거침없이 놀았는데 우리 딸은 그 반대였다. 그래도 숙제를 해야 한다며 책을 꺼내는 모습은 귀엽고 대견했다.

어제처럼 호텔 수영장에는 백여 명의 할머니, 할아버지들이 체조를 하고 있었고 우리는 어린이 풀장 앞에 자리를 잡았다. 여기는 보호자가 없어도 안전하게 놀 수 있는 곳이라 나는 옆에 있는 스파로 들어갔다. 뜨뜻한 스파에서 피부 속 노폐물이 빠져나가고 순두부 같은 몸이지만 시력 8.0으로 자세히 뜯어보면 구석구석 보이는 근육이 이완되는 이 느낌, 좋구나. 정신은 이십 대인데 몸뚱이는 아재가 되어 가고 있었다.

"으…. 좋다."

나도 모르게 혼잣말로 감탄사를 내뱉었다. 선을 넘은 기분이었다. 이런 추임새로 만 38세로서의 마지막 날을 보냈다는 게 너무 부끄러웠다. 반성하는 의미로 스노클링 장비를 챙겨 바닷가로 갔다. 돌섬을 끼고 제법 멀리까지 나가 보았다. 오리발

"아빠, 여기
앵그리버드 닮은 새도
날아다녀."

이 있었으면 더 힘차게 물살을 가를 수 있었겠지만, 길이 265mm에 폭마저 좁은 발로는 한계가 있었다.

역시 돌 근처에는 물고기들이 많았다. 물론 아쿠아리움에서 볼 법한 휘황찬란한 생명체는 없었지만 이렇게 깊은 곳에서 조끼도 입지 않고, 에너지 소모를 최소화한 자세로 스노클링을 하고 있다는 자체가 만족스러웠다. 이게 삼십 대의 모습이지. 다시는 스파에서 아재 감탄사를 내뱉지 않으리. 오리발만 있으면 상어도 잡을 듯한 기분이었다.

수심은 제법 깊어 5m는 될 것 같았다. 수심이 깊어질수록 거북이나 큰 물고기를 만날 확률이 늘어나는 만큼, 상어를 만날 확률도 높아진다는 불안이 서서히 나의 영혼을 잠식해갔다. 우리 동네 모기 커뮤니티에서도 맛있다고 소문난 내 피를 상어는 또 얼마나 좋아하겠는가. 두려움을 이기고 계속 바닷속을 관찰했지만 뭔가 허전했다. 잠시 후, 나는 스노클링의 본질을 깨달았다. 스노클링은 함께하는 것이었다. 누군가의 손을 잡고 서로 사진도 찍고 예쁜 물고기를 발견하면 물속에서 손짓도 하고 엄지도 치켜세우고 호들갑을 떨어야 흥이 났다. 거북이가 새우 팔찌를 차고 뱀장어 목걸이를 하고 해파리 신발을 신고 나타나도 혼자 보는 것은 의미가 없었다. 나는 다시 가족들 품으로 돌아갔다.

남은 시간은 선물을 고르며 보냈다. 선물을 고르거나 받을 때면 나는 아버지 생각이 자주 난다. 어릴 때, 아버지가 선수단을 이끌고 해외 시합을 다녀오실 때마다 이국적인 선물을 받는 기분이 쏠쏠했다. 지금도 아버지가 선물한 철인 28호 로봇, 야구 오락기, 괴도 루팡 오락기, 러시아 역대 대통령 목각인형은 잊을 수 없다.

특히 기억에 남는 선물은 일본에서 사 오셨던 CD다. 중학생이던 나는 거금을 들여 소니 스테레오를 산 이후, 팝송을 본격적으로 듣기 시작했다. 출장 가시는 아버지 수첩에 몇몇 가수의 이름을 적어 드리고, 이 가수들의 CD를 사달라고 했다. 출장에서 돌아온 아버지가 가방에서 꺼낸 CD는 M.C. 해머의 CD였다. 7장 모두 말이다. 머라이어 캐리, 마이클 볼튼, 마이클 잭슨, 뉴키즈온더블록, 바비 브라운 등의 가수 이름을 적은 다음 재미 삼아 제일 마지막에 적었던 가수가 M.C.해머였다. 내 생각에는 음반가게 점원이 한국 사람이 쪽지를 건네며 CD를 찾자 이때가 기회다 싶어 재고로 남은 M.C. 해머 CD를 몽땅 팔았던 것 같다.

이렇게나 많은 걸 받았는데 내가 부모님께 선물한 것은 잘 기억나지 않는다. 그래도 하나는 기억난다. 삼성전자에 다니던 시절, 홍콩에 따라갔다가 처음으로 명품 무대에 데뷔했다. 어머니에게는 에르메스 스카프, 아버지께는 베르사체 넥타이를 선물했다. 어머니의 에르메스 스카프는 지금 와이프가 하고 있다.

선물을 사고 집에 왔더니 아이들은 다시 넘치는 에너지로 뛰어다녔다. 저 들뜬 기분을 망치기 싫어 방금 바퀴벌레 한 마리를 잡았다는 건 말하지 않았다. 잠들기 직전, 지아가 립스틱이라며 빨간 크레파스를 들고 입술에 발랐다. 나도 얼마 전 비슷한 경험을 했다. 아침 잠결에 치약을 면도기에 바른 것이다. 비슷한 행동이지만 나에게는 짠하다는 시선이 지아에게는 귀엽다는 찬사가 쏟아졌다.

생일은 아니었지만 생일 축하를 많이 받았던 하루가 끝났다. 이제 정말 이틀 후면 한국에 간다. 꿈속에서라도 드래곤볼 7개를 모은다면, 딱 9일 전으로 돌아가고 싶은 밤이다.

FAMILY COMMENT

엄마 / 지영

아이들 전용 수영장에 있다 보면 다 고만고만한 아이들을 키우는 부모들을 만난다. 나의 왼쪽에는 친정 부모님을 모시고 온 듯한 자매가 남편들이 아이를 돌보는 동안 시댁 이야기를 하느라 바빴고 내 오른쪽에는 시애틀에서 온 부부가 여름에는 비싸니까 내년 겨울에 또 오자고 약속했다.

첫째 / 지우

난 쇼핑은 싫어하지만 TJ 맥스에서는 엄마 따라다니며 구경하는 것이 재밌었다.

둘째 / 지아

난 하와이가 너무 좋아.

충격적으로 맛있는 훌리훌리 치킨

서른아홉 번째 생일. 생일의 기쁨보다 하와이에서 보내는 마지막 날이라는 아쉬움이 더 큰 하루였다. 오늘은 수영하지 않아도 좋다는 아이들의 협조에 힘입어 아침을 먹고 노스 쇼어로 향했다.

첫 번째 목적지는 할레이와 Haleiwa 였다. 지난 주말 실패했던 닭을 한 마리 먹어야지. 하와이에서 가장 유명한 닭집이 할레이와에 있는 레이스 키아웨 브로일드 치킨 Ray's Kiawe Broiled Chicken , 일명 '훌리훌리 치킨'이었다. 기름기를 뺀 숯불구이 통닭을 파는 곳이었는데 이름이 과하게 길었지만 레이 씨가 키아웨 나무로 만든 숯으로 구워서 만든다는 뜻이었다.

이곳의 위치는 정확히 몰라도 된다. 할레이와에 들어서는 순간 연기가 자욱하게 올라오는 곳이 보이기 때문이다. 연기가 피어나는 곳에 가까워질수록 구수한 전기구이 통닭 냄새가 뉴런을 자극해 침샘이 폭발한다. 차를 길가에 대충 주차하고 냄새가 나는 곳을 향해 좀비처럼 뛰어갔다.

토요일과 일요일에만 아침 9시부터 오후 4시까지 영업하기 때문에 대기 손님이 많았지만 닭 굽기 달인들이 50여 마리의 통닭을 그릴에서 빠른 속도로 구운 후 순식간에 포장했다. 한 마리에 10달러, 반 마리 6달러, 콜라는 1달러로 가격마저 기름기를 쫙 뺐다. 하와이에서 새우와 치킨은 중국집에서 자장과 짬뽕이었다. 우열을 가리지 말고 무조건 다 먹는 것이 진리다.

Ray's KIAWE BROILED
Chicken
Cell: 351-6258 · 479-9891

모든 것이 훌륭했지만 길거리 음식점이라 앉아서 먹을 곳이 없었다. 하는 수없이 차에서 먹기 시작했는데, 초등학교 때 참치 캔을 처음 먹었을 때와 견줄 만큼 미각적인 충격을 선사했다. 지오반니 슈림프가 그냥 커피라면 훌리훌리 치킨은 T.O.P였다. 시큼한 무김치와 케첩, 마요네즈를 듬뿍 뿌린 한국식 양배추 샐러드가 없는 게 아쉬웠을 뿐이다.

뼈에 붙어 있는 살까지 빨아먹은 후, 우리 가족에게 너무나 좋은 기억으로 남아 있는 비밀 바닷가로 출발했다. 가는 길에 터틀 비치, 선셋 비치 등도 있었지만 어차피 오늘도 거북이는 나오지 않을 터다. 비밀 바닷가에 도착하니 지난번과 달리 차가 몇 대 보였다. 주말에는 이곳에도 현지인이 찾아오는 모양이었다. 가족 단위로 놀러 온 사람이 제법 보였고 날씨는 흐려서 에메랄드빛으로 빛났던 바다의 컨디션도 썩 좋아 보이지 않았다.

너무 기대했던 걸까. 조금 아쉬웠지만 그래도 여전히 훌륭하고 멋진 바다였다. 지우와 지아와 함께 수영복으로 갈아입은 후 바닷가에 들어갔는데 물이 지난번보다 차가워 오래 머물 수 없었다. 적당히 물놀이를 한 다음 준비해 간 생수로 샤워를 하고 옷을 갈아입었다. 물기와 모래로 찝찝했지만 30분이 지나니 모래는 다 떨어져 나가고 옷도 뽀송뽀송해졌다.

마음 같아선 2시간 정도 해안도로를 타고 하와이를 한 바퀴 돌고 싶었으나, 지우와 지아가 차를 오래 타는 건 용납하지 않았다. 아이패드로 뽑아낼 수 있는 집중력도 최대 1시간 남짓이라 그 안에 운전을 끝내는 것이 가족의 평화를 위해 좋다. 내륙을 가로질러 숙소로 돌아왔고 어제 산 선물 중 몇 개를 환불 및 교환하는 것으로 공식적인 일정을 완료했다.

여행의 마지막 밤은 누가 뭐래도 바비큐 파티다. 한 번 해 봤더니 그릴과 숯에 익숙해져서 겉은 살짝 타고 속은 적당히 붉은 기가 남은 양질의 미디엄 웰던이 탄생했다. 한바탕 고기를 구웠더니 머리끝부터 발끝까지 고기 냄새가 진동해 반찬이 없어도 밥 한 그릇을 뚝뚝 비울 수 있을 것 같다. 아, 부의 상징 고기 냄새를 한껏 머금은 지금 상태로 퇴근길 9호선을 타고 싶구나.

아쉽게도 이렇게 마지막 날이 저물었다. 와이프는 짐 정리를 시작했고 지우는 또 숙제를 하고 지아는 방을 돌아다니며 혼자 노래 불렀다. 지우는 최근 몸이 편찮으셨던 외할머니가 보고 싶고 걱정된다며 빨리 돌아가자고 하고 지아는 계속 호텔에서 살자고 했다. 나는 이번에도 지아와 마음이 통했다.

여행의 마지막 날에는 다음 여행 계획을 세워야 한다. 검색창에 살포시 마우이를 찍어 본다. 마우이에는 어떤 비밀들이 숨겨져 있을까 생각하며.

FAMILY COMMENT

엄마 / 지영

사실 하와이 여행을 지르게 된 가장 큰 계기가 훌리훌리 치킨이다. 몇 개월 전, 하와이행 항공권을 지를까 말까 고민하던 나에게 하와이만 스무 번 다녀온 자타공인 하와이 전문가가 훌리훌리 치킨을 먹고 오라고 기름을 부었었지.

첫째 / 지우

아침에 일어나니 그동안 학교 방학 숙제를 너무 안 한 것 같아서 숙제를 했다. 비밀 바닷가에 다시 갔는데 날씨가 안 좋아서 기분이 별로였지만 나무에 매달린 그네를 타고 놀아서 좋았다.

둘째 / 지아

나도 그네 타고 싶었는데…. 진짜 그네는 탈 수 있는데 가짜 그네라서 못 탔어.
나도 숙제하고 싶어.

"언니, 그네가
이상하게 생겼어.
타지 마!"

하와이 여행의 마지막 날, 언제 또 가지?

올 것 같지 않았던 출국 날 아침이 밝았다. 오후 2시 비행기니, 11시 30분까지 공항에 도착해서 렌터카를 반납하고 출국 수속을 밟아야 했다. 짐은 어제 다 쌌기 때문에 일어나자마자 체크아웃을 하고 마지막 목적지로 향했다. 마지막 목적지는 다른 사람이라면 첫 번째로 삼았을 와이키키였다.

11일 동안 하와이에 있으면서 와이키키 해변에 가지 않았다. 그리고 대부분의 식사를 숙소에서 해결하다 보니 팁을 내는 레스토랑이 그리웠다. 지우가 좋아하는 팬케이크를 검색해 보니 하와이에서는 에그 앤 띵스 Eggs'n Things 가 압도적으로 많이 나왔다. 이렇게 유명한 곳은 괜히 가기 싫었다. 그러다 하와이에 많이 사는 일본인이 특히 좋아하는 팬케이크 집으로 소개된 웨스틴 호텔의 더 베란다 The Veranda at Moana Surfrider, A Westin Resort Spa 라는 곳이 있었다. 사진만 봐도 음식이 깔끔하고 무엇보다 와이키키 해변과 연결되어 있었다.

이 레스토랑은 정말 휴양지 같았다. 세계 곳곳에서 모여든 여행객이 〈월스트리트〉 저널을 읽으며 커피를 마시는 풍경이 새로웠다. 음식을 푸짐하게 시켰더니 일흔 살이 훌쩍 넘어 보이는 할아버지 서버가 아이들은 뷔페가 공짜라며, 더 저렴하게 브런치를 즐길 방법을 알려줬다. 이곳은 뜨내기손님에게 바가지를 씌우는 곳이 아니구나 싶었다. 그러고 보니 서버 대부분이 할아버지들이었다. 한 분 한 분 여유가 느껴졌고 이분들은 아직 이렇게 멋진 곳에서 즐겁게 일하고 있다는 사실이 멋져 보였다. 나도 말년에 이런 곳에서 서빙을 해 보고 싶다.

“엄마, 한국 가지 말고
여기서 살자.”

돌아올 때가 되자 제대로 된 가족사진이 없다는 것이 떠올랐다. 서둘러 와이키키 해변으로 나갔지만, 셀카봉이 없는 관계로 이곳이 와이키키인지 남양주 삼패공원인지 알아볼 수 없을 만큼 얼굴만 가득 담은 가족사진 하나가 남았다. 이 사진이 우리 가족의 첫 번째 하와이 여행의 마지막 기념품이 되었다. 자, 한국으로 돌아가자.

렌터카 영수증을 받았는데 정체불명의 40달러 정도가 추가되어 있었다. 처음 차량을 출고할 때 채운 기름값이라고 했다. 이곳은 기름통을 완전히 비우는 것이 기준이라 처음 차를 렌트할 때 가득 찼던 기름값은 우리가 내야 한다는 것이다. 이 사실을 몰랐던 우리는 텅텅 빈 기름통을 어제 가득 채웠다. 40달러면 로스에서 티셔츠를 다섯 장 사는데··· 다음에는 이런 실수를 하지 않으리.

차를 반납한 곳에서 공항 터미널까지는 제법 먼 거리여서 5달러 주고 카트를 빌렸지만 짐이 워낙 많았고 아이들이 피곤한 상태라 이동이 쉽지 않았다. 땀을 삐질삐질 흘리며 겨우 터미널에 도착했더니, 여기가 아니란다. 하와이안 에어라인은 국제선도 국내선 터미널에서 이용해야 한단다. 출국 시간까지 1시간이 조금 넘는 시간만 남은 상태였다. 엄청난 수화물과 졸린 두 아이를 안고 10분 거리를 또다시 좀비처럼 뛰었다. 겨우 터미널에 도착하니 옷은 모두 땀으로 흥건했고 찝찝한 상태로 비행기에서 10시간을 보낼 생각을 하니 월요일 출근길과 비슷한 피로가 몰려왔다. 벚꽃 같은 엔딩은 아니었지만 그래도 마지막 하와이 공항에서의 질주는 기억에 강하게 남았다.

아이들이 10시간이라는 비행 시간을 잘 버텨 주었고 덕분에 나는 영화 네 편을 보며 평화롭게 태평양을 건넜다. 갈 때 〈쎄시봉〉을 봤고 돌아올 때는 〈뷰티 인사이드〉를 봤다. 두 영화 모두에서 주연을 맡은 한효주는 11일 만에 보니 연기가 더 좋아진 것 같았다.

몇 번 비행기가 덜컥거리자 한국이었다. 정말, 정말, 첫 번째 하와이 여행이 끝난 것이다. 행복했다. 그래서 도착하자마자 달력을 꺼냈다. 하와이 언제 또 가지?

FAMILY COMMENT

엄마 / 지영

하와이는 이제 신혼여행의 메카가 아니다. 앞으론 가족 여행의 성지가 될 거야….

첫째 / 지우

마지막 날이라 속상했다. 첫 번째 날로 돌아가고 싶었는데 시간을 되돌릴 수 없었다. 그래도 빨리 돌아가서 할머니, 할아버지를 보고 싶었다.

둘째 / 지아

우리 첫 번째 날로 돌아가자.

오아후 지역별 추천 코스

1. 노스쇼어 지역 추천 코스

- A Sunset Beach / 선셋비치
- B Shark's Cove / 샥스 코브
- C Laniakea Beach / 라니아케아 비치
- D Haleiwa / 할레이와
- E Ray's Kiawe Broiled Chicken / 레이스 키아웨 브로일드 치킨

2. 카풀레이 지역 추천 코스

- F Ko Olina / 코올리나
- G Kapolei / 카폴레이
- H Waikele Premium Outlets / 와이켈레 프리미엄 아웃렛

3. 호놀룰루 지역 추천 코스

- I Ireh / 이레분식
- J Ala Moana Center / 알라 모아나 센터
- K Waikiki / 와이키키 시내
- L Heavenly Island Lifestyle / 헤븐리
- M The Cheesecake Factory / 치즈케이크 팩토리
- N Waikiki Wall / 와이키키 월
- O Sans Souci State Recreational Park / 샌스 수시 스테이트 레크레이셔널 파크
- P Leonard's Bakery / 레오나드 베이커리
- Q Diamond Head / 다이아몬드헤드
- R Kailua Beach / 카일루아 비치
- S Lanikai Beach / 라니카이 비치
- T Ehukai Street / 에후카이 거리
- U Waimanalo Beach / 와이마날로 비치
- V Hanauma Bay / 하나우마 베이

Kapolei
카풀레이 지역

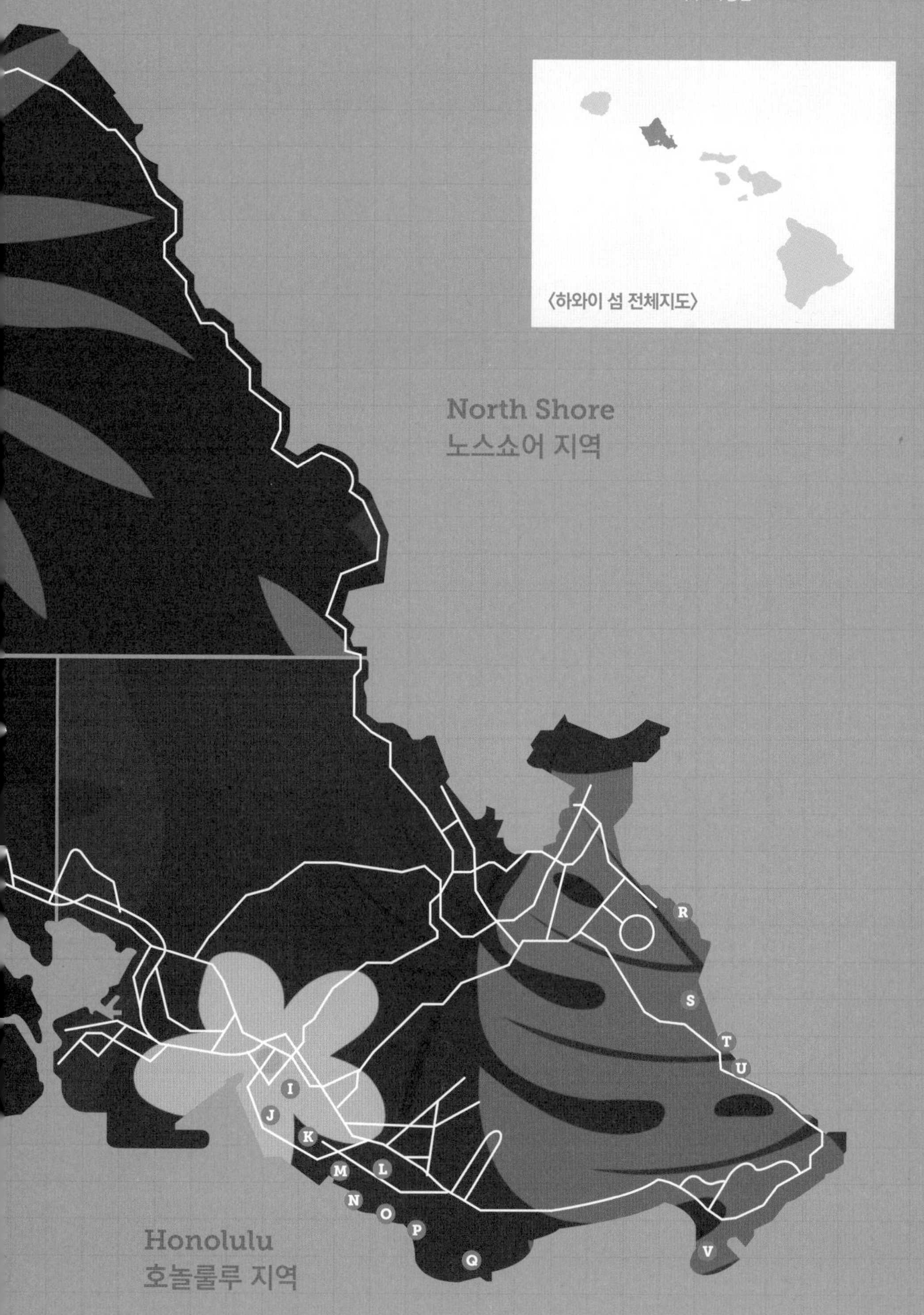
〈하와이 섬 전체지도〉
North Shore
노스쇼어 지역
Honolulu
호놀룰루 지역
R
S
T
U
I
J
K
L
M
N
O
P
Q
V

오아후 베스트 드라이브 코스

1 쿠알로아 공원에서 와이메아 베이까지 〈카메하메하 국도〉
좌로는 쿠알로아 공원, 우로는 도로에 맞닿은 에메랄드빛 바다를 보며 운전하니 차가 밀려도 화가 나지 않는다. 에어컨을 끄고 창문을 열게 되고 아무곳에서나 차를 멈추고 싶다. 우리 가족만의 비밀 바닷가도 이렇게 발견했다.

2 돌 플랜테이션에서 라니아케아 비치까지 〈카메하메하 국도〉
노스 쇼어 드라이브길. 컴퓨터 배경화면으로 삼기 좋은 파인애플 밭을 거쳐 저 멀리 바닷가가 보이기 시작하면 난생처음 바다를 보는 사람처럼 설렌다.

3 하나우마 베이에서 와이마날로 비치까지 〈칼라니아올레 국도〉
우리 가족의 입에서 처음으로 감탄사가 터져 나온 곳. 멋진 광경을 눈이나 카메라로 담고 싶다는 조바심이 몰려올 때쯤 라나이 전망대Lanai Lookout, 할로나 전망대Halona Blowhole Lookout, 마카푸 전망대Makapuu Lookout 등이 차례로 나타나서 여유 있게 즐길 수 있다.

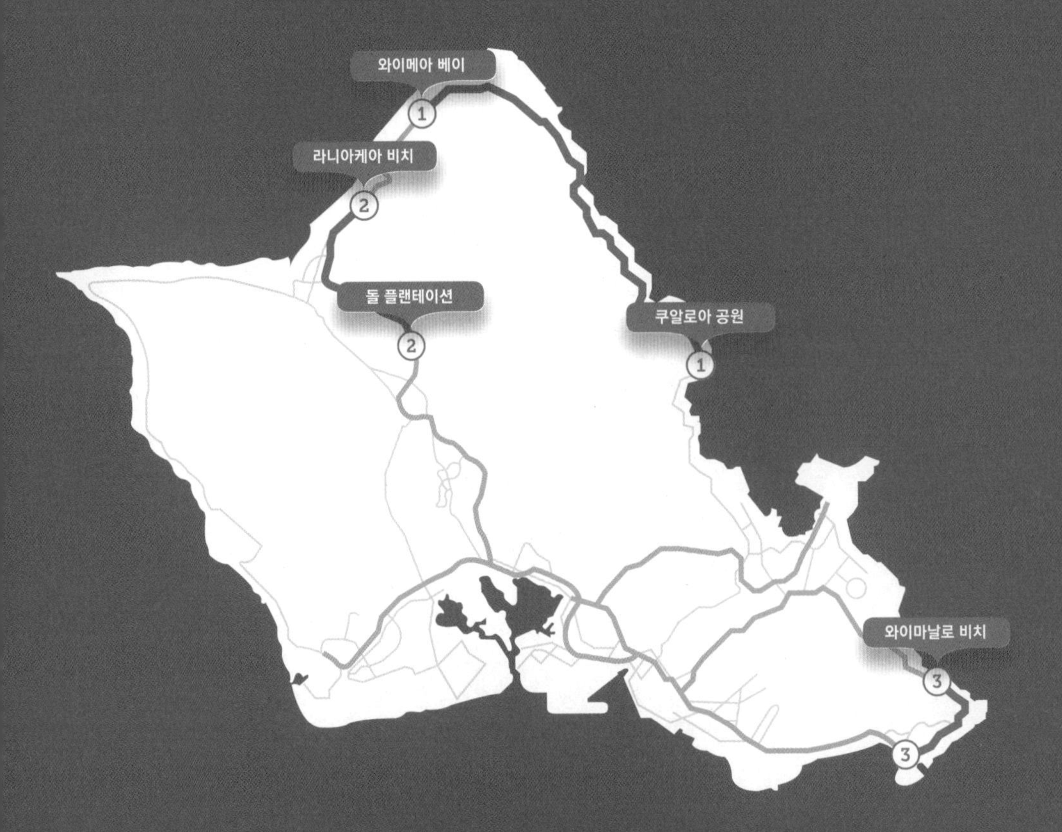

TOTAL COST

/ 첫 번째 하와이 여행 총경비 /

항공권 2,200,000원
하와이안 항공 이코노미 클래스

숙박 2,800,000원
VRBO 6박 200,000원/Day
메리어트 호텔 4박 400,000원/Day

렌트 450,000원
Full Size Sedan, 45,000/Day

환전 1,200,000원

식비 및 마트 쇼핑 500,000원

쇼핑, 선물 500,000원

총경비 ₩ 7,650,000

MA

UI
SECOND
02
HAWAII
Maui
2016.10.20 ~ 10.30
두 번째 하와이 * 마우이 *
TOUR

출근길 만원 지하철에서 미소 짓는 이유

9일간의 추석 연휴가 끝난 첫 번째 월요일이었다. 슬픔이 극대화되는 출근길. 그것도 만원 지하철 안이다. 다들 세상으로부터 버림받고 꼬리 칸에 탑승해 양갱만 먹는 〈설국열차〉 사람들처럼 비통해 보였다. 고개를 돌려 창문에 비친 내 얼굴을 봤다. 아, 괜히 봤다. 그래도 난 다를 줄 알았는데 나 역시 표정이 썩어 있었다. 직장생활 14년 차라 월요병은 사라진 지 오래된 짬밥이지만 연휴 뒤의 출근은 벗어나고 싶은 현실이다. 그래도 내게는 입꼬리를 올릴 수 있는 비장의 무기가 있었다. 하 투 더 와 투 더 이.

두 번째 하와이 여행이 한 달 앞으로 다가왔다. 하와이 여행에서 돌아오자마자 우리는 두 번째 하와이 여행을 계획했다. 그동안 여행 일정만 수십 번 바뀌었다. 지우의 학교, 와이프의 출장, 저가 티켓 등 여러 변수를 고려한 끝에 10박 12일의 일정이 완성됐다. 마우이에서 7박, 오아후에서 3박이었다. 숙소는 이번에도 VRBO 사이트를 통해 예약했다. 에어비앤비는 작은 집이나 방을 렌탈하는 경우가 많았고 VRBO는 콘도나 수영장이 딸린 큰 집이 많았다. VRBO에 등록된 숙소는 예산 범위를 시원하게 벗어난 곳들도 많았지만 하와이의 그림 같은 집을 구경 할 수 있었기 때문에 여행의 기대치를 한껏 올려 주었다.

VRBO 사이트에서 지역과 기간, 인원 등의 검색 조건을 입력하면 숙소 리스트가 나오는데 지도를 이동시키면서 다양한 지역의 숙소를 구경할 수 있다. 하루에 150~200달러 정도 하는 깔끔한 콘도나 집을 주로 구경했다. 와이키키 같은 중심가나 바닷가를 벗어나면 점점 저렴해졌다. 마음에 드는 집을 발견하면 마지막으로 평점과 후기를 체크했다. 이불이나 수건이 깨끗하지 않았다거나 주변이 시끄러웠다는 불평은 크게 상관없었는데, 바퀴벌레가 나왔다는 후기가 있으면 살포시 창을 닫았다. 집마다 청소비, 서비스 요금, 주차 비용까지 추가 구성이 다르기 때문에 꼭 최종 결제 금액을 확인해야 한다. 우리는 마우이에서 일곱 밤을 보내는 동안 수영장이 딸려 있고 우리 집보다 훨씬 깔끔한 주방과 거실이 있는 콘도를 하루에 170달러로 예약했다. 오아후에서는 가성비 좋은 호텔에서 묵기로 했고 렌터카는 모두 SUV로 결정했다. 모든 결제를 끝냈다. 이제 되로는 없다.

두 번째 여행 정보는 블로그보다 인스타에서

두 번째 여행을 위해 정말 많은 준비를 했다. 아는 만큼 즐길 수 있다는 생각에 지우에게 하와이 강의도 해 줬다. 아이패드로 지도를 띄운 다음 섬마다 이름을 알려 줬다.

"하와이에는 오아후, 마우이, 빅아일랜드, 카우아이. 이렇게 네 개의 큰 섬이 있어. 여기가 지난번에 갔던 오아후, 여기가 제일 크지? 그래서 이름이 빅아일랜드야. 빅이 크다는 뜻이고 아일랜드가 섬이야. 그 중간에 있는 섬이 마우이, 이번엔 여기에 갈 거야. 그리고 제일 위가 카우아이야. 큰 섬이 몇 개가 있다고? 하나씩 이름을 외워 봐. 카마우마가 아니라 카우아이야."

지우는 손가락으로 쓱쓱 움직이는 아이패드를 엄청 신기하게 쳐다보았다. 내가 태어나 처음 야광 시계를 봤을 때 정도의 충격을 받은 듯하다. 그래도 난 꿋꿋하게 설명을 이어 나갔다.

"지난번 우리 숙소가 있던 와이마날로가 여기야. 공항에서 이 길을 따라갔어. 그리고 이 고속도로를 타고 올라가 보면 여기가 비밀 바닷가야."

다시 지도의 배율을 높여 로드뷰까지 보여 줬더니, 날 존경하는 눈빛으로 쳐다봤다. 아이패드 하나로 호그와트 마법학교 수석졸업생이 된 기분이었다. 이렇게 지우는 초롱초롱한 눈으로 재미있게 잘 듣다가 시간이 좀 지나니 한마디 했다.

"아빠, 이제 좀 지겨워"

초등학교 2학년의 집중력을 너무 과대평가했다. 이제 지난 여행에 대한 복습은 접어 두고 다가오는 여행에 대한 선행학습을 시작했다. 이번 여행을 위해 11일간의 스케줄을 엑셀 파일에 정리했다. 엄청난 자료조사를 바탕으로 1일 차부터 11일 차까지 빼곡하게 적은 회심의 작품이었다. 블랙 록 **Black rock** 에서 하는 스노클링, 할레아칼라산 **Haleakala** 의 일출, 하나 로드 **Road to Hana** , 아웃렛 방문 등의 일정이 뼈대를 이루고 부바 검프 **Bubba Gump** , 치즈버거 인 파라다이스 **Cheeseburger in paradise** 같은 식당, 디저트 가게까지 먼저 다녀간 사람들의 후기가 담긴 링크까지 모두 포함한 자료였다.

지겨워하던 지우도 앞으로 다가올 일정에는 관심이 가는지 눈빛이 살아났다. 사진을 보여 줄 때마다 탄성을 지르며 차근차근 이해해 나갔지만 매주 일요일 오전에만 열리는 재래시장 **Open Market** 을 설명할 때는 도통 감을 잡지 못했다. 교회 바자회와 비슷하다고 했더니 눈에서 하트가 나왔다. 물론 지우가 교회 바자회에서 가장 좋아하는 오뎅, 떡볶이, 파전, 솜사탕을 팔지 않는다는 말은 하지 않았다.

새벽에 일어나서 할레아칼라라는 산에 올라 구름 위에서 일출을 구경할 거라는 설명에 겁 많은 지우가 다시 한번 움찔했다. 구름 밑으로 떨어지면 어떻게 하느냐는 초등학생다운 걱정을 늘어놓았다. 지우의 오해를 풀어 주지 않으면, 진짜 겁을 먹고 절대 안 갈 거라며 버틸 수도 있다. 그래서 아름다운 할레아칼라산 일출 사진을 보여 줬다. 우아하게 차를 타고 산꼭대기에 올라가면 그 밑으로 낮게 떠 있는 구름이 보이고 해가 두둥실 떠오른다고 설명했다. 그제야 감탄사가 나왔다. 모든 여행 일정 브리핑을 끝내자 지우는 할레아칼라산이 가장 기대된다고 했다. 옆에서 혼자 놀고 있던 지아에겐 하와이나 제주도나 집 앞 이마트나 똑같았다. 그저 똑같은 질문만 했다.

"우리 호텔에서 잘 거야?"

그렇다고 하자 좋아서 침대 위를 방방 뛰었다. 지아에게 집이 아닌 곳은 전부 호텔이다.

조사도 할수록 요령이 생겼다. 예전엔 블로그를 많이 활용했는데 마우이에 대한 정보는 많지 않았다. 하와이 여행은 대부분 오아후로 많이 떠나니 오아후 정보는 과하다 싶을 정도로 많았는데 마우이는 다양한 정보가 없었다. 게다가 블로거의 추천 여행지는 우리 가족의 기호와 다르다는 것을 깨달았기 때문에 이번엔 인스타그램을 활용했다. 전 세계 남녀노소가 의견을 올리니 객관적인 정보가 많았다. 예를 들면 할레아칼라산 일출을 보고 내려오는 사람들은 대부분 쿨라 롯지 Kula Lodge 라는 식당에 들른다. 허기가 최고의 반찬이니 새벽에 일어나 2시간 이상 운전해서 일출을 보고 내려오는 사람은 얼마나 배가 고프겠는가. 쿨라 롯지는 산에서 내려오는 길에 아침을 해결할 수 있는 유일한 식당이었다.

쿨라 롯지에 대한 블로거의 반응은 한결같이 찬사였지만 인스타그램은 반응이 썩 좋지 않았다. 그중 몇몇은 대학교 구내식당에서 파는 3,000원짜리 스테이크처럼 보이는 사진들을 업로드했다. 난 엑셀에서 쿨라 롯지 셀을 과감히 삭제하고 다시 지도를 폈다. 할레아칼라산에서 가장 가까운 도시가 파이아 Paia 임을 확인하고 인스타그램에서 태그로 검색해 보니 많은 사진이 나왔다. 그중 식당 간판이 예쁜 곳을 발견하고 쿨라 롯지가 지워진 자리에 카페 맘보 Café mambo 를 추가했다.

여행 열흘 전. 와이프는 싱가포르 출장을 훌쩍 떠났다. 지난달 보름짜리 브라질 출장을 다녀오더니 겨우 4박 5일에 6시간이면 도착하는 싱가포르는 출장 취급도 안 하는 듯했다. 내가 지방으로 출장 갈 때보다 준비를 덜 하는 것 같았는데 마치 오늘 회식 때문에 늦는다는 듯한 뉘앙스로 5일 후에 오겠다며 떠났다. 이제 여행을 앞둔 아이들의 컨디션 관리는 내 몫이다.

여행을 앞두고 감기라도 걸리면 골치가 아프다. 밤마다 눈이 침침해질 때까지 만든 일정표도 휴짓조각이 된다. 시간대별로 정리된 내용은 모두 사라지고 숙소 내 휴식으로 심플하게 대체해야 한다. 감기에 걸리면 하와이에 갈 수 없다고 겁을 줬지만 아이들은 아랑곳하지 않고 이불을 걷어차며 잠이 들었다. 나는 두어 시간마다 눈을 떠서 말려 올라간 옷을 내리고 이불을 덮어 줬다.

마지막으로 날씨를 체크했다. 지난번 여행에서는 계속 화창했기 때문에 날씨 걱정을 특별히 하지 않았지만 하나 로드, 할레아칼라산 일출은 기왕이면 날씨가 좋았으면 했다. 구글에서 마우이 날씨를 검색하자 일기예보 사이트 weather.com 가 떴다. 당연히 해님이 방긋방긋 웃고 있을 거라 기대했지만 우리가 머무는 내내 비가 온단다. 다른 일기예보 사이트 accuweather.com 에서는 그나마 조금 나았다. 구름과 바람, 비가 골고루 뒤섞여 있었지만 주야장천 비가 온다는 것보다는 더 믿을만했다. 아니 믿고 싶었다.추천 여행지는 우리 가족의 기호와 다르다는 것을 깨달았기 때문에 이번엔 인스타그램을 활용했다. 전 세계 남녀노소가 의견을 올리니 객관적인 정보가 많았다. 예를 들면 할레아칼라산 일출을 보고 내려오는 사람들은 대부분 쿨라 롯지 Kula Lodge 라는 식당에 들른다. 허기가 최고의 반찬이니 새벽에 일어나 2시간 이상 운전해서 일출을 보고 내려오는 사람은 얼마나 배가 고프겠는가. 쿨라 롯지는 산에서 내려오는 길에 아침을 해결할 수 있는 유일한 식당이었다.

공항 리무진에서
지퍼백에 쉬하며 마우이로 출발

드디어 출발하는 날. 지난 여행 때는 최대한 잠을 아꼈다가 비행기에서 푹 잘 생각이었는데 내가 지아를 과소평가했었다. 밤새 칭얼거리는 지아를 온몸으로 달래다가 잠이 부족한 상태로 하와이에 도착해 여행 초반 컨디션 조절에 애를 먹었다. 이번 여행은 지난 여행의 과오를 교훈 삼아 가족 모두 밤 10시에 자고 아침 7시에 일어났다. 모두 감기 기운이 있어서 조마조마했지만 다행히 푹 자고 일어난 덕분에 상태가 더 나빠진 사람은 없었다.

난 평소와 다를 바 없이 출근했고 휴가를 낸 와이프가 아이들과 짐을 챙겨 오후 5시까지 회사 앞 도심공항터미널로 오기로 했다. 난 가벼운 발걸음으로 공항 리무진 표를 사서 기다렸다. 출발 5분 전. 아이패드가 사무실에 있다는 게 기억이 났다. 딱히 아이패드가 필요했던 것도 아닌데 기적적으로 아이패드가 회사에서 충전 중임을 떠올린 것이다. 아이패드가 없으면 아이들과 정상적인 여행이 불가능하다. 거의 여권과도 같은 준비물이었는데 잊어버리다니. 며칠 전부터 아이패드에 지우와 지아가 좋아하는 만화를 가득 담아 놨다. 그래도 기적과도 같은 타이밍에 생각이 나서 회사 직원에게 부탁해 아이패드를 건네받은 후 코엑스몰을 전력 질주해 공항 리무진 버스의 마지막 탑승객이 될 수 있었다.

버스에는 사람이 꽉 차 있었고 제일 뒷자리만 비어 있었다. 우리 가족은 위풍당당하게 입장해 제일 뒷자리를 접수했다. 버스는 쾌적했고 편안해서 지우는 버스를 타고 하와이까지 가고 싶다고 했다. 내 마음도 그랬다. 하지만 버스에는 치명적인 약점이 하나 있었다. 바로 화장실이 없다는 것. 공항까지 1시간 넘게 가야 하는데 시한폭탄인 지아가 버스가 출발하자마자 하늘이 노래지는 소리를 한다.

"엄마, 쉬!"

이거 완전 낭패다. 물을 좋아하는 지아는 항상 물통을 가지고 다니며 마시는 데다 화장실을 찾는 주기가 부쩍 짧아진 상태였다. 일단 만능키인 아이패드를 꺼냈다. 만화로 정신을 혼미하게 만들어 시간을 최대한 벌어볼 계획이었다. 하지만 10분 정도 집중하더니 다시 쐐기를 박았다.

"엄마 쉬! 엄마 쉬!"

현재 위치는 퇴근 시간에 접어들어 주차장이 된 올림픽대로 위. 한반도에서 가장 인간미가 느껴지지 않는 공간이다. 이곳은 80년대 시골 버스처럼 잠시 섰다가 논두렁에 쉬하고 돌아오는 훈훈한 장면을 기대하기 어렵다. 짐은 모두 화물칸에 있고 손에 든 가방에서 이 사태를 해결할 만한 것을 찾아보니 지퍼백이 나왔다. 지퍼백 안에 든 물건을 모두 비우고 입구를 벌려 쉬를 담았다.

자식의 쉬나 응아는 하나도 더럽지 않다고 말하는 사람들, 다 거짓말이다. 아기들의 쉬도 냄새날 거 다 난다. 손끝만 써서 서둘러 뜨뜻해진 지퍼백을 닫았다. 다행히 우리 자리가 제일 뒷자리라 아무도 눈치채지 않고 사태를 해결했다. 큰 산을 넘었다. 다만 내 앞에 쉬가 담긴 지퍼백이 찰랑거리고 있는 것이 찝찝했으나 지퍼백을 믿어 본다.

이번 여행을 앞두고 아이들 정신교육도 많이 했다. "여행 가면 어떻게 해야 하지?", "비행기를 타면 어떻게 해야 하지?" 하고 질문하면 국민교육헌장을 외우듯 앵무새처럼 대답했다. 특히 지아는 바디랭귀지까지 곁들이며 "비행기 타면 밥 먹고 코 자야 해. 떠들면 안 돼. 울면 안 돼."하며 대답했다. 하지만 버스에 타자마자 격렬하게 말다툼하는 자매를 보며 역시 아이들에게 정신교육은 사치였다는 걸 깨달았다. 치열한 다툼 끝에 지우가 잠들면서 버스에는 평화가 찾아왔다.

이제 좀 쉬려는데 물을 쪽쪽 빨아 먹던 지아는 공항을 10여 분 앞두고 또다시 쉬를 외쳤다. 10분이면 도착하니 좀 참으라고 했는데 지아는 좀 전에 지퍼백에 쉬한 것이 재미있었던지 목소리를 더 높였다. 할 수 없이 찰랑거리는 지퍼백을 다시 열었다. 하지만 이번에는 조준에 실패해 바닥에 떨어졌고 쉬가 앞자리로 천천히 흘러갔다. 앞사람의 가방으로 천천히 돌진하는 거대한 물줄기를 막아야 했다. 서둘러 가방에 있는 와이프의 화장 솜을 꺼내 버스 바닥을 닦았다. 참 쉽지 않은 여행의 시작이다.

하와이는 가족 단위 승객이 많다 보니 수속이 오래 걸린다. 이번에는 공항에 일찍 도착해 수속 대기 줄에서 선두 자리를 차지했다. 와이프가 줄을 서는 동안 나는 카시트 포장, 환전, 와이파이 서비스를 해결하기 위해 떨어져 나왔다. 수화물은 3층 출발지 맨 끝에 자리한 보관소에서 포장하면 됐고 환전은 미리 신청한 상태였다. 모바일 앱으로 환전할 금액을 송금하고 환전 전용 ATM기에서 핸드폰으로 전송받은 인증번호를 누르면 현지에서 쓸 현금이 나왔다. 와이파이는 포켓와이파이로 해결했다. 렌탈비는 대략 하루 1만 원에 1G 정도를 사용할 수 있었다. 숙소나 호텔에서는 와이파이가 있으니 이 정도면 충분했다. 모든 미션을 처리하고 다시 수속 대기 중인 와이프 옆에 섰다.

함께 비행기에 탑승할 사람들을 둘러봤더니, 이번엔 유독 어르신들이 많았다. 비행기에서 난동을 부릴만한 아이는 지아밖에 안 보였다. 내심 다른 아이들 때문에 깰 일은 없겠다 싶으면서도 소란의 주인공이 바로 우리 아이가 될 수 있다는 생각에 부담감이 밀려왔다. 다행스럽게도 이번은 예상과 달리 훨씬 수월한 비행이었다. 물론 비행기가 흔들릴 때 지아가 사과 주스를 쏟아서 옷을 갈아 입히고 지우는 착륙 30분 전부터 귀가 아프다고 엉엉 울었지만 아이들이 이 정도 존재감도 없을 순 없지. 와이프와 나는 좌석 두 개를 침대처럼 만들어서 아이들을 재우고 불편한 자세로 8시간을 버텼다. 그러는 동안 허리에서 골반으로 내려오는 활성단층들이 여러 곳에서 폭발해 비행 전보다 훨씬 더 피곤한 상태로 호놀룰루 공항에 도착했다.

호놀룰루 공항에 도착한 시각은 오전 11시 30분. 마우이행 비행기는 오후 5시 30분이었다. 수속 시간을 빼더라도 3시간이 넘는 시간이 비었다. 물론 이 시간을 위해 나는 세 가지 옵션을 준비했다. 먼저 택시를 타고 와이키키로 향했다. 비행을 마친 컨디션을 고려해 싸고 맛있는 맛집을 세 곳이나 조사했다. 첫 번째는 라멘집이었다. 애들이 좋아하는 면 요리와 밥까지 먹을 수 있다는 장점이 있는 곳이었다. 두 번째는 스팸 무수비를 사서 바다를 감상하며 먹는 것이었다. 가장 와이키키스러운 방식이었지만 한 끼라도 든든하게 먹여야 하는 상황에서는 쉽게 손이 가지 않았다. 마지막은 브런치 가게였다. 택시 안에서 지우에게 하나를 고르라고 하니 팬케이크가 나오는 브런치 가게를 골랐다. 사실 내 마음도 그랬다. 지도 검색도 필요 없었다. 이미 내 머릿속엔 팬케이크 집으로 향하는 지도가 펼쳐졌다. 난 택시 기사님께 로스 앞으로 가자고 했다. 로스 정문 앞에 서자마자 마치 고등학생이 쉬는 시간에 학교 매점에 가는 것처럼 단 한 번의 두리번거림 없이 가뿐하게 브런치 가게에 도착했다. 이름도 예쁘고 고풍스러운 'Hevenly Island Lifestyle'.

우리 가족은 브런치 메뉴 세 개를 주문했다. 많이 먹는 편이 아니라 메뉴를 두 개만 시켜도 되지만 여행지에서는 종류별로 먹어 보고 적당히 잔반 남기는 맛도 있어야지. 볕이 잘 드는 야외 테이블에 앉았고 비행기에서 푹 잔 아이들은 비둘기를 쫓아다녔다. 난 친한 것도 아니고 안 친한 것도 아닌 신혼부부들을 구경했다. 음식이 나오고 와이프와 아이들이 첫 포크질을 하는 모습을 바라보며, 오디션 프로그램에서 심사평을 듣기 전 연습생의 심정으로 평가를 기다렸다. 그때 지아가 말 대신 몸으로 표현했다. 엄지 척!

만족스러운 첫 번째 식사를 마치고, 와이키키의 메인 거리인 칼라카우아 거리 Kalakaua Ave. 를 산책했다. 하지만 칼라카우아 거리는 산책과는 어울리지 않는 길이었다. 줄지어 있는 명품 가게가 우리에게 수시로 손짓했다. 이번 여행에서는 쇼핑을 하지 않기로 했지만, 이런 결의는 지우와 지아가 이제 싸우지도 않고 만화도 안 보겠다고 다짐하는 것과 같다. 그나마 우리 부부는 여행자로서의 품격과 소양을 갖추고 있어 이젠 명품 가게를 기웃거리며 할인율을 계산하고 가격이 저렴하면 일단 사고 보는 행위는 하지 않았다. 하지만 그런 와이프에게도 빅토리아 시크릿은 쉽게 지나치기 힘든 곳이었다.

와이프는 두 아이를 데리고 빅토리아의 비밀을 알려 준다는 곳으로 사라졌다. 난 지난번과 마찬가지로 속옷들이 널린 가게 안으로 들어가지 않고 벤치에 앉아서 사람들을 구경했다. 뜨거운 햇살에 온몸을 골고루 살균하며 선글라스를 끼고 동공의 위치를 숨긴 채 지나가는 여행객들을 관찰했다. 잠시 후 엄마 대신, 지우와 지아가 지갑을 달라며 뛰어나왔다. 10달러와 1달러 지폐가 가득 들어서 반으로 접히지도 않는 두툼한 지갑을 줬더니 지우가 잽싸게 낚아채서 뒤도 안 보고 뛰어갔다.

바로 옆에서 나처럼 태양 빛에 살균을 하고 있던 아저씨가 이 장면을 보고 말을 걸었다. 너무 움직이지 않길래 마네킹인 줄 알았는데 사람이었다. 자기도 와이프가 저 가게에 들어가서 혼자 기다리고 있다고 했다. 남자들은 항상 밖에서 기다리고 있다가 여자들에게 지갑만 강탈당한다며 'Not good!'이라고 말하며 동의를 구했다. 난 영어를 아주 잘하는 사람들이나 취할 수 있는 포즈로 'Yay'하며 씩 웃었다. 그는 나에

“여긴 살 게 없어.
그냥 구두 신고 다닐게.”

게 동병상련의 감정을 느꼈나 보다. 나는 머릿속으로 회심의 회화 문장을 완성했다.

"저 지갑 가져가 봤자 소용없어. 돈이 하나도 없거든. 카드도 다 정지됐어. 조만간 가족들이 화난 표정으로 나올 거야."

나는 농담이었는데 이 사람은 애매한 표정으로 나를 보며 웃었다. 심지어 애잔한 눈빛마저 보냈다. 설마 믿는 거야? 때마침 와이프와 아이들이 알록달록한 쇼핑백을 들고 행복한 얼굴로 걸어 나왔다. 난 아저씨한테 고개를 까딱하고 눈웃음을 날리며 자리를 떠났다.

다음 산책 장소는 로스였다. 아이패드를 빠뜨린 건 기적적으로 떠올렸지만 셀카봉과 운동화를 집에 두고 온 것은 손을 쓸 수 없었다. 셀카봉은 내 팔의 관절을 최대로 늘리는 것으로 해결한다 해도 와이키키 해안가에서 혼자 구두를 신고 있자니 묘책이 필요했다. 나는 구두를 계속 신고 다닐 수 있었지만 와이프가 그 꼴은 못 보겠는지, 로스에서 운동화를 고르라고 했다. 하지만 미국 땅에서 내 사이즈를 찾긴 힘들었다. 아무리 열린 마음으로 살펴봐도 차라리 구두 신는 게 낫겠다 싶었다. 게다가 조리 슬리퍼가 하나 있었기 때문에 운동화는 사지 않았다. 화산섬 하와이를 조리 슬리퍼로 누비겠다는 생각이 얼마나 어리석었는지는 나중에 깨닫게 된다.

호놀룰루 공항에서 다시 마우이행 비행기를 타고 40분 만에 도착한 마우이. 어느덧 해가 넘어가고 있었다. 어마어마한 짐과 씨름하며 렌터카를 찾으러 갔다. Dollar Rent A Car. 회사명이 좀 저렴했지만 이번엔 미국스러운 차를 몰아보고 싶어서 중대형 SUV로 신청했다. 서류를 작성하는데 직원이 보험을 어떻게 할지 물었다. 나는 우리가 예약한 금액이 보험이 포함된 가격인지 알았는데 착각한 모양이다. 보험이 얼마인지 물었더니 60달러라는 말에 생각보다 저렴하다고 생각했는데 대화를 더 해보니 하루에 60달러였다. 일주일을 렌트할 계획이었으니 예정에 없던 50만 원이 깨질 판이었다. 난 작전타임을 외치고 와이프와 상의 후 보험을 빼기로 했다. 이 계획을 실천하기 위해서는 고급 영어가 필요했다. 와이프에게 바통을 넘겼다.

"블라블라, 보험을 하지 않겠습니다."

그러자 직원이 아주 어이없다는 표정을 지으며 무조건 보험을 드는 게 좋을 거라고 설득하기 시작했다. 보험의 필요성과 없을 때의 위험을 설명하는 듯했다.

"블라블라, 그래도 빼 주세요."

그러자 렌터카 직원이 마우이를 범죄의 소굴처럼 묘사하기 시작했다. 하루에도 몇 명씩 차 유리창이 박살 나고 강도를 당한다는 것이다. 더구나 좋은 차를 빌리기 때문에 무조건 사고가 날 것이고 어마어마한 수리비가 나올 텐데 어떻게 감당하겠느냐며 강하게 보험을 권했다. 계속 이야기하다가는 종신보험도 권할 태세였다. 우리는 백기를 들고 보험을 들었다.

어두운 고속도로를 질주해 숙소로 갔다. 우리가 일곱 밤을 보낼 곳은 마우이 남부, 키헤이 Kihei 와 와일레아 Wailea 지역 사이에 위치한 카마올레 샌즈 Kamaole Sands 였다. 입구를 찾기도 어려웠고 우리 주차장과 콘도를 찾는 데 한참을 헤맸다. 게다가 숙소는 3층이었다. 이민 가는 수준의 짐과 코스트코에서 장을 본 생수 한 박스, 사과주스 한 박스가 더해져 난 3층까지 짐을 네 번에 걸쳐 나눠 옮긴 후에야 숙소를 둘러볼 수 있었다.

우리 숙소는 기대 이상으로 훌륭했다. 이게 정말 하루 170달러 집이 맞나 싶을 정도로 깨끗하고 널찍한 공간에 인테리어와 소품들도 아기자기했다. 길 잃은 바퀴벌레가 들어오더라도 깔끔함에 놀라 정중하게 사과하고 다시 나갈 것 같은 집이었다. 힘쓰는 일을 모두 마치고 소파에 털썩 주저앉으니 엄청난 가짓수의 반찬과 밥이

준비되어 있다. 한국에서도 이런 상차림은 드물었다. 도대체 저 음식이 다 어디에 들어 있었단 말인가.

길었던 첫째 날이 저물었다. 인천과 오아후, 마우이를 거치며 체력을 하얗게 불태웠건만 촌스러운 이내 몸은 또 시차 적응에 실패했다. 새벽에 자다 깨니 창문 밖에서 새들이 시끄럽게 지저귀고 있다. 저 녀석들도 어디서 날아왔길래 나처럼 시차 적응을 못 하고 한밤중에 우는 걸까. 그래도 잘해 보자, 마우이.

FAMILY COMMENT

엄마 / 지영

아…. 결혼 10년 만에 여행 준비를 내가 아닌 남편이 하다니… 그것도 아주 세세하게…. 폭풍 감동일세. 그런데 하와이 도착 당일에 아이들을 데리고 이웃 섬으로 이동하는 것은 무리구나. 그리고 현지에서 가입하는 자동차 보험이 이렇게 비쌀 줄이야!

첫째 / 지우

처음 간 식당은 너무 맛있었다. 마우이까지 가느라 비행기 두 번 타고 짐 가지고 다니는 건 힘들었지만, 숙소가 너무 좋아서 다시 기운이 났다.

둘째 / 지아

버스에서 쉬했어.

구석구석 주인의 우아한 취향이 담긴 집

역시 아침 10시 기상이었다. 한국 시각으로 새벽 5시이니 더 일찍 일어나는 건 욕심이다. 지난 여행 때도 10시에 기상했지만, 그때는 의욕적으로 8시부터 하루를 시작하는 일정을 짰기 때문에 오전을 통째로 날린 기분이었지만, 이번에는 애당초 10시 기상을 기준으로 스케줄을 잡았다. 역시 인간의 몸은 같은 상황에서 똑같이 반응한다. 기상 시간을 정확하게 맞춰 조금 우쭐한 기분으로 눈을 떴다.

와이프는 아침을 준비하고 있었고 아이들은 눈을 뜨자마자 수영복부터 찾기 시작했다. 난 다시 한번 이 집을 찬찬히 살펴보았다.

"이 집주인 정말 대단한 것 같아. 뭘 아는 사람이야."

와이프가 어젯밤에 집을 둘러보면서 감탄한 이유를 알 것 같았다. 인덕션, 식기세척기 등 부엌 가전은 보쉬, 청소기는 다이슨이었고 칼과 그릇, 의자, 소파까지 모두 클래스가 느껴지는 브랜드 제품이었다. 혼수를 준비하는 마음으로 이 집을 꾸민 듯했다. 침구도 고급스러운 색감의 이집트 면이었고 벽장 안에 숨어 있던 여분의 담요도 너무 부드러워 살펴보니 랄프로렌이었다. 심지어 천장에서 돌아가는 팬조차 최고급 드론이 우아하게 떠 있는 듯 예사롭지 않은 자태라 찾아보니 사람까지 인식하고 공기 순환 기능을 보유한 제품이었다.

비싼 물건 때문이 아니더라도 구석구석 집주인의 애정이 녹아 있었다.

예를 들면 샤워 부스 밑에는 욕실 거울 와이퍼가 있었고 샤워 후 와이퍼로 물기를 한 번 닦아 달라는 메모가 적혀 있다. 그러고 보니 거울 및 유리가 물 때 하나 없이 깨끗했다. 와이프의 말대로 돈이 있다고 누구나 이렇게 꾸밀 수 있는 건 아니다. 무엇보다 삶의 멋을 아는 사람인 듯했다. 집주인이 누군지 정말 궁금했는데 집 앞에서 우연히 만날 수 있었다.

키가 크고 마른 집주인은 현재 캐나다에 살고 있었고 독일어도 유창하게 쓰는 폴란드인이었다. 하와이에 콘도 두 채를 사서 6시간 거리 떨어진 캐나다에 살며 한 번씩 들어와 관리한다고 했다. 순간 몇 개의 국가가 대화에 등장한 건지 가늠해 봤다. 캐나다, 미국, 독일, 폴란드. 문자 그대로 글로벌한 분이었다. 그렇다고 내가 기죽을 건 없다. 부산 출신에 영어도 나름 알아듣고 경기도에 살면서 서울에서 일하고 있지 않은가. 독일과 룩셈부르크에도 살았던 와이프까지 더하면 우리 부부가 이겼다.

테이블 밑에 그동안 다녀간 방문객들이 한 마디씩 적은 날적이가 있었다. 난 우선 이 책의 보존상태가 놀라웠다. 2014년 12월에 집주인이 이 집을 산 이후 지금까지 2년 동안 약 30여 명이 소감을 적었는데 말도 안 되게 깨끗했다. 우유를 엎지르거나 끝부분이 찢어지거나 구겨진 부분이 있을 법도 한데 완벽한 상태였다. 날적이 첫 페이지에는 집주인의 인사말이 있었다. 집주인 부부의 이름은 라팔 Rafal 과 에기 Agi 였고 열 살 된 딸 이름은 비앙카 Bianca 였다. 가족의 이니셜을 따서 A+R+B라고 적어 놓았다.

날적이를 잠시 읽어 봤다. 이곳을 거쳐 간 사람들이 마우이 여행을 하며 좋았던 레스토랑, 스노클링 포인트, 주의할 점 등을 가득 적어 놓았다. 대부분 마우이와 이 집에 대한 찬양이었다. 악플이 난무하는 국가 출신답게 혹시 나쁜 평가들을 정교하게 오렸거나 은폐한 정황이 있는지 찬찬히 봤지만 뜯긴 자국 하나 없었다. 나는 더 이상 이 집에 대한 극찬 행렬에 대해 의심하지 않기로 했다. 이미 나와 와이프는 반나절 만에 이 집에 반한 상태였으니까.

한 가지 단점은 날적이가 절반이 넘게 필기체로 적혀 있었다는 것이다. 후려갈긴 글씨체는 정말 읽기 어려웠는데 필체가 누가 봐도 한국인인 글이 하나 있었다. 마지막 서명에도 'Kim'이라고 적혀 있었다. 인사말도 없이 본론으로 들어가 꽤 구체적인 정보만 나열했고 삼형식 이상의 문장도 없었다. 나름 영어 공부를 열심히 한 공대생이 아닐까 추정해 봤다.

우린 늦은 아침을 먹고 콘도 수영장으로 갔다. 한국인은커녕 동양인조차 보이질 않았다. 이러면 두부 같은 몸을 노출하는 부담감이 사라진다. 연령대가 높은 분이 많아서 일광욕을 하며 쉬거나 수영장에 몸만 담근 채 책을 읽고 계셨다. 여행지에서 책을 읽는 모습이 멋있기는 했지만 수영장에서 책을 읽고 있어서 아이들을 데리고 노는 게 여간 조심스러운 게 아니었다. 할머니 한 분이 책을 읽고 있었는데 에너지를 주체하지 못한 아이들이 물을 튕겨서 책이 젖을 뻔했다. 수영장에서 물이 튀는 걸 미안해하는 게 아이러니했지만 사과하니 살짝 웃어 주셨다. 호기심이 생겨 할머니가 읽던 책을 찾아보니 실제 의학박사인 작가가 쓴 의학 스릴러물이었다. 의학 용어가 난무하는 스릴러를 수영장에서 읽다니, 더더욱 물을 튀기면 안 되겠다는 생각이 들었다.

점심을 먹고 잠시 휴식을 취한 후, 호오키파 비치 Hookipa beach 로 갔다. 이곳을 첫 번째 목적지로 삼은 이유는 몇 가지가 있었다. 먼저 마우이 여행의 꽃인 할레아칼라산이나 하나 로드를 갈 때, 호오키파 비치가 있는 파이아 지역을 지나간다. 파이아는 여행 중 몇 번 더 가 볼 전략지이기 때문에 사전 답사가 필요했다. 또 호오키파 비치는 마우이에서도 파도가 센 곳이라 바다만 보면 뛰어들려고 하는 아이들도 수영하자고 조르진 않을 것 같았다. 그리고 마지막으로 이번엔 거북이를 꼭 봐야 한다.

지난번 여행에서는 거북이를 보러 노스 쇼어에 두 번이나 갔지만 실패했다. 운 좋으면 거북이를 볼 수 있다는 하나우마 베이에 갔다가 해파리 때문에 두 번이나 돌아온 것까지 포함하면 총 네 번의 실패를 맛본 터라 거북이와의 악연은 이제 털어 내야 했다. 아빠 체면이 말이 아니다. 이번에는 무조건 아이들에게 거북이를 보여주고 싶었다. 인스타그램에서 조사해 본 결과 거북이가 가장 많이 나오는 곳이 호오키파 비치였다. 숙소에서 30분 거리라 오전 수영으로 지친 아이들이 차에서 쪽잠을 자기에도 적당한 거리였다.

어제는 밤에 이동하느라 보지 못했던, 모쿨렐레 고속도로 Mokulele Highway 주변 경관도 제대로 감상했다. 서쪽으로는 웨스트 마우이 산맥 West Maui Mountains 이 펼쳐져 있고 동쪽으로는 할레아칼라산이 구름을 거느리고 웅장하게 서 있었다. 과거 사탕수수밭이었다가 지금은 버려진 듯한 건조한 땅이 끝없이 펼쳐져 있었다. 파이아 지역으로 올라가는 동안 비가 오기 시작했다. 지난번 하와이 여행에선 비를 맞은 기억이 없었지만 불행히도 이 비는 여행 내내 우리를 괴롭혔다. 다행히 우리가 도착했을 땐 비구름이 잠시 자리를 비켜 주었다.

호오키파 비치는 정말 한적한 바닷가였다. 주변에 횟집이나 모텔만 있

"두꺼운 앞발을 보니
확실히 조오련보다
수영을 잘할 것 같았다."

었으면 부산 외곽의 일광이나 기장 바닷가라고 착각할 듯했다. 곤히 자고 있던 애들을 차에서 조금 더 자게 두고 먼저 내려가서 상황을 살폈다. 조리 슬리퍼를 신고 모래사장을 걸으니 발을 디딜 때마다 조리 뒷부분이 모래를 힘차게 차올려, 모래가 머리 부근까지 튀어 올랐다. 비 온 뒤의 축축한 모래가 온몸을 찰싹찰싹 때리니 썩 유쾌한 느낌은 아니었다. 특히 옷이 지저분해지는 것에 민감한 지우와 지아는 분명 싫어하겠다는 생각이 들었다. 그래서 조리 슬리퍼를 벗어 양손에 끼고 사람들이 조금 모여 있는 곳으로 뛰어갔다.

멀리서 거북이로 보이는 검은 물체 하나가 포착되었다. 드디어, 마침내 거북이를 보게 되는 건가. 그래도 확신은 금물이다. 지난번에도 뛰어갔더니 뭉툭한 바윗덩어리여서 실망하며 돌아선 적이 있었다. 호흡을 가다듬고 더 속도를 내서 뛰어갔는데 그 물체를 배경으로 사진을 찍는 사람들이 보였다. 아, 거북이 맞구나.

정말 큰 바다거북이었다. 두꺼운 앞발을 보니 확실히 조오련보다 수영을 잘할 것 같았다. 거북이 녀석이 드디어 우리 가족을 위해 와 줬구나. 나보다는 나이가 많은 어르신일 테니 정중하게 인사드리고 사진을 찍었다. 그런데 저 멀리 사람이 더 많이 모여 있었다. 거북이가 떼 지어 누워 있었다. 이 좋은 소식을 들고 다시 차로 돌아가서 아이들을 깨웠다. 자다 일어나면 습관적으로 짜증 한 번씩 부리는 아이들도 거북이가 있다는 말에 빛의 속도로 안전벨트를 풀었다.

거북이 주위에는 접근 금지선이 그어져 있었다. 우린 거북이 근처에 의자 두 개를 깔고 앉았다. 거북이는 생각보다 아이들의 주목을 오래 끌진 못했다. 눈도 껌뻑거리지 않고 누워만 있으니, 거북이 그림을 보는 것과 큰 차이가 없었다. 그래서 관심을 바다로 옮기기 시작했다.

호오키파 비치는 바위와 산호가 많아서 스노클링 하기 좋을 것 같았다. 운 좋으면 저기 박제처럼 누워 있는 거북이를 물에서 마주칠 수도 있었다. 다만 파도가 너무 강해서 아이들뿐만 아니라 어른들도 호기롭게 들어갈 만한 바다는 아니었다. 바다에선 나 역시 어설픈 어른에 속하는지라 아이들과 파도가 부서지는 곳에서만 찰랑거리고 놀았다. 해가 떨어지고 거북이들과 작별인사를 한 다음, 우린 넉넉하게 산 생수로 옷과 다리에 묻은 모래를 다 씻어 내고 다시 차에 올라탔다.

벌써 저녁을 먹으러 갈 시간이었다. 이미 갈 곳은 정해져 있었다. 호오키파 비치에서 3분 거리에 있는 마마스 피쉬 하우스 Mama's fish house 였다. 이렇게 가까운 곳에 마우이에서 가장 유명한 식당을 찾아놨다는 사실에 가족들의 찬사가 쏟아졌다. 마마스 피쉬 하우스는 평점도 높았고 우리가 마우이에 묵는 동안 갈 레스토랑 중에서 가장 비싼 곳이었다. 완벽한 사전 준비의 승리였으나 불행하게도 예약을 안 했으면 자리가 없다고 했다. 그러고 보니 오늘 밤이 불금이었다. 그래, 사전 준비는 완벽할 수 없다.

파이아 지역에서 저녁을 먹을까 하다가 집을 워낙 좋아하는 아이들이 집으로 가자고 외쳐서 홀푸드마켓에서 장을 본 다음 집에서 만들어 먹기로 했다. 역시 진열된 음식이 마음에 들었다. 다만, 화장실이 너무 멀어서 "아빠 쉬!"를 번갈아 외치는 아이들 때문에 장을 보는 즐거움을 누리진 못했다. 많이 사지는 않았는데도 70달러가 훌쩍 넘었다. 역시 이곳은 다 좋은데 그만큼 너무 비쌌다. 하루 동안 마우이를 다녀 보니 점점 마음에 들었다. 남은 여행도 잘해 보자.

FAMILY COMMENT

엄마 / 지영

역시 숙소를 고르는 나의 감은 틀리지 않았어! 하나부터 열까지 모든 게 완벽했던 숙소!

첫째 / 지우

마우이는 무지개가 정말 많다. 무지개를 계속 볼 수 있어 좋았다.
그리고 거북이를 처음 봐서 신기했다.

둘째 / 지아

나 무지개 진짜 좋아.

쌍무지개 뜨는 시골마을에서 전통시장 구경

야구나 축구 감독은 스타팅 멤버를 짤 때 가장 믿음직한 선수를 명단에 먼저 적고 나머지 선수는 당일 컨디션과 상대 팀을 보면서 확정한다. 이번 여행의 스케줄표를 만들 때 나도 가장 기대되는 일정을 바로 오늘 오전에 넣었다. 열다섯 개가 넘는 굵직한 일정 중 가장 먼저 엑셀의 앞자리를 차지했으니 이번 여행의 박지성인 셈이다.

매주 토요일, 오전 7시부터 오후 1시까지 마우이 최대 규모의 전통시장 Maui Swap Meet 이 열린다. 여긴 꼭 가고 싶었다. 하와이 마우이 대학 University of Hawaii Maui College 의 한 공터에서 장이 열리는데 현지 과일과 음료, 하와이 관련 의류 및 기념품, 각종 액세서리를 파는 곳이라 재미와 득템이 보장되는 곳이었다.

널찍한 대학 주차장에 차를 세운 다음 한 사람당 50센트씩 입장료를 내고 장터에 들어갔다. 제법 많은 부스가 있었다. 와이프와 아이들은 액세서리 가게에 블랙홀처럼 빨려 들어갔다. 아이들은 머리핀과 팔찌, 사촌에게 줄 선물, 할머니에게 줄 선물을 골랐고 와이프는 핸드메이드 밀짚모자를 하나 샀다. 나는 현지 음식과 아이스크림이 몰려 있는 쪽에 관심이 있었지만 코코넛 파는 아저씨와 눈이 마주치면 딴청 부리며 그냥 지나쳤다. 나처럼 부끄럼이 많은 여행객을 위해 돈을 내면 나무에서 코코넛 하나가 톡 떨어지는 자판기가 있었으면 좋겠다고 상상했다.

아이들은 본인 몫의 쇼핑이 끝나니 집중력과 체력이 급격히 떨어졌다. 이제 아빠도 구경하겠다고 하니 빨리 나가자고 난리였다. 태양도 아이들 편인지 더 뜨겁게 내리쬐기 시작했다. 그늘을 피할 곳이 없어서 제대로 구경하려면 조금 더 일찍 왔어야 했다. 볼거리도 많고 재미있었지만 정수리가 뜨거웠던 기억이 더 강렬하게 남은 것이 아쉽다. 서둘러 시장 구경을 끝내고 바닷가로 갔다. 오늘의 두 번째 목적지는 마우이의 여러 유명한 바닷가 중에서도 스노클링에 적합한 블랙 록이었다. 블랙 록으로 이동하면서 라하이나 Lahaina 시내에 들러 점심을 먹는 것까지 포함하니 전통시장과 라하이나, 블랙 록으로 이어지는 꽤 매력적인 동선이 만들어졌다.

라하이나로 가는 해안 길은 경이로웠다. 좌로는 코발트색 바다, 우로는 푸우쿠쿠이산 Pu'u Kukui 이 펼쳐지고 산에는 색조 화장을 한 것처럼 무지개가 걸려 있었다. 마우이에서 여행객들이 가장 좋아하는 라하이나는 하와이 말로 '무자비한 태양'이라는 뜻이다. 그만큼 햇살이 강하게 내리쬐는 곳이었지만 한여름의 폭염 속에서 모기와 함께 지쳐 쓰러졌던 남양주의 여름을 생각하니 하와이의 더위쯤은 가뿐했다.

라하이나는 전반적으로 파이아와 비슷했지만 볼거리는 더 풍성했다. 라하이나의 중심지인 프론트 거리 Front Street 는 선선한 바람을 맞으며 유모차를 끌고 잠시 산책하면서 둘러볼 수 있는 조그만 길이었다. 프론트 거리를 중심으로 멋진 레스토랑, 갤러리, 옷가게, 기념품 가게가 옹기종기 모여 있었다. 이곳은 과거 설탕을 수출하던 항구이자 고래잡이 어선이 모여있던 곳이라『백경』의 배경이 되었다고 한다. 저 바다를 보면서 모비딕을 외쳐 보려 했으나 책을 읽은 기억이 가물가물하다. 자꾸『백경』을 떠올리면『노인과 바다』가 떠오르는 걸 보니 기억의 공소 시효가 지난 것이 분명하다.

라하이나에는 1800년대에 지어진 건물과 1910년에 문을 열고 여전히 투숙객을 받는 호텔처럼 옛 건축물이 많았다. 1960년대부터 이곳은 국립역사보호지구로 지정돼 개발이 제한되고 국가의 보물로 보호받고 있었다. 건물마다 간판에 1903, 1916, 1933처럼 완공된 해가 표시된 것도 이채로웠다. 고풍스러운 목조 건물 사이사이에 아기자기한 소품 가게도 많아서 조용한 시골 마을인 마우이에 생동감을 불어넣었다.

우리가 점심을 먹었던 라하이나의 부바 검프는 워낙 유명한 식당이어서 자리가 없을 줄 알았는데 운이 좋게도 바다가 보이는 창가 좌석에 앉을 수 있었다. 주문을 담당했던 종업원이 특히 귀여웠다. 말하는 것을 무척 좋아하고 자기주장이 강한 친구였다. 메뉴판을 랩을 하는 것처럼 소개했고 본인이 가장 좋아하는 요리를 페이지마다 콕콕 찍어 주었다. 아이들에게 크레파스와 종이를 챙겨 주는 것도 좋았다. 아이

"재미와 득템이
보장되는
마우이 전통시장."

들은 엄마아빠가 자리를 비워도 모를 만큼 색칠 놀이에 집중했다. 종업원의 친절한 설명에 비해 음식은 평범했지만 블랙 록에서 불태울 체력은 충분히 회복할 수 있었다.

카아나팔리 비치 Kaanapali Beach 의 맨 끝이자 쉐라톤 호텔 바로 앞에 위치한 블랙 록은 마우이에서 가장 유명한 스노클링 포인트였다. 무엇보다 이름이 너무 쿨했다. 블랙 록. 물론 이번 여행에서는 오아후로 넘어가서도 스노클링을 할 예정이었지만 이번에도 해파리가 나올지 누가 알겠는가. 그래서 기회가 생길 때마다 수영 실력이 부쩍 는 지우와 스노클링을 많이 하고 싶었다.

블랙 록으로 가는 길에도 여전히 무지개가 걸려 있었다. 심지어 쌍무지개였는데 그중 하나는 너무나 선명했고 마치 바로 옆에서 무지개가 시작된 것처럼 가깝게 느껴졌다. 어릴 때 읽은 동화책에서는 무지개 끝에 보물이 있다고 했다. 손에 잡힐 듯한 무지개 꼬리를 보며 보물을 파 볼까 생각했지만, 발견한다 한들 세관 신고가 복잡해질 거 같아 그냥 뒀다. 덕분에 아이들은 쌍무지개를 감상하며 재잘재잘 기분 좋게 떠들며 이동했다. 그러다 지우가 한마디 했다.

"하와이에는 무지개가 정말 많다. 그래서 차에 전부 무지개가 있나 봐."
"차에 전부 무지개가 있다고?"
"저기 차 번호판에 무지개가 있잖아."

지우의 말을 듣고 살펴보니 모든 차의 번호판에 무지개가 그려져 있다. 나와 와이프는 지우가 말하기 전까지 전혀 몰랐다. 특히 나는 와이프 헤어스타일이 극단적으로 변해도 직접 말하기 전까지 모르는 저주받은 관찰력을 가지고 있는데 지우는 다행히 나보다 뛰어난 관찰력을 갖고 있었다.

내비게이션에 블랙 록을 찍고 가다가 안내 종료 멘트가 나온 곳은 쉐라톤 호텔 입구였다. 잠시 차를 세우고 '블랙 록 주차'로 검색을 해봤다. 한 블로거의 '블랙 록 주차 꿀팁'이란 글을 발견했다. 블랙 록에서 주차하는 몇 가지 방법이 있었는데 먼저 쉐라톤 호텔 주차장 끝에 있는 게스트 주차 구역을 추천했다. 다만 자리가 몇 개 없어서 주차하기가 쉽지 않다는 설명도 덧붙였다. 우연히도 내가 차를 세운 곳이 쉐라톤 호텔 주차장 끝자락이었고 바로 옆에 게스트 주차장 팻말이 보였다. 게다가 주차장 한 자리가 비어 있는 것까지 시야에 들어왔다. 지금껏 내 삶은 이렇게 순탄하지 않았는데 이번 여행의 행운도 이걸로 끝나는 것인가.

덕분에 우린 주차를 안전하게 하고 차에서 옷을 갈아입은 다음 해변용 의자 두 개를 포함해 짐을 잔뜩 짊어지고 블랙 록으로 향했다. 5분 정도 걸어가니 드넓은 바다가 나왔다. 카아나팔리 비치였다. 조금만 걸어가면 블랙 록 포인트가 나오는데, 자다 깬 지아가 모래사장 걷기를 힘들어했다. 그렇다고 안고 가기에는 짐이 너무 많았다. 그래서 일단 의자 두 개를 깔고 베이스캠프를 차렸다.

바다에 오니 날씨의 중요성을 또 한 번 느꼈다. 갑자기 바람이 불기 시작하더니 파도는 세지고 물은 찼다. 일단 와이프와 지아는 베이스캠프를 지키게 하고 지우와 내가 먼저 물에 들어갔다. 바닷물이 목욕탕의 냉탕보다 더 차가웠다. 지우는 나보다 씩씩하게 들어갔고 아주 조금씩 몸을 집어넣는 나를 지우가 뒤에서 밀었다.

"물속에 들어오면 따뜻해."

순간 지우랑 절교할 뻔했다. 차기만 하구먼. 지우는 계속 수영을 배우면서 자유형, 배영, 평형까지 곧잘 했지만 파도를 만나면 겁을 먹었다. 체중이 겨우 20kg이 조금 넘는 여자아이에게 이곳의 파도는 깡패나 다름없었다. 무릎까지도 오지 않는 깊이였지만 파도가 오면 나조차 몸이 휘청거렸다. 지우는 내 손만 꼭 잡고 버텼지만 파도 앞에서는 나조차 작아질 수밖에 없었다.

부산 어부의 말에 따르면 파도는 삼 형제가 있다고 한다. 잔잔하다가 큰 파도가 오면 뒤이어 더 큰 파도가 오고, 마지막으로 제일 큰 파도가 온 후에야 잔잔해진다고 한다. 지우는 하와이에서 파도 삼 형제를 만나 제대로 당했다. 파도 삼 형제 중 둘째 파도가 허리 높이까지 올라와 지우를 넘어뜨렸고 모자도 벗겼다. 지우는 모자를 줍느라 삼 형제 중 끝판왕이 오는 걸 몰랐다. 조력발전소 터빈도 몇 바퀴 돌릴 수 있을 것 같은 강한 파도가 지우를 모래사장 쪽으로 던져 버렸고 데굴데굴 두어 바퀴 구르며 물을 잔뜩 먹은 지우는 얼굴이 새파랗게 질려서 울까 말까 고민하는 표정을 지었다. 그 순간 지우의 모자가 내 옆을 지나갔지만 나는 모자를 포기하고 지우에게 뛰어갔다. 정수리까지 모래로 뒤범벅되어 있었다. 파도 삼 형제가 지나갔으니 잔잔해질 터였지만 지우는 바다에 들어가지 않았다. 온몸에 모래를 잔뜩 묻힌 모습이 귀여워 웃음이 터질 뻔했지만, 만약 웃었으면 지우에게 절교당했으리라.

기대가 컸던 블랙 록 스노클링은 비협조적인 날씨와 파도의 힘만 확인한 채 끝났다. 집으로 돌아와 남은 일정과 날씨를 다시 점검했다. 출발 전 한국에서 날씨를 검색했던 때와 상황이 많이 달라졌다. 내일 날씨는 좋을 예정이었고 다른 날들은 흐리거나 소나기가 온다고 했다. 마우이 여행에서 가장 날씨가 좋아야 하는 할레아칼

“라하이나로 가는 경이로운 해안 길.”

라산 방문과 하나 로드 일정을 앞당겼다.

내일은 할레아칼라산의 일출을 보기로 했다. 정상까지 가려면 2시간이 넘는 시간이 필요했다. 일출은 6시쯤이니 넉넉하게 3시에는 일어나야 했다. 우리 가족의 여행 스타일은 아니었지만 마우이에 있는 동안 한 번은 다녀와야 할 것 같았다. 난 별로라도 아이들은 구름 위에 두둥실 떠 있는 기분을 좋아할 수도 있으니까. 밤에 짐을 모두 차에 싣고 일찍 잠자리에 들었다. 물론 잔뜩 흥분한 아이들은 방에서 몇 시간을 더 뛰면서 놀았지만.

FAMILY COMMENT

엄마 / 지영

여행지에서의 시장은 언제나 좋다. 특히 여행 후 일상생활에서 사용할 수 있는 물품 구매를 추천. 커피를 마실 때, 모자를 쓸 때마다 소소한 여행의 추억이 방울방울 생김.

첫째 / 지우

아빠가 시장에 가자고 할 때는 재미없을 줄 알았다. 그런데 와 보니까 많은 물건을 구경하고 사서 좋았다. 오늘은 쌍무지개도 봤다. 바다에서 파도에 휩쓸릴 땐 정말 무서웠다.

둘째 / 지아

식당에서 색칠 놀이 줘서 좋았어.

부엉이가 반긴
할레아칼라산의 일출

새벽 3시 15분에 기상했다. 고3 때도 이 시각에 일어난 적은 없었다. 알람을 3시 10분과 15분에 맞춰 놨었다. 나는 마치 인생의 마지막 잠이라도 자는 것처럼 매일 아침 몇 분이라도 더 자려고 발버둥을 친다. 한 번에 일어나면 억울한 느낌이 들어서 항상 5분이나 10분 간격으로 알람을 두 개씩 맞추는 습관이 생겼다. 가끔은 5분간의 쪽잠이 밤새 잔 것보다 더 개운할 때도 있고 심지어 5분 동안 꿈도 꾼다.

3시 15분, 두 번째 알람 소리에 억지로 깼다. 정말 일어나기 싫었다. 그래도 내가 할 건 해야지. 무거운 몸을 이끌고 침실로 들어가서 아이들과 함께 잠든 와이프를 소극적으로 깨웠다. 나는 무언의 의지를 전달하기 위해 눈도 제대로 안 뜨고 피곤에 찌든 목소리로 현재 시각을 알렸다. 내 마음이 전해졌기를 바랐다. 다행히 와이프도 미간을 잔뜩 찌푸린 채 눈을 반만 뜨고 말했다.

"애들 어제 11시 넘어서 잤어."

이 말은 와이프도 지금 진짜 일어나기 싫다는 말이었다. 그때부터 서로가 책임을 떠넘기기 위한 핑퐁 대화를 나누었다.

"어쩔래. 갈까?"
"어쩌지? 피곤하지?"

"애들 깨워야 하나?"
"어떻게 하고 싶어?"
"피곤하긴 하네."

둘 다 상대방이 먼저 그냥 자자고 말하기 바랐다. 워낙 이상한 꿈을 많이 꿔서 해몽은 믿지 않지만 전날 밤엔 꿈도 별로였다. 꿈자리가 사나웠다는 말도 할까 고민했다. 이렇게 중요한 순간에는 연장자가 리더십을 발휘해야 한다. 난 차분하게 일단 더 자자고 말하려던 찰나였다.

"어제 짐 다 챙겼잖아. 가지 뭐."

그렇게 간발의 차이로 타이밍을 놓쳐 운전대를 잡게 되었다. 밤새 충전한 아이패드와 간식거리를 먼저 차에 옮기기 위해 내려왔다. 칠흑 같은 어둠이었다. 어두운 풀숲을 보니 지난번 여행 때의 바퀴벌레가 떠올라 신경이 곤두섰다. 난 미련을 버리지 못하고 무거운 추가 달린 듯 아래로 짓눌리는 눈꺼풀만 억지로 든 채, 차를 후진해서 꺼내고 있었다.

"뿌지직!"

제법 큰 소리였다. 순간 잠이 달아나며 눈이 번쩍 떠졌다. 처음에는 옆 차를 긁은 줄 알았다. 하지만 옆 차와의 간격은 충분했다. 주차만 수만 번을 했는데 차를 빼다가 옆 차를 박을 리가 없었다. 조심스럽게 차에서 내려 주위를 살펴봤더니 타이어 근처에 유리 조각이 보였다. 자세히 보니 어제 부바 검프에서 선물로 받은 유리잔이었다. 어제 짐을 빼다가 누군가가 땅에 놔둔 모양이다. 새벽을 가르는 유리잔 깨지는 소리, 이건 마치 새벽의 전화벨 소리만큼 불길한 신호처럼 들렸다. 집을 나서지 말라는 경고인가?

유리 조각을 말끔히 치우며 마지막 남은 잠마저 완벽하게 달아났다. 그제야 결심이 섰다. 아무 일 없었다는 듯 집으로 돌아가서 자는 애들을 안고 차로 옮겼다. 어차피 우리 가족은 부바 검프에서 선물로 받은 유리잔의 존재를 까먹었다. 지금 이 글을 보고 나서야 유리잔이 있었음을 떠올렸을 거다.

새벽 3시 40분에 드디어 할레아칼라산으로 출발했다. 내비게이션 상 2시간 30분이 걸린다고 했다. 거리는 가까웠지만 그만큼 가는 길이 험난하다는 뜻이다.

주변 경치라도 보이면 기분이라도 상쾌할 텐데 컴컴한 밤에 운전하니 감흥이 없었다. 하지만 중앙선과 차선을 표시해 주는 등은 인상적이었다. 정확한 용어를 찾아보니 '도로표지병'이었다. 참 희한한 이름이다.

구글 번역기로 도로표지병을 넣어봤더니 'a road sign bottle'이란다. 쯧쯧, 이래서 우주를 정복할 수 있겠나. 다시 찾아보니 우리말 순화어로는 '길 반짝이', 영어로는 'cat's eye'였다. 고양이 눈처럼 빛이 비치면 반짝이는 것. 영어 이름이 더 잘 와 닿는 걸 보면 나도 반쯤은 외국인이다.

본래 헤드라이트에서 나온 빛을 반사하는 것인데 마우이의 cat's eye는 자체적으로 빛을 내는 것처럼 촘촘하고 밝게 빛나고 있었다. 밤 운전의 또 다른 재미였고 약간의 야맹증이 있는 나에게는 정말 큰 도움이 되었다.

해발 3,000m가 넘는 할레아칼라산의 정상으로 가는 길은 역시 터프했다. 마지막 한 시간은 가파르고 꼬불꼬불한 일 차선 도로를 따라갔다. 난 힘 좋은 SUV의 성능을 뽐내며 산길을 올라가고 싶었는데 바로 앞차가 거북이였다. 이 차 때문에 우리 차 뒤로 엄청나게 많은 차가 밀렸지만 추월이 불가능한 도로였다. 해가 뜨려면 멀었고 어차피 다른 길은 없으니 줄 선 그대로 정상에 입장할 예정이었다.

정상에 다 왔을 때, 반대편 차선 중앙에서 움직임이 느껴졌다. 느낌이 뭔가 귀여웠다. 속도를 늦추고 자세히 보니 하얀 부엉이 새끼였다. 우리 지아의 태명이 부엉이였는데, 여기서 만나게 되네. 날개를 파닥거리고 있었는데 날지는 못했다. 반대편 차선으로 차가 내려오면 어떡하나 걱정이 되었다. 그 순간 아기 부엉이는 몸을 조금 틀더니 나와 눈이 마주쳤다. 큰 눈을 부릅뜨고 컴컴한 걸 좋아하니 헤드라이트를 당장 끄라고 말하는 것 같았다. 잠시 스쳐 지나갔지만, 지난 여행에서 만난 달팽이처럼 부엉이의 귀여운 날갯짓이 인상 깊게 남았다.

내가 운전하는 동안, 와이프는 연신 하늘을 올려다보며 이렇게 별이 많은 하늘은 처음 본다고 했다. 나도 하늘을 보고 싶었지만 꼬불거리는 도로와 거북이 운전을 하는 앞차가 언제 브레이크를 밟을지 몰라 별을 보지 못했다. 일출보단 밤하늘에 촘촘하게 박혀있는 별이 더 보고 싶었지만 말이다. 아쉽게도 정상에 도착했을 때는 이미 주변이 조금씩 밝아지고 있었다.

주차장엔 차들이 빼곡했다. 여행사 버스를 타고 온 여행객도 많았다. 저걸 타고 왔으면 나도 별을 봤겠지. 버스 위엔 자전거가 스무 대씩 실려 있었다. 여행 준비를 하면서 일출을 보고 자전거를 타면서 하산하는 패키지 상품이 있다는 걸 알고 있었지만 인당 100달러가 넘는 가격 때문에 포기했었는데 아이들이 자전거로 내려오기에는 위험한 길이어서 신청하지 않기를 잘했다 싶었다.

좋은 자리에서 보려면 일찍 줄을 서야 했다. 여전히 꿀잠 중인 아이들 대신 내가 선발대로 나섰다. 차 문을 열자 엄청난 추위가 밀려왔다. 할레아칼라산을 다녀온 사람들의 후기에서 춥다는 말이 많았지만 그래도 하와이인데 얼마나 춥겠나 싶었다. 그러나 살갗을 파고드는 추위는 스키장 꼭대기의 칼바람이나 마찬가지였다. 다시 차로 들어가 아이들의 복장을 점검했다. 얇게 입은 지우와 지아를 이불로 돌돌 말아서 데리고 나갔다.

하와이 전설에 따르면 마우이는 원래 반신반인인 불의 신이고 할레아칼라산은 마우이의 집이었다고 한다. 그 시대에는 해가 오후에 떠서 저녁에 졌는데 마우이의 엄마가 해가 떠 있는 시간이 너무 짧은 게 아니냐고 잔소리를 했단다. 그래서 마우이가 하늘로 점프해 해의 멱살을 잡고 끌어내린 후 밧줄로 묶었다고 한다. 마우이는 엄마 말을 잘 듣는 터프가이였던 모양이다. 땅으로 내려온 태양은 아침 일찍 떠서 저녁 늦게 질 것을 약속한 후에야 다시 하늘로 돌아갈 수 있었다고 한다. 그때부터 지금처럼 해가 뜨고 지기 시작했고 태양이 스러져가며 생기는 노을은 약속을 지켰다는 의미라고 한다.

우리가 서 있는 이곳이 해발 3,000m가 넘는다고 하자 와이프가 한라산 높이가 얼마인지 물었다. 난 백두산이 2,750m, 한라산이 1,950m라고 답하며 당신이 밤하늘의 별을 보는 동안, 남편이 2시간 넘게 운전해서 백두산보다 300m 더 높은 곳에 왔다는 걸 강조했다. 주차장에서 조금 더 올라가면 천체물리학 연구단지가 있었다. 별이 정말 많이 보였고 하늘이 맑은 데다 관측에 방해가 될 만한 도시의 불빛이 거의 없었기 때문에 전 세계에서 별을 관찰하기 가장 좋은 장소로 할레아칼라산과 이 연구단지를 꼽는다고 한다.

작가 마크 트웨인도 1886년에 이곳을 방문해 일출을 본 후 '내가 목격한 장면 중 가장 아름다운 광경'이라 말했다고 한다. 나도 질 수 없어 한 마디 외쳤다.

"Wow!"

내 표현이 조금 더 간결하고 여백의 미를 살린 것 같다. 1886년에는 해발 3,000m인 이곳까지 걸어서 올라왔을 것이다. 마크 트웨인이 만 51세의 나이에 걸어서 올라온 길을 나는 SUV에 올라 오른발만 깔짝거리며 페달을 밟으며 올라왔는데

힘들다며 생색을 내고 있었다. 이런 생각을 하니 조금 부끄러웠다.

일출 10분 전, 사람들이 겹겹이 서 있었다. 우리 가족도 세 번째 줄 정도에 자리를 잡았다. 좋은 자리였지만 진짜 너무 추웠다. 차가운 공기에 즉각적으로 반응하는 지우와 지우의 코에서는 벌써 콧물이 흐르기 시작했다. 일출도 좋지만 아이들 감기가 더 신경 쓰여 고민하고 있었는데 시야가 넓은 와이프가 실내 전망대를 발견했다. 전망대로 뛰어들어가니 사람도 별로 없고 정말 따뜻했다. 일출과 나 사이에 유리 하나쯤은 있어도 되지 않을까. 이불로 꽁꽁 싸매고 있던 아이들도 이불에서 해방되어 편하게 몸을 녹이며 구름과 일출을 감상했다.

난 사실 일출에 별다른 감흥이 없었다. 태어나서 한 번도 일출을 보기 위한 여행을 한 적이 없다. 내일도 해가 뜬다는 생각이 강한 편이다. 다만 아이들에게는 일출을 한번 보여 주고 싶었다. 나를 닮아 일출의 짜릿함을 느끼지 못해도 구름은 좋아할 것 같았다. 아직 구름빵을 먹으면 하늘을 날 수 있다고 믿는 아이들이기에 눈 밑으로 구름이 펼쳐져 있는 것을 보면 약간의 호연지기를 느끼지 않을까 생각했다. 앞으로도 일출을 제대로 볼 일은 없을 것 같지만 내가 가족들과 본 유일한 일출이 할레아칼라산이라는 것은 아주 자랑스러울 것 같다.

전 세계 어디에도 이보다 더 멋진 일출은 없을 것이다. 특히 구름 위로 해가 떠오르는 순간에는 감탄사를 제외하곤 어떤 소리도 들리지 않았다. 그래서 아이들에게 소감이 어땠는지는 물어보지는 않았다. 감상을 강요하는 듯한 기분도 들었다. 느낌은 각자의 몫이다. 대신 새벽에 아빠가 고생해서 운전한 것과 부엉이만은 기억하자.

일출을 감상하고 내려오는 길에는 캄캄한 어둠과 거북이 운전을 하던 앞차 때문에 즐기지 못했던 풍경이 보였다. 정말 압도적인 풍경이었다. 또 한없이 한적했다. 우리나라 같으면 이런 길목에 브런치 가게, 커피숍, 장어집, 초계 국숫집, 모텔, 라이브 카페, 찜질방 등등이 차례로 들어섰을 텐데 식당도 딱 하나뿐이었다. 차에서 빵과 과일로 아침을 대신하고 집으로 돌아와 쌩쌩해진 아이들에게 아이패드를 맘껏 보라며 쥐여 주고 와이프와 난 2시간 동안 꿈나라로 떠났다.

할레아칼라산으로 하루를 일찍 시작한 탓에 잠자리에 드는 시간도 빨랐다. 나는 와이프와 아이들이 잠든 사이 지금까지 찍은 사진을 정리하면서 시간을 보냈다. 지난 여행 때 카메라를 도난당한 아픈 기억과 더불어 렌터카 아저씨가 보험을 팔기 위해 마우이를 범죄의 소굴로 설명한 것도 떠올라 틈날 때마다 백업을 받았다. 사진을 쭉 본 가족들은 무척 만족스러운 듯했다. 열심히 찍은 보람이 있었지만 내 사진은

턱없이 부족했다. 내 사진도 좀 찍어 달라는 눈빛을 침대 쪽으로 잔뜩 쏘아 준 다음 맥주 한 캔을 깠다. 물론 난 반 캔만 마셨고 나머지 반은 싱크대가 마셨다.

FAMILY COMMENT

엄마 / 지영

할레아칼라산에서 내려오는 길에 좌판에서 파는 블루베리도 먹고 트래킹도 하려고 했지만…. 현실은 곯아떨어진 아이들을 태우고 한시라도 빨리 숙소로 돌아가고픈 마음뿐이었어. 다음엔 자전거 타고 내려오는 투어를 꼭 하자!

첫째 / 지우

할레아칼라산은 너무너무 추워서 힘들었는데, 해가 뜨는 걸 처음으로 봐서 좋았다.

둘째 / 지아

해 뜰 때 너무 추웠어.

파도 트라우마로 잔잔한 해변을 찾아서

여행 일정 중 여유를 부릴 수 있는 날이었다. 이런 날은 어설프게 움직이기보다는 대놓고 늘어지는 걸 선호한다. 창문 밖을 보니 백로나 왜가리 정도로 보이는 새들이 한적하게 걸어 다니고 있었다. 어릴 때부터 동물을 좋아했는데 예전에는 싸움도 잘하고 서울 올림픽 마스코트도 역임한 호랑이나 구덕산 꼭대기에서 날개를 쫘악 펼치고 카리스마 넘치게 하늘에 떠 있던 독수리를 좋아했다. 하지만 진심으로 부럽다고 느낀 동물이 있었으니 바로 나무늘보였다. 하루에 나뭇잎 세 장만 먹고 대변은 일주일에 한 번, 하루 18시간 이상 자는 나무늘보의 삶이 부러웠다. 오늘 오전은 그렇게도 꿈꾸던 나무늘보가 될 수 있었다. 여기서 채팅을 한다면 닉네임은 '하와이 나무늘보'로 하리라.

여유롭게 아침을 먹고 다시 바다를 찾았다. 블랙 록에서 파도를 맞고 모래사장에서 구른 지우는 여전히 파도를 무서워해 적당한 바다를 찾는 것이 중요했다. 어젯밤 마우이의 모든 바다를 검색했다. 모래사장이 넓거나 바다 빛이 에메랄드색일 필요도 없었다. 거북이가 아니라 인어공주가 나온다고 해도 파도가 많을 것 같으면 모조리 제외했다. 그러다 눈에 딱 들어온 곳이 있었다. 칼레폴레포 비치 파크 Kalepolepo Beach Park.

이곳은 마우이 바다를 소개하는 사이트에서 가장 마지막을 차지할 정도로 인지도가 낮은 곳이었다. 사진으로 볼 때는 태종대가 아닌가 싶을 만큼 심심한 해

변이었지만 파도를 막아 주는 독특한 환경 때문에 마음에 쏙 들었다. 예전부터 이곳은 잡은 물고기를 풀어놓는 곳이었다고 한다. 물고기가 도망가지 못하게 돌담을 쌓아서 잔잔한 바다가 만들어졌다. 위치도 숙소에서 10분 거리였다. 또 하나 마음에 들었던 것은 모래사장 뒤에 있는 공원이었다. 지난번 오아후 여행 때도 유명한 해변보다 주차비를 아끼기 위해 들어간 퀸스 비치 파크에서 가장 신나게 놀았다. 수영도 하고 공원에서 새를 잡으러 뛰어다니고 나무 그늘에서 밥도 편하게 먹을 수 있는 환경이 무엇보다 좋았다.

다행히 공용 주차장도 있었고 위성사진으로 봤을 때 보다 훨씬 풍경이 예뻤다. 푸우쿠쿠이산이 저 멀리 보이고 더 멀리 라나이섬도 보였다. 라나이섬은 뭔가 신비로웠다. 마우이에서는 불과 14km밖에 떨어져 있지 않아서 카메라로 줌을 당기면 선명하게 섬을 관찰할 수 있었다. 사람의 손이 스쳐 간 흔적이 거의 보이지 않는 숲이 가득해 내가 우주인이라면 지구인의 눈을 피해서 저곳에 숨을 것 같았다.

라나이섬을 조사해 보니 그래도 무인도는 아니었다. 인구는 약 3,000명

정도였지만 800명이 포시즌스 호텔 직원이라는 사실이 독특했다. 라나이섬에 있는 집은 대부분 목조 건물이라 조용한 유럽의 시골 마을 분위기가 났고 섬 전체에는 주유소가 하나, 식당도 몇 개 없으며 경찰서도 하나만 있다고 한다. 심지어 거리에 신호등도 없는 곳이라는 설명에 묘한 매력을 느꼈다. 라나이섬은 빌 게이츠가 결혼할 때 섬 전체를 빌리면서 유명세를 탔는데 한때 라나이섬이 세계 최대 파인애플 생산지여서 파인애플 섬이라는 별명이 붙었었다고 한다.

조용한 시골, 마우이에 앉아서 더 시골인 라나이섬을 관찰하며 미세먼지 가득한 삼성동과 테헤란로를 잠시 떠올렸다가 기분이 가라앉는 것을 느낀 후 빨리 물속으로 뛰어들고 싶어졌다. 생각보다 주변 풍경이 예뻤고 파도는 바람에 찰랑거리는 수준으로 마치 호수 같았다. 지우를 패딩 보드에 태우고 액션 캠으로 바닷속을 처음 찍어 보았다. 바람이 없고 화창한 날씨였다면 아이들에게 최고의 바다가 되었겠지만 여전히 날씨 운이 없었다. 다음에 또 마우이에 오면, 바람이 없는 날 꼭 다시 오고 싶었다.

간단히 샤워를 하고 차에서 옷을 갈아입었다. 새 옷을 입고 뽀송뽀송한 기분으로 공원 벤치에서 빵과 과일을 먹기 시작했다. 밥순이 지아는 밥을 달라고 하더니 또 새를 잡으러 뛰어다녔다. 정말 새를 잡을 수 있다고 믿고 있는 것 같았다. 하긴 아직 아빠가 호랑이와 싸워도 이긴다고 믿는 아이들이다. 오늘의 유일한 일정이었던 바다 수영이 예상보다 일찍 끝나 이후 일정을 잠시 고민했다. 바람도 강하고 구름도 잔뜩 낀 것이 언제든 비가 내릴 수 있을 것 같아서 숙소 수영장도 답이 아니었다. 그래서 날씨와 상관없이 무난하게 즐길 수 있는 라하이나로 가서 산책과 쇼핑을 하기로 했다.

라하이나로 가는 길도 역시 운전하는 것이 억울할 만큼 주변 경관이 멋있었다. 지우는 점심을 부실하게 먹어서 배가 고프다고 했다. 이럴 때를 대비해서 조사한 곳이 있었다. 레오파스 파이 Leopa's Pie 라는 빵집인데 여기서 파는 바나나 케이크는 환상적인 비주얼을 자랑했다. 5분 후면 그 빵집 앞을 지나가고 입이 짧은 지우가 정말 드물게 배고프다는 말을 하고 있으니 이 얼마나 아름다운 장면이란 말인가. 이렇게 여행 준비를 완벽하게 한 나 자신을 쓰담 쓰담 칭찬해 주고 있었는데 와이프가 한마디 했다.

"방금 지나간 레오파스 파이라는 가게 맛있었겠다."

헉, 까불다가 지나쳤다. 굳이 변명하자면 자신감이 하늘을 찔러 내비게이션을 찍지 않고 가다가 생각지도 못한 곳에서 가게가 기습적으로 나타났었다. 일 차선 도로라 유턴할 수 있는 환경도 아니었다. 파도가 없는 바닷가에서 바람 때문에 제대로 놀지 못한 것보다 레오파스 파이를 지나친 게 더 아쉬웠다. 아이들 핑계를 댔지만 달달한 음식이면 무장해제되는 나 역시 엄청 가고 싶은 곳이었는데 이렇게 까불다가 지나치다니. 이날은 뭐든 2%씩 부족하라고 세팅이 되어 있는 날이었나 보다. 날씨는 점점 흐려져서 마우이에서 처음으로 무지개도 보지 못했다.

라하이나에서 해 보고 싶은 것 중 하나가 또 있었다. 사탕수수 열차 Sugar Cane Train 를 타보는 것이었다. 사실 여행 준비를 할 때 마우이의 역사부터 공부했다. 그 중 가장 눈길을 끈 것은 한국인의 이민 역사에 관한 부분이었다. 과거 마우이는 사탕수수와 파인애플 농장이 번창해서 아시아에서 많은 노동자를 받아들였다. 1902년, 계속되는 전쟁 및 굶주림에 시달리던 121명의 한국인이 아메리칸 드림을 꿈꾸며 첫 이주를 시작한 이후로 1905년까지 약 7,000여 명이 이주했다고 한다. 이들이 현재 200만 명에 육박하는 미국 한인 역사의 시작이었다.

그들은 새벽 5시부터 매일 12시간 동안 한 달에 15달러라는 터무니없는 월급을 받으며 사탕수수 농장에서 일했다고 한다. 그중 상당수가 하와이의 무더위와 착취를 견디지 못하고 다시 한국으로 돌아오거나 미국 본토로 넘어갔다고 한다. 모든 악조건을 견디며 하와이에서 살아남은 사람들의 DNA는 얼마나 강인했겠는가. 하와이 이민 1세대를 기리기 위해 그들이 타고 다녔던 기차를 그대로 재현해, 사탕수수를 제분소로 옮길 때 이용하던 철로를 따라 한 바퀴 도는 관광상품이 사탕수수 열차다. 난 기차를 타고 지우에게 이런 역사를 들려주기 위해 관련된 정보를 더 많이 찾아서 읽었다. 철로는 한때 320km까지 이어졌지만 지금은 라하이나에서 푸우콜리이 Puukolii 까지 약 10km 정도만 운영하고 있었다. 증기 기차도 디즈니랜드에서 가져온 것처럼 예뻤다. 바다를 끼고 선로 위를 천천히 달리는 예쁜 기차를 타면 나도 달달한 음유시인이 될 수 있을 것 같았다.

하지만 내가 시간을 잘못 알고 있었다. 오후엔 1시, 2시 30분, 4시 정각 출발하는데 4시는 편도만 운행했다. 푸우콜리이까지 기차 타고 가서 다시 라하이나로 택시를 타고 돌아오는 것은 느낌이 살지 않았다. 기차에선 시인이 되겠지만 돌아올 땐 제비를 만나기 전 흥부의 심정일 것 같았다. 아쉽지만 사탕수수 기차는 다음 기회로 미루고 마음으로 이민 1세대를 추모했다.

이후 오후 시간은 평범했지만 평화로웠다. 오노 젤라토 Ono Gelato 의 야외 테이블에서 아이스크림을 먹으며 마음에 드는 가족 사진을 하나 찍었고, 여유로운 산책을 즐겼다. 저녁은 치즈 버거 인 파라다이스로 갔는데 파도 소리를 베이스 삼아 라이브 음악이 흘러나왔다. 지우는 가수가 노래를 부르는 것을 처음 봐서 신기했는지 몸을 돌려서 수염을 기른 아저씨가 노래하는 것을 계속 지켜봤다. 좋은 분위기와 맛있는 음식을 앞에 두고도 맥주를 시키지 않은 19세 이상은 전체 테이블 중 우리뿐인 것 같았다. 만족스러운 저녁을 끝내고 나오면서 우린 흥에 겨워 어깨춤을 췄다. 누군가가 우릴 봤으면 저 가족 흥은 많은데 춤은 참 못 춘다고 했을 것 같다.

이렇게 하루가 또 지났다. 다시 집으로 돌아와서 대망의 하나 로드 여행을 위한 짐을 챙기고 일찍 잠자리에 들었다. 장거리 운전이 싫어서 일정에서 빼려 했지만 볼수록 매료되어 마우이 여행의 하이라이트로 기대하고 있는 하나 로드였다. 마우이 여행이 며칠 남지 않았다는 것이 벌써 아쉬웠다.

FAMILY COMMENT

엄마 / 지영

10월부터 하와이는 우기라던데 그래서인지 날씨 운이 지난번보다 안 따라줬어. 마우이의 느낌은 약간의 황량함과 약간의 아기자기함, 번잡스러움이 잘 버무려진 요거트 시리얼 같다는 생각이 드네.

첫째 / 지우

치즈버거 인 파라다이스는 노래하는 아저씨가 있었지만 맛은 없었다. GAP이란 곳에 들어가니 예쁜 옷들이 너무 많아서 좋았다.

둘째 / 지아

노래하는 아저씨가 시끄러웠어.

MAUI
POSTERS

Enjoy The
VIEW

600개의 커브를 지나 만난 작은 천국, 하나 로드

하나 로드로 가는 날. 아침 8시 30분에 눈을 떴다. 할레아칼라산에 가느라 잠을 설친 이후 몸 상태가 안 좋더니 아침에 목이 잠겼다. 장거리 운전을 해야 하는 날인데 아침 컨디션이 꽝이었다. 안전하면서도 느낌표 팡팡 터지는 하루를 위해 내 안의 비상 발전기를 돌리기 시작했다.

아침은 여행 중 처음으로 집밥이 아니라 다른 사람이 만들어 주는 걸 먹기로 했다. 아침을 먹기 위해 달려간 곳은 시나몬 가게였다. 어제 라하이나로 가기 전 들렀는데 문이 닫혀 있어 시간을 확인하니 오전 7시부터 오후 2시까지만 문을 여는 곳이었다. 이번에는 점심 도시락만 챙겨서 아침부터 달려왔다. 참 끈질긴 가족이다. 마침내 문이 열려 있는 시나몬 가게를 마주했다. 아침부터 길게 줄을 선 사람들을 보며 이렇게 유명한 곳이었다는 사실에 새삼 놀랐다. 가게 안으로 들어가 보니 할아버지와 할머니, 두 분이 운영하는 가게였다. 할아버지가 주방에서 브런치를 만들고 할머니는 카운터와 시나몬을 담당했다. 아주 느릿느릿 움직이는 것 같았지만 동선의 낭비가 없었고 인간문화재에 버금가는 기술로 손님을 능숙하게 상대했다.

노부부가 아르바이트생 하나 없이 직접 가게를 꾸리다 보니 운영 시간이 짧은 것 같았다. 이분들은 돈도 많이 벌었겠지. 오후에는 바다가 보이는 저택에서 온몸에 밴 시나몬 냄새를 핑거푸드 삼아 에스프레소를 한 잔씩 마시며 여유를 즐기지 않을까? 순간 부부가 아닐 수도 있다는 생각이 들었지만 그냥 노부부라 해 두자. 그게 더 아름다울 것 같았다.

우리는 시나몬 두 개와 베이글 샌드위치 하나를 주문했다. 몇 번이나 가게를 찾은 보람이 있었다. 윤기가 좔좔 흐르는 시나몬은 자태가 너무 고와 먹기가 미안할 정도였다. 대망의 첫 포크질. 다른 말을 할 수 없었다. 시나몬 조각은 솜사탕처럼 입안에서 사르르 녹았다. 누텔라나 크리스피 도넛 따위는 명함도 내밀지 못할 만큼 달달했다. 시나몬을 먹은 후 아메리카노를 마시니 입안에서 바닐라 라테로 변했다. 이 정도면 향정신성 식품으로 봐야 한다. 시나몬을 먹다가 정신을 잃을 수도 있겠다는 생각까지 들었다.

그래서인지 쉽게 두 번째 포크질을 할 수 없었다. 인간적으로 너무 달았다. 뇌에서 달다고 느낄 수 있는 역치를 넘어선 맛이었다. 와이프와 꾸역꾸역 반 개 정도 나눠 먹고 나니 한계에 달했다. 의욕적으로 두 개를 샀지만 먹고 남은 시나몬은 음식이 아니라 도전 과제로 보였다. 아메리카노로 입안을 가글하면서 시나몬을 사기 위해 기다리는 사람들을 관찰하니 대부분 고도비만이었다. 남은 시나몬을 차에 실었다간 달콤한 냄새에 취할 것 같아서 과감히 버렸다.

하나 로드로 가는 길은 이렇게 설탕이 충만한 상태로 출발했다. 마우이 자체도 시골이지만 마우이의 남동쪽 끝에 위치한 하나라는 마을은 원시 자연의 자태가 그대로 남아 있는 곳이었다. 자연의 피해를 최소화한 아주 좁고 험한 일 차선 길만 겨우 뻗어 있었다. 운전하기가 워낙 힘들고 왕복을 하려면 하루가 꼬박 필요해 하나 로드를 찾는 사람은 많지 않은 편이다. 그래서인지 자연과 모험을 즐기는 여행객에게는 이미 세계적인 명소였지만 문명의 흔적이 거의 없는 미지의 공간으로 남아 있다. 나는 운전만 계속해야 하는 코스를 정말 가야 하는지 끝까지 고심했지만 이 몸 하나 바쳐 세 모녀에게 추억을 선물하기로 했다.

날씨는 다행히 화창했다. 마우이에 온 이후로 최고의 날씨였다. 파란 하늘을 보며 일기예보를 고려해 일정을 조율한 탁월한 선택을 자축했다. 하나 로드까지는 내비게이션의 예상대로 총 3시간 정도 걸렸는데 파이아를 지나자 꼬불거리는 길이 나타났고 뻑뻑한 핸들을 좌로 끝까지, 우로 끝까지 돌리면서 2시간을 달렸다. 직선거리가 존재하지 않는 곳이었다. 무조건 급커브였고 일부 구간은 차선이 하나로 합쳐져서 반대쪽 차가 지나갈 때까지 기다려야 했다. 뱃속의 시나몬도 꿀렁거리기 시작했다. 노래를 부르며 기분 좋게 견디던 아이들도 출발한 지 2시간이 지나니 멀미 증세를 호소했다.

잠시 차를 세우고 폭포 밑 조그만 공원에서 점심을 먹었다. 사람들이 많

이 뛰어드는 거로 봐서 나름 유명한 폭포인 듯했지만 폭포 이름 따위는 안중에 없었다. 아이들은 이곳에서 여행객이 먹다 남긴 음식을 먹고 사는 듯한 고양이를 쫓아다니느라 정신이 없었고 와이프와 나는 그런 아이들 입에 밥과 장조림을 김에 싸서 넣어 주기 바빴다. 다시 하나 로드를 찾게 될 때를 대비해 이곳을 '고양이 폭포'라고 명명했다. 이곳에는 고양이 가족뿐만 아니라 몽구스도 보였다. 몽구스는 귀여운 고양이들에 밀려 존재감 없이 혼자서 어슬렁거렸다. 여행객들에게 빵을 구걸하는 몽구스가 마치 영어 시간에 수학 공부를 하고, 수학 시간에 국어 공부를 하다가 국영수 모두 점수가 안 나오는 학생을 보는 것 같아 애처로웠다.

역시 배를 좀 채우면 아이들은 밝아진다. 다시 핸들을 꽉 잡고 하나 로드를 달렸다. 최종 목적지를 정해야 했다. 하나에는 유명한 해변이 두 곳 있었다. 블랙 샌드 비치와 레드 샌드 비치. 상대적으로 블랙 샌드 비치가 더 유명했고 가까웠지만 파도의 세기가 가장 중요했다. 레드 샌드 비치는 칼레폴레포 비치 파크와 생김새가 비슷했다. 바위가 주변을 둘러싸고 있어서 파도가 더 잔잔해 보였다. 블랙 샌드 비치는 아이들이 조금 더 크면 다시 찾기로 하고 이번 최종 목적지는 레드 샌드 비치로 정했다.

하나 로드는 정말 터프했다. 숲속으로 진입하니 무선인터넷과 내비게이션도 작동하지 않았다. 문명이 적용된다면 하나 로드가 아니다. 차가 거칠게 움직이니 지우가 30초에 한 번씩 언제 도착하느냐고 묻기 시작했고 우리 모두 과연 이 길에 끝이

“꼬불거리는 길 끝에 나타난 평화로운 작은 천국.”

있는지 의심하며 영혼까지 지쳐가기 시작했다. 그러다 문득 꼬불거리는 길이 다림질을 한 것처럼 서서히 펴지기 시작했다. 600여 개의 커브를 거쳐 드디어 하나 마을에 도착했다. 너무나 평화로운 곳이었다.

하나 마을에 도착하니 와이파이도 다시 연결됐고 두근거리는 마음으로 내비게이션을 확인하니 최종 목적지인 레드 샌드 비치까지 7분이 남았다는 안내가 떴다. 계속해서 도착 시각을 묻던 지우에게 7분만 더 가면 된다고 알려주자 만세를 불렀다. 레드 샌드 비치는 아무런 안내 푯말이 없는 곳이었다. 주차장도 따로 없었고 숙소를 예약할 때부터 탐이 났던 트라바사 하나 호텔 Travasa Hana 뒷문 작은 주차 공간에 마침 자리가 나서 주차할 수 있었다. 트라바사 하나 호텔은 지금껏 본 호텔과 차원이 다른 호텔이었다. 자연 친화적이면서도 럭셔리한 곳이었다. 호텔 사진을 보는 순간 무리해서라도 하루쯤 묵고 싶었지만 가격을 보고 물러났던 곳이었다. 이번 여행에서는 후문에 주차한 것으로 만족해야 했지만 다음 여행 때는 꼭 안으로 들어가자고 다짐했다.

이번 여행에서는 계속 한 가지씩을 잊었다. 아이패드, 셀카봉, 운동화에 이어 이번에는 숙소에 선크림을 그냥 두고 나왔다. 3시간 동안 개고생하며 왔으니 적어도 두어 시간은 놀아야 하는데 선크림이 없다니 망연자실할 수밖에. 나는 그냥 놀자고 했지만 와이프는 선크림 없는 해변은 상상할 수 없었나 보다. 내가 아이들에게 수영복을 입히는 동안 와이프는 선크림을 사러 간다며 사라졌다.

아이들과 함께 천천히 레드 샌드 비치로 걸어갔는데 길이 무척 험했다. 해변까지 10분 정도 걸어야 하는데 나 혼자 짐을 들고 아이들과 갈 수 있는 난이도가 아니었다. 그래서 선크림을 사러 간 와이프를 기다렸고 아이들은 들판에서 뛰어놀기 시작했다. 인류가 아직 발견하지 못한 해괴망측한 벌레가 나올법한 숲이었는데 아이들은 천진난만하게 뛰어다녔다. 모르는 게 약이라 생각했다. 그러다 지우가 위험 신호를 외쳤다.

"아빠, 응아!"

아, 애매한 상황이다. 당연히 화장실이 없었다. 차에 있는 물티슈를 쥐여주고 적당한 장소를 알려 줬다.

"저 나무 뒤!"

깔끔한 지우가 펄쩍 뛸 줄 알았는데 갑자기 대자연 속에서 용감해진 것인지, 아니면 정말 급했는지 밝은 표정으로 한걸음에 달려가 나무에게 동양 비료의 맛을 알

"스노클링 연습 시작!"

려 줬다. 지우는 응아를 하면서 정말 여기에 응아를 해도 되는 거냐고 자꾸 물었다. 난 나무가 아주 기뻐하며 감사의 뜻으로 살짝 나뭇가지를 흔들었다고 대답해 줬다. 더는 묻지 않는 거로 봐서 진짜 믿는 것 같았다.

잠시 후, 와이프는 정말 크고 저렴해 보이는 선크림을 구해서 돌아왔다. 선크림으로 무장하고 우리는 레드 샌드 비치를 향해 10분 정도 트레킹을 했다. 우리는 이곳이 문명의 흔적이 없는 열대우림이라는 사실을 간과했었다. 조리 슬리퍼를 신은 채로 3인 4각 경기를 하는 것처럼 모두가 조심스럽게 발을 내디뎌 도착했다. 고생한 보람이 있었다. 역대급 바다가 눈앞에 펼쳐졌다. 붉은 모래가 생각보다는 거칠어서 꼭 신발을 신어야 했지만 이곳에서 바라보는 풍경은 3시간 동안의 운전이 아깝지 않았다. 아무 말도 하지 않고 바다를 보고 셔터를 눌러댔다. 잔뜩 흥분해서 바다에 뛰어들려고 했더니 와이프가 던진 말이 뒤통수에 꽂혔다.

"차에 애들 신발 있는데."

바다는 아름답고 파도도 적당했지만 물놀이를 끝내고 다시 험난한 트레킹 코스를 돌아가려면 운동화가 필요했다. 나는 물에 뛰어들기 전에 다녀오겠다는 생각에 훌쩍 차로 뛰어갔다. 슬리퍼를 신었지만 챙겨야 할 짐도 없고 아이들도 없이 움직이니 타잔이 된 기분이었다. 아이들과 와이프의 운동화까지 챙겼지만 내 운동화는 조금 더 멀리 남양주에 있었다.

차에 있던 콜라도 챙겨서 돌아왔는데 타잔처럼 뛰어다녔던 걸 잊었다. 콜라는 화를 참고 있다가 뚜껑을 따자마자 폭발했다. 지우는 눈이 동그래져서 뛰어왔다. 콜라가 터지는 걸 처음 본 것이다. 아직 우리 아이들은 보지 못한 세계가 많은 것 같다. 앞으로 콜라는 흔들어서 따줘야 하나. 김이 빠진 따뜻한 콜라를 한 모금 마시고 바다를 보니 또 한 번 흥분이 올라왔다. 정신줄을 놓고 옷을 입은 채로 물에 뛰어들고 나서야 갈아입을 옷이 없다는 게 떠올랐다. 이럴 때는 그냥 노는 게 답이다. 지우와 본격적으로 스노클링을 시작했다. 바람이 꽤 불어서 물속이 어수선했지만 그래도 이 정도 바람은 가뿐했다.

여행하며 뛰어든 바다 중에서 최고의 스노클링 포인트였다. 지우는 여전히 한 손으로 내 손을 꼭 잡았지만 익숙해지니 제법 그럴듯하게 물질을 하기 시작했다. 바다에 대한 공포심이 조금은 사라진 모양이다. 물고기들도 만족할 만큼 보였다. 액션캠으로 찍으니 한 화면에 화려한 무늬의 물고기가 대여섯 마리씩 잡혔다. 난 이곳이 아주 마음에 들었다. 하와이에는 아름다운 풍경이 정말 많지만 아담한 바다와 붉은 모래 그리고 주변의 꽃과 적절한 트레킹 코스까지 모든 요소가 내 취향을 저격했다.

하지만 시간이 부족했다. 조금 놀았을 뿐인데 벌써 오후 5시가 다 되어 갔다. 아이들도 추위를 느꼈고 숙소로 돌아가기 위해 다시 3시간을 운전해야 한다는 사실이 서서히 나를 압박했다. 특히 6시만 되면 해가 떨어지는데 꼬불꼬불한 길에 어둠까지 내리면 대책이 없을 것 같았다. 아쉽게 바다와 작별을 고하고 차로 돌아왔다.

하나 로드는 정말 훌륭했다. 저녁 무렵 한산한 길을 따라서 운전하니 더 인상적이었다. 와이프는 감탄사를 남발하는 스타일이 절대 아니었지만 혼자 창밖을 보며 연신 아름답다며 사진을 찍었다. 숙소에서 다시 사진을 보니 영 느낌이 나지 않았다. 아마 유명한 사직작가가 찍어도 그랬을 것이다. 하나 로드의 감동은 너무나도 입체적인데 평면적인 사진으로 그 감동이 전해지는 것은 무리다. 하나 로드는 차창 밖으로 느껴지는 나무, 폭포, 고양이, 바다, 바람, 새소리까지 모두 느낄 수 있는 곳이다. 식상한 표현이지만 자연의 위대함이 얼마나 큰지, 또 아름다운지 알게 된 하루였다. 비록 아이들에게는 멀미가 더 강렬하게 남겠지만 이곳은 이름 그대로 하나, 작은 천국이었다.

FAMILY COMMENT

엄마 / 지영

마우이에서 단연 최고의 코스! 하나로 가는 길. 어릴 적 부모님과 같이 여행하면 차 앞자리에서 '지영아, 저기 풍경 좀 봐라. 너무 좋다!'는 말을 자주 하시던 우리 부모님. 몇십 년이 흐르고 내가 똑같은 대사를 우리 아이들에게 하게 될 줄이야. 하지만 내가 그랬듯이 우리 아이들도 풍경에는 관심이 없겠지. 그래도 안타깝지 않다. 어차피 아이들이 다 크기 전까지는 나와 남편의 만족을 위해 여행을 떠나는 거야. 거기에 덤으로 아이들이 가족 여행이라는 추억을 유년시절에 쌓는다면 더 좋은 거 아닐까?

첫째 / 지우

하나는 너무 멀어서 멀미가 났다. 고양이랑 몽구스를 봐서 좋았다. 중간에 먹은 도시락도 맛있었고 폭포가 너무 멋져서 놀고 싶었는데 옷이 젖을까 봐 그냥 보기만 했다. 바다에 빨간 모래가 있어서 신기했고 스노클링도 처음으로 제대로 했다.

둘째 / 지아

하나도 좋은데, 난 디즈니 매장 가고 싶어.

오즈의 마법사가 주차 딱지를 받는다면

아무런 일정이 없는 휴식 같은 날이 밝았다. 모두 10시까지 늦잠을 잤다. 이번 여행에서 가장 공을 들인 두 개의 이벤트, 할레아칼라산 일출과 하나 로드 투어를 마쳤더니 긴장이 풀렸는지 눈을 뜨자마자 느낄 수 있었다. 곧 목이 붓고 온몸이 아플 거라는 예감이 강하게 들었다. 아프면 안 된다고 주문을 외우고 내 몸의 비상 동력장치를 가동하며 버텼지만 방심한 틈을 타 몸살 기운이 구석구석 침투 중이었다. 만약 하루쯤 앓아야 한다면 별다른 일정이 없는 오늘이 제격이었지만 내일은 오아후로 이동하기 위해 하루를 꼬박 써야 하는 날이므로 이대로 무너질 수는 없었다.

몸살 기운이 올라올 때는 위나 장부터 잘 관리해야 한다. 어제 먹다 남은 고기와 퍽퍽한 음식을 먹으면서 아이처럼 꼭꼭 씹어 삼켰다. 지우에게 마우이에서 가장 좋았던 곳이 어디였는지 물었다. 하나 로드만 아니라면 어디든 갈 각오까지 했지만 지우의 대답은 힘 빠지게도 수영장이었다. 그렇게 좋은 곳을 많이 데리고 다녔지만 역시 숙소 수영장을 뛰어넘지 못했다. 아침을 먹고 수영장으로 가니 지우는 이제 깊은 물도 겁이 나지 않는지 개구리처럼 수영하며 즐겁게 놀았다. 지아는 수영장 계단에 누워서 본인이 인어공주라며 물장구를 쳤다.

숙소 수영장에는 그사이 새로운 사람들이 많이 찾고 있었다. 아이들이 대거 수영장에 등장해서 반가웠다. 공동의 책임은 무책임이나 다름없다. 다 같이 물을 튀기며 정신없이 놀다 보니 수영장 한쪽에서 독서에 빠진 어르신들의 눈치가 덜 보였다. 숙소 수영장에서는 튜브나 물놀이 도구를 쓰지 말라는 문구를 읽어준 이후, 어떤 규칙이건 칼 같이 지키는 지우는 그동안 수판을 쓰지 않았다. 하지만 이날만큼은 수영장에 물 반 튜브 반이었다. 지아도 당당하게 튜브를 탔고 지우도 맘이 편해졌는지 수판을 겨드랑이 사이에 끼우고 수심 2m 수영장을 왕복했다.

잠시 후 따뜻한 스파로 자리를 옮겼다. 어릴 땐 뜨거운 물에 들어가는 것이 정말 싫었는데 지금은 온몸의 독소를 뜨거운 물로 빼내야 한다는 의무감에 가끔 집에서도 반신욕을 한다. 지아도 겨우 4살이면서 마치 40살처럼 뜨거운 물에 몸을 담그는 걸 즐겼다. 신중한 지우는 잠시 앉아 있더니 여기 오래 있으면 나중에 다시 수영할 때 추울 것 같다며 자리를 떴다. 곧장 수영장으로 향하는 지우를 보며 뜨거운 물에서 혈관이 확장되는 느낌을 뿌리치고 일어나는 정신력에 감탄했다.

수영으로 오전을 보낸 날은 자고로 라면과 햇반으로 점심을 먹어야 한다. 내일 오아후로 이동하기 전 부피가 큰 음식을 빨리 해결해야겠다는 생각에 김치, 장조림, 김, 계란까지 몽땅 꺼냈다. 이 조합은 맛이 없을 수가 없다. 음식 재료 자체가 미슐랭 스타들이었다. 어제부터 계속된 시나몬의 니글거림이 라면과 햇반으로 서서히 사라졌다.

꿀맛 같았던 점심의 여운도 잠시, 오후에 접어들자 몸 상태가 급속도로 나빠지기 시작했다. 내게 먼저 도착한 증세는 복통이었다. 이대로 두면 두통과 몸살도 추가된다는 신호가 곳곳에서 감지됐다. 이럴 때는 내 몸이 보내는 애정 어린 경고에 순종해야 한다. 아직 여행이 많이 남았다. 모든 이상 신호를 오늘 다 털어내야 했다. 나는 여행지에서는 유례가 없었던 낮잠을 처방했다. 매일 밤잠은 그렇게 설쳤지만 낮잠은 정말 꿀이었다. 마음 같아서는 낮잠 최대 기록인 6시간을 깰 수 있을 것 같았지만 그래도 하와이로 가족 여행을 온 아빠가 그렇게 내리 자는 건 양아치다. 2시간쯤 자고 억지로 몸을 일으켰다. 와이프와 아이들은 내가 잠든 동안 계속 놀다가 지쳤는지 침대에 누워서 낮잠의 강림을 기다리고 있었다. 나만 자고 일어난 입장에서 미안하긴 했지만 여행지에서 가족이 돌아가면서 낮잠을 잘 수는 없었다. 아이들이 차 안에서 잠드는 것은 가장 평화로운 여행 시나리오였다. 아이들이 잠을 머금은 상태로 조심스럽게 차에 태우고 무작정 출발했다. 마우이의 북쪽은 여러 번 가 봤으니 이번에는 남쪽으로 향할 차례였다.

숙소에서 조금만 내려가면 와일레아라는 지역이 나오는데 마우이의 또 다른 볼거리였다. 고급 별장과 명품 아웃렛, 골프장이 몰려 있었다. 마지막 날에 온 것이 아까울 정도로 남다른 풍경이었다. 마우이에서는 운전할 때 속도를 낼 필요가 전혀 없었다. 예상대로 아이들은 차 안에서 곤히 잠들었고 천천히 운전해도 앞지르는 차가 없었다.

마우이의 남쪽 해안 도로는 길이 조금 험했지만 차도 거의 다니지 않았고 오른쪽에는 바다, 왼쪽에는 고급 별장이 있어 저절로 별장 욕심이 드는 곳이었다. 와이프가 바닷가 별장의 가격을 확인하더니 20억 원 정도라고 알려 줬다. 강남의 큰 아파트를 살 돈이면 이런 해안가에서 저택도 살 수 있었다. 우리가 묵은 숙소도 시세는 6억 원 정도였다. 만약 내게 20억 원이 있다면 숙소를 세 채쯤 사서 집사도 고용하고 여행객을 대상으로 방을 빌려주며 수익을 올리는 그림이 그려졌다. 상상만 해도 물개 박수가 나오는 완벽한 플랜이었다. '내게 20억 원이 있다면'이라는 가정법 문장으로 마음이 풍족해지는 드라이브 코스였다. 하지만 조금 더 남쪽으로 내려가니 땅을 전부 파서 황량해진 벌판이 나타났다. 우리는 그쯤에서 핸들을 돌렸다.

나는 비포장 도로에 최적화된 차를 탄 만큼 운전을 더 해 보고 싶었다. 어쩐지 이 황량한 벌판을 지나면 가슴이 뻥 뚫리는 멋진 경치가 나올 것 같았다. 하지만 와이프는 광활한 초원에 혼자 남겨진 기분이 싫다고 했다. 평소와 달리 시적인 표현까지 동원하는 걸 보면 정말 가기 싫었나 보다. 유턴하는 지점에서는 아저씨 한 분이 혼자 드론을 날리고 있었다. 골프장 건설업자 혹은 앨런 머스크 같은 IT 거물일지도 모르겠다는 추측을 해 봤다.

사막 같은 벌판을 지나 다시 고급 별장과 멋진 나무가 아치형 터널을 만든 길을 달렸다. 이 길에서는 마치 동화책 속으로 들어온 것 같은 기분이 들었다. 나는 와이프에게 문학적인 언사로 느낌을 전했다.

"이 길, 〈오즈의 마법사〉에 나오는 길 같지 않아?
아기자기한 게 너무 멋있다."
"〈오즈의 마법사〉 배경은 캔자스인데. 아주 황량한 초원 배경.
여긴 바다. 전혀 다른 느낌인데?"

난 〈오즈의 마법사〉 속 허수아비처럼 뇌가 없고 와이프는 양철통처럼 심장이 없는 대화였다. 엄마와 아빠는 허수아비와 양철통이지만 우리 딸들에게는 도로시의 빨간 구두를 사 줘야겠다는 생각에 다음 행선지는 아웃렛으로 정했다.

지아는 여전히 꿈나라에 빠져 있었고 와이프는 지우만 데리고 쇼핑을

나가고 나는 차에서 기다렸다. 한가롭게 사람들을 구경하고 있었는데 할머니 한 분이 명품 쇼핑백을 잔뜩 들고나오고 있었다. 할머니는 한 손으로 자동차 키를 눌렀는데 바로 옆에 있던 오픈카가 헤드라이트를 번쩍이며 할머니를 맞았다. 저 나이에 오픈카를 타고 명품 쇼핑을 즐기다니, 스웩 넘치시는 할머니였다. 나중에 우리 와이프도 저렇게 해 줘야겠다는 생각이 들었다. 내 눈은 부러운 마음에 할머니를 계속 쫓았다. 할머니는 여유롭게 시동을 걸고 후진해서 차를 빼는 자세를 잡았는데 차는 전진을 하며 앞 화단과 나무를 받았다. 이어서 오픈카 바닥이 긁히는 구슬픈 소리가 들렸다. 내가 옆에서 이 장면을 훔쳐보고 있다는 걸 알면 무안할까 봐 숨도 쉬지 않고 몸을 숨겼다.

와이프와 지우는 예상외로 20분 만에 돌아왔다. 명품 아웃렛은 뭔가 어중간하단다. 가격이 저렴해 득템하는 맛이 있는 것도 아니고 무엇보다 내일은 명품 천국 와이키키에 갈 예정이었으니 에너지를 아껴야 했다. 지우는 지아 없이 혼자서 엄마를 따라다니다가 아이스크림을 하나 먹었다며 신나게 자랑했다. 아빠도 아이스크림을 좋아한다는 걸 알 텐데.

마우이에서의 마지막 저녁은 키헤이에 있는 산세이 씨푸드 레스토랑 Sansei Seafood Restaurant & Sushi 에서 만찬을 즐기기로 했다. 클래스를 높여서 와인 좀 마셔야 할 것 같은 스테이크 전문 레스토랑도 찾았지만 우리 여행의 취지와 예산에 모두 맞지 않아 패스했다. 산세이 시푸드 레스토랑은 고급 레스토랑이면서도 합리적인 가격이 장점이었다. 대신 예약이 힘든 곳이었지만 다행히도 4인 좌석이 남아 있었다. 초밥, 돈가스, 튀김 요리, 메인 요리로 스테이크를 시켰는데 괜히 평가가 좋은 곳이 아니었다. 아침부터 시작된 복통에 저녁을 건너뛸 생각이었지만 살짝 맛을 본 이후로 복통이고 뭐고 그냥 먹고 죽자는 생각으로 와사비도 듬뿍 찍어가며 폭식을 했다.

우리 딸들은 역시 테이블 매너가 조금 부족했다. 일반 음식점에서는 별로 느껴지지 않았지만, 고급 레스토랑에 오면 금세 티가 났다. 귀족처럼 폴로 옷을 입고 얌전히 앉아서 먹는 외국 아이들과 비교했을 때 우리 딸들은 가만히 앉아 있질 못했다. 계속 엄마 옆에 앉았다 아빠 옆에 앉기를 반복하며 종알종알 둘이서 수다를 떨다가 소리를 지르고 싸우는 통에 핸드폰으로 영상을 틀어 줘야 했다. 간신히 진정한 아이들은 캐리 언니가 장난감을 가지고 노는 것을 보며 입만 뻥끗 벌리며 음식을 잘 받아먹었다. 이제 엄마, 아빠가 밥을 먹으려고 하면 어김없이 흐름을 끊는 말을 던졌다.

"엄마, 쉬."
"아빠, 쉬."
"집에 가자."

여러 난항이 있었지만 식사는 정말 만족스러웠다. 숙소로 돌아와 차에서 내릴 때 와이퍼 밑에 꽂힌 봉투를 발견하기 전까지는 말이다. 행운의 편지는 아닐 테고 본능적으로 안 좋은 예감이 들었다. 주차 위반 딱지 같았는데 기간 내 돈을 내면 40달러, 기간을 넘기면 70달러라는 말이 눈에 들어왔다. 밝은 곳에서 다시 읽어보니 이상한 것투성이었다. 주차 위반 딱지의 제목이 'Thank you for parking with us.'였다. 40달러를 보내라는 곳의 주소도 시애틀이다. 신종 스팸이 의심되었다.

이런 일은 와이프의 고급 영어가 필요한 영역이다. 와이프는 식사를 했던 레스토랑에 전화했다. 고급 레스토랑답게 상당히 친절하게 답변을 해 줬다. 매니저는 자신도 모르는 일이라며 사진을 찍어서 이메일로 보내달라고 했다. 해결해 주겠다는 의지는 보였지만 우리는 당장 내일이면 마우이를 떠난다. 어느 세월에 이메일을 보내고 답장을 기다리겠는가. 우리는 다시 차를 몰고 주차장으로 갔다. 우리가 주차했던 곳에 있는 모든 차에 의문의 봉투가 꽂혀 있었다. 우리만 받은 것이 아니라는 생각에 억울한 마음이 풀렸다. 조금 더 주차장을 살펴보니 눈에 띄지도 않는 구석 자리에 한 시간만 무료라는 안내판이 있었다. 레스토랑 매니저가 나와서 상황을 보더니 우리가 1

시간 넘게 주차해서 추가 요금을 내야 하는 것 같고 시애틀 주소는 하와이 전역의 주차 관리를 대행해 주는 회사 같다고 했다. 현지인이라면 아마 우리 같은 실수를 하지 않을 테니 여행객을 겨냥한 삥 뜯기 같아 불쾌했다. 마지막으로 매니저는 레스토랑 안으로 사라지며 이건 주 정부에서 발행한 것이 아니니 그냥 무시하라고 했다. 쿨한 양반이네. 일을 제대로 하는 곳이라면 나중에 렌터카 회사에 청구할 테고 렌터카 회사는 우리 카드 번호를 알고 있으니 알아서 빼가겠지. 보험료 하루 치 더 낸다 생각하자. 그리고 마우이에서의 마지막 밤이니 이런 걸로 맘 상하지 말자.

FAMILY COMMENT

엄마 / 지영

남편의 복통은 다름이 아니라 화장실을 못 가서 생긴 것. 저녁을 먹고 나오다가 발견한 슈퍼에서 임산부들이 변비로 고생할 때 주로 먹는다던 건자두 주스를 사서 먹였더니 효과가 있는 듯….

첫째 / 지우

이날은 별로 생각나는 게 없었다. 식당에서 먹은 저녁은 맛있었다.

둘째 / 지아

하늘에 구름이 너무 많아.

국제선 비행 전문가 와이프도 실수를 한다

마우이에서 오아후로 건너가는 날이다. 다행히 어제보다는 컨디션이 좋았다. 짐을 한 번 싸 볼까 하며 주위를 돌아보니 부지런한 와이프가 새벽에 짐을 거의 쌌다. 와이프는 짐 정리 같은 일은 좀처럼 날 믿지 못해서 혼자서 처리하는 편이다. 그래도 이번 여행에서는 나름 내 몫을 하고 있는지라 평소보다는 덜 미안했다.

일어나자마자 모자 하나 눌러쓰고 짐을 차로 옮기기 시작했다. 낑낑대며 세 번에 걸쳐 짐을 옮기고 쓰레기도 다 버렸다. 마지막으로 유모차와 배낭을 옮기고 차 키를 찾았는데 보이지 않았다. 조금 전까지 차 키로 문을 여닫았으니 차나 집 안에 흘렸거나 이동하면서 떨어뜨렸을 것이다. 짜증이 끓어오르는 걸 억누르며 트렁크에 테트리스 신공을 발휘하며 차곡차곡 넣은 짐들을 전부 꺼냈다. 구석구석까지 살펴봤지만 차 키는 보이지 않았다. 나는 다시 짐을 테트리스처럼 쌓았다. 아침부터 뭐 하는 짓인가.

부바 검프 기념품도 땅바닥에 놓고 깨뜨린 적이 있어서 짐을 날랐던 길을 유심히 보았다. 말도 안 되는 확률이지만 고양이, 몽구스가 물고 가다가 버렸을지도 모른다는 생각에 풀숲까지 들췄다. 역시 없었다. 그래, 적어도 나는 길거리에 물건을 흘릴 만큼 칠칠하지 못한 사람은 아니었다. 이제 남은 건 집 안이었다. 그러나 방과 화장실, 소파, 식탁까지 모두 뒤져도 차 키는 나오지 않았다. 나는 최후의 보루였던 쓰레기통도 뒤졌다. 쓰레기봉투를 던지면서 차 키도 함께 던졌을 확률이 고양이가 물고 간 확률보다는 높을 것 같았다. 다행히 아침이라 쓰레기도 많지 않아서 긴 나뭇가지로 여기저기 들쑤시며 차 키를 찾았다. 그렇지만 없었다. 서서히 등에 식은땀이 나기 시작했다.

차분하게 20분 전 상황을 더듬으며 재연해 봤다. 이 길을 걸어서 차 문을 열고 캐리어를 두 개 실은 다음 차에 있던 숙소에서 제공한 스노클링 장비를 가방에 담아서 베란다로 가져가서 모래를 털고 창고에 넣은 다음…. 여기까지 기억을 더듬다가 문뜩 떠오르는 게 있었다. 설마 하면서 스노클링 가방을 열어 봤더니 오리발 안에 차 키가 들어 있었다. 오리발이라니! 잃어버린 핸드폰을 냉장고 안에서 발견한 수준이 아닌가. 푹 자서 몸 컨디션은 돌아왔지만 아직 머리는 멍한 것 같았다. 나의 건망증을 탓하며 건망증과 관련된 속담을 떠올리려고 했는데 건망증 탓에 기억나지 않았다. 구글의 도움을 받아 '허리춤에 찬 곰방대 한나절 찾는다'는 속담을 찾았지만 일주일 안에 다시 까먹는다는 것에 왼손을 걸겠다.

마우이를 떠나기 전 숙소 날적이에서 가장 많은 사람이 추천한 키헤이 카페 Kihei Caffe 에서 아침 식사를 즐겼다. 공항엔 12시 30분까지 가면 되니 2시간 정도 여유가 있어 지우가 좋아하는 TJ 맥스 TJ maxx 에 잠시 들르기로 했다. 공항으로 가는 길에는 공장이 하나 있었다. 사실 마우이에 온 첫날부터 이 공장이 너무 궁금했다. 이렇게 청정한 마우이에 굴뚝 공장이 있다는 것도 신기했고 외관도 찰리와 초콜릿 공장에 나오는 것처럼 신비로웠다. 검색해 보니 이곳은 설탕공장이었다. 하와이에서 사탕수수 농사가 번성하던 때 3,000여 개가 넘었던 설탕공장이 중국산 설탕과의 경쟁에서 밀리며 이제 카우아이와 마우이에 딱 하나씩만 남았다고 한다. 하와이에 단 두 곳인 설탕공장 중 하나를 지나가게 된 것이다.

공장 외관은 낡았지만 이곳이 신재생 에너지의 보고라는 기사도 발견했다. 사탕수수 찌꺼기를 바이오매스 연료로 활용해 공장 가동에 필요한 전기를 직접 생산한다고 했다. 또 남는 전기는 지역 사회에 공급해 마우이 전체 전력의 7%를 책임지고 있었다. 이 조그만 공장에서 7%라니. 신재생 에너지 기술이 그만큼 뛰어난 것인지 마우이의 전기 사용량이 그만큼 적은 것인지는 알 수 없지만 이런 건 박수를 보내야 한다. 예전에 우리나라에서 연간 전기 소비량이 가장 많은 곳이 롯데월드가 아니라 서울대학교라는 뉴스를 본 적이 있다. 서울대학교에도 사탕수수밭을 하나 만들자. 사탕수수 찌꺼기는 엄청나게 맛있을 것 같지만 기꺼이 전기에 양보하겠다.

슬픈 기사도 있었다. 140년 이상의 역사를 자랑한 이 공장이 곧 폐쇄 예정이라는 사실이었다. 하와이 설탕 산업이 이제 역사의 뒤안길로 사라지는 것이다. 마지막 사탕수수 추수를 마치고 직원 해고 작업을 진행 중이라는 기사는 아무리 곱씹어도 서글펐다. 공장에는 사람은 보이지 않았고 쓸쓸하게 사탕수수 가루만 날렸다. 굴뚝으로는 여전히 새하얀 연기가 뿜어져 나오고 있었다. 마치 지난 100년을 돌아보고 그동안 수고한 사람들에게 마지막 선물로 흰 구름을 만들어 두둥실 띄우고 있는 듯했다.

잠시 후 TJ 맥스에 도착했다. 주차장에 차가 몇 대 없었다. 와이프는 장난감 코너에 나와 아이들을 남겨두고 유유히 사라졌다. 혼자서 TJ 맥스를 헤집고 다니며 득템 후보를 잔뜩 모아서 나타났다. 그중 내 것도 있었는데 무려 무하마드 알리 티셔츠였다. 이제 완전히 내 취향을 아는구나. 난 장난감 코너에서 지우, 지아에게 아무거나 하나씩 사 줄 테니 골라보라고 했다. 여러 차례의 변심 끝에 지우와 지아가 마음에 쏙 드는 장난감을 하나씩 가져왔다. 나와 아이들은 소파에 앉아서 책을 읽었고 와이프는 다시 득템 투어를 떠났다. 손님이 거의 없는 공간에서 너무 여유를 부렸던 것 같다. 문득 시계를 보니 지우가 먹고 싶다고 한 도넛도 못 사고 공항으로 뛰어가야 할 시간이었다.

렌터카를 반납하자 캐리어 세 개와 배낭 세 개, 카시트를 넣은 박스와 유모차까지 모두 쏟아져 나왔다. 짐과의 전쟁을 벌여야 했지만 그래도 이 짐들은 적어도 투정을 부리지 않고 가끔은 막 던져도 된다. 이동할 때 가장 힘든 건 아이들이다. 항상 짐을 옮겨야 하는 순간에 아이들은 잠이 들었다. 잠이 든 아이 둘을 데리고 이동할 때 가장 난감한 상황이 발생한다. 할 수 없이 잠든 지아는 유모차에 태우고 지우를 깨웠다. 자다 깬 지우는 동생만 유모차를 탄다고 짜증을 냈다. 그래도 지우는 속이 깊고 착해서 툴툴거려도 엄마와 아빠에게 협조를 잘 해 주는 편이다. 먹고 싶어 했던 도넛도 못 사 주고 잠을 깨워 계속 미안한 마음이 들었다.

"지아야, 네가 나중에 커서 이 글을 보면 언니에게 무조건 고맙다고 하고 가장 아끼는 물건 하나 언니에게 주거라."

국제선 비행 전문가인 와이프가 짐을 쌌기 때문에 지금껏 여행하면서 예약이나 비행기 수속을 할 때 단 한 번도 문제가 발생하지 않았다. 이번에도 나는 어설프게 끼어들지 않고 와이프에게 전권을 위임했다. 하와이 국내선은 수화물 하나당 25달러씩 내야 했다. 나중에 알고 보니 하와이안 항공 홈페이지에서 회원가입을 하면 수화물 하나당 15달러로 할인이 되었고 출발 전 웹 체크인 서비스를 이용하면 좌석 배정까지 끝나서 공항에서는 짐만 부치면 모든 수속이 끝난다고 했다. 이 사실을 미처 몰랐던 터라 체크인 부스에서 계속 기다렸는데 부스 자체도 몇 개 없었고 느긋한 일 처리 탓에 속도가 엄청 느렸다. 그때 우리 눈에 들어온 것이 스타워즈 R2D2를 꼭 닮은 셀프 체크인 기계였다. 한국어 서비스도 가능한 아주 착한 기계였다. 여권을 긁으니 우리 가족의 티켓 네 장이 동시에 떴다. 수화물을 저울에 올리니 티켓과 수화물표도 출력되어 나왔다. 이 모든 과정을 와이프가 진행했으니 한 치의 오차도 없을 것으로 생각했다. 그런데 수화물비를 아끼려고 기내로 들고 가려던 가방에서 물과 얼음박스, 용량 초과의 화장품이 줄줄이 나왔다. 물 한 통 정도야 실수로 넘어갈 수 있지만 한꺼번에 너무 많은 위반 품목이 나오니 검색대 직원이 우리를 어이없게 쳐다봤다. 결국, 와이프는 구석으로 끌려가 여성 경찰관에게 신체검사까지 받았다. 지우는 물론 와이프의 표정이 어두웠다. 경찰을

무서워하는 지우는 엄마가 잡혀갈까 봐 걱정했고 와이프는 새로 산 화장품을 눈앞에서 뺏긴 것이 아깝다고 했다. 국제선 전문가의 흔치 않은 실수였다. 원숭이가 나무에서 떨어진 날이었다.

잠에서 깨고 도넛도 먹지 못한 지우를 위해 비행기를 타면 아이패드를 보여 주겠다고 했다. 비행기가 이륙한 다음 아이패드를 건네주자 지우는 투철한 준법정신을 발휘했다.

"봐도 된다는 방송이 아직 안 나왔어."

잠시 후 안내 방송이 나왔다. 물론 기내방송 내용은 '승객 여러분, 안전을 위해 좌석 벨트를 매 주시고 좌석 등받이와 테이블을 제자리로 해 주십시오. 저희 하와이안 에어라인은 전 노선에 금연을 시행하고 있으며….' 였지만 지우에게 '승객 여러분, 이륙하였으니 이제 아이패드로 만화를 봐도 됩니다.'라는 방송이 나온다고 통역해 줬다. 그제야 고개를 끄덕이고 아이패드를 켜는 지우. 아직 영어를 못하고 아빠 말을 무조건 믿는 순진한 우리 딸이다.

지우에게 이어폰을 주려고 했는데 이어폰 세 개가 서로 미친 듯이 꼬여 있었다. 나는 무책임하게 이어폰 뭉치를 지우에게 툭 던지며 웃었다. 지우는 실망하기는커녕 또 다른 장난감을 받은 것처럼 재미있어했다. 마치 퍼즐을 푸는 듯이 몰입하기 시작했다. 이럴 때 지우의 집중력은 내가 봐도 엄청난 것 같다. 반면 지아는 정반대다. 아마 잔뜩 뭉친 이어폰을 그대로 버렸을 거다.

지우는 5분 만에 이어폰 하나를 살려냈다. 그걸 귀에 꽂고 아이패드를 보려는 지우에게 나머지 두 개도 풀어달라고 하자, 아이패드를 덮더니 다시 퍼즐 놀이 시작했다. 신기했다. 아이패드로 만화를 보는 것보다 꼬인 줄을 푸는 게 더 재미있단 말인가. 나머지 두 개도 성공적으로 분리하고 나서야 지우는 홀가분하게 만화 감상을 시작했다.

창공에서 바라본 마우이와 오아후는 느낌이 정말 달랐다. 마우이는 비행기에서도 선명한 무지개가 보이는 시골 마을이었는데 오아후는 도시와 앞바다에 떠 있는 군함, 전투기가 먼저 눈에 띄었다. 불과 20분 거리지만 남양주에 있다가 잠실로 나왔을 때의 느낌과 비슷했다. 창공에서 바라본 마우이는 녹색이었고 오아후는 흙색이었다. 물론 오아후도 북쪽으로 올라가면 수풀이 우거지지만 마우이가 오아후보다 훨씬 시골임은 분명했다. 다시 도착한 오아후에서 렌터카를 빌리고 한식당에서 밥을 먹은 후 호텔에 도착하니 어느덧 저녁이었다. 짐을 풀고 지친 아이들을 재우고 내일을 위한 준비물을 챙겼다. 내일은 지우가 가장 기다리던 하나우마 베이에 가는 날이다. 이 날을 위해 레드 샌드 비치에서 스노클링 예행 연습도 끝냈다. 제발 날씨는 좋고 해파리들은 꺼져 주길.

FAMILY COMMENT

엄마 / 지영

아듀! 마우이 최고의 숙소.

첫째 / 지우

처음으로 한국 식당에 갔는데 일하는 사람들이 한국 사람이라서 좋았다. 마우이를 떠나는 것은 아쉬웠지만 여기서 좋은 추억 많이 남긴 것 같아서 좋았다.

둘째 / 지아

사탕이 너무 맛있어. 컴퓨터 그만하고 사탕 줘.

벼르고 벼르던 하나우마 베이 스노클링

하나우마 베이에 가기 위해 6시 30분에 알람을 맞췄지만 눈을 뜨니 7시 15분이었다. 분명 알람을 맞췄는데 가끔 등장하는 '보이지 않는 손'이 끈 모양이었다. 그래도 이 정도면 선방한 셈이다. 서두르면 오차범위 내에서 도착할 수 있다. 아이들을 깨우고 입히는 동안 와이프는 조식을 두 접시 챙겨 왔다. 호텔 조식 뷔페에서 음식을 가지고 나올 때는 항상 눈치를 보면서 휴지에 돌돌 말아서 몰래 가지고 나왔는데 이렇게 당당히 접시에 챙겨 오다니. 난 참 어둡게 살았다. 간단한 아침과 더 간단한 점심 도시락을 챙기고 호텔을 나서니 7시 45분이었다. 출근 시간이라 조금 막혔지만 와이키키 중심가를 벗어나니 길이 시원하게 뚫렸다.

8시 15분에 대망의 하나우마 베이 입구에 도착하니 문이 열려 있었다. 문이 굳게 닫힌 채 해파리 경고문만 보고 돌아섰던 두 번의 기억 때문에 입구를 통과하는 순간, 승리의 짜릿함이 밀려왔다. 하나우마 베이에서는 주차가 어렵다는 후기를 많이 봤었는데 주차 공간도 넉넉했다. 순간 불길한 예감이 밀려왔다. 아직 일기예보를 확인하지 않았는데 날씨가 좋지 않은 건 아니겠지. 일기예보를 체크한 사람들이 애초에 오지 않아서 지금처럼 한가한 것은 아닐까. 여러 복잡한 생각이 머릿속을 스쳐 지나갔다. 차 문을 여니 바람이 예사롭지 않게 불었다. 바람이 많이 불면 물도 차고 파도가 세서 시야도 좋지 않다. 해변으로 내려가는 동안 바람이 잦아지리라 희망을 품고 7.5달러를 내고 입장했다.

하나우마 베이는 입장하기 전 안전 및 자연보호 영상을 보여 줬다. 이런 안전 교육을 하는 곳은 하나우마 베이가 유일했다. 물고기에게 먹이를 주지 말 것, 거북이를 만지지 말 것, 사나운 물고기는 물 수도 있으니 손가락질하지 말 것, 산호를 밟으면 죽으니 절대 밟지 말 것 등의 내용이 있었다. 교육을 받으면서 나는 꿈틀꿈틀 삐딱함이 발동했다. 물속에서 거북이를 볼 만큼 운이 좋지 않으며, 사납게 생긴 물고기가 나를 물려고 달려들면 앞으로 회만 먹을 것이며 물고기에게 줄 먹이는커녕 아이들 먹이기도 벅차다며 마음속으로 조목조목 반박했다.

10여 분의 교육을 마치고 바다로 내려가니 아름다운 풍경이 펼쳐졌다. 하지만 사진을 너무 많이 봤는지 예전에도 왔었던 것 같은 기분까지 들었다. 앞으로 여행 갈 곳은 사진을 적당히 봐야겠다. 해안가로 내려가니 바람이 더 세차게 불었다. 모래와 튜브가 날아다녔고 파라솔이 바람에 쓰러졌다. 우린 악조건 속에서도 하나우마 베이 모래사장 정중앙에 3달러짜리 돗자리를 펴고 자리를 잡았다.

와이프와 지아는 모래사장에서 기다리고 나와 지우는 옆구리 운동을 몇 번 같이 한 후 입수했다. 언니만 데리고 가면 항상 질투하는 지아지만 바다는 예외였다. 바닷물은 역시 차가웠다. 오색찬란해야 하는 하나우마 베이의 바닷속은 삼색찬란 정도밖에 안 되었다. 물론 레드 샌드 비치보단 물고기가 많았고 화려한 생명체들이 많았다. 50cm를 훌쩍 넘을 것 같은 물고기들도 내가 회를 좋아한다는 소문을 아직 못 들었는지 겁 없이 내 주위를 얼쩡거렸다. 다만 갈수록 강해지는 바람 때문에 물속에서도 몸을 제대로 가누기 힘들었다.

준법정신이 투철한 지우는 안전 교육 때 산호를 밟으면 안 된다고 했다며 근처에도 가지 않으려 했다. 물에 둥둥 떠 있으면 되지만, 지우는 혹시라도 밟을까 봐 신경이 쓰였던 것 같다. 산호 위에 화려한 물고기가 더 많이 사는데 산호를 지뢰처럼 피하느라 주변만 맴돌았다. 그래도 레드 샌드 비치에서의 스노클링 연습 덕분에 여유롭게 수영하며 시간을 보냈다.

반면 지아는 "집에 가자."와 "엄마, 쉬."를 반복했다. 갈수록 강해지는 바람을 느끼며 나와 와이프는 번갈아 가며 스노클링을 했다. 드디어 먼 바다까지 나가 산호 위에 떠 있는데 오리발이 없다는 게 아쉬웠다. 사기만 하고 안 쓰는 가습기처럼 오리발을 샀는데 왜 매번 안 끼고 들어오는 걸까. 산호를 건드리면 지우에게 혼날 것 같아 바짝 긴장했지만 세찬 파도에 몇 번 밟을 뻔하기도 했다.

지우를 데리고 마지막으로 바다에 한 번 더 들어갔다가 철수를 결정했다. 얼마나 벼르던 하나우마 베이였는데 이렇게 일어나야 하다니. 이대로 떠나긴 아쉬워 점심 도시락을 하나우마 베이 공원 벤치에서 먹었다. 여전히 생수통이 넘어질 만큼 바람이 많이 불었지만 그래도 밥과 김, 장조림만으로 훌륭한 한 끼를 해결했다. 이곳에서도 역시 새들은 걸어 다녔고 아이들은 새를 잡으러 뛰어다녔다.

다시 호텔로 돌아왔을 때 와이프는 애들을 데리고 호텔 수영장으로 가면서 나에게 자유 시간을 주었다. 내가 골프라도 칠 줄 안다면 쿨하게 골프 치고 오라고 하고 싶은데 그냥 알아서 시간 보내다 저녁때까지만 들어오라고 했다. 자유 시간, 초코바 이름이 아니라 내게 정말 주어진 시간이라니. 일단 차를 타고 어디 갈까 생각했다. 아이들과 함께 있을 땐 가지 않을 법한 장소를 고르고 싶었다. 뭔가 초자연적이면서도 강렬한 곳. 하지만 이곳은 아마존이 아니라 하와이였다.

가장 먼저 떠오른 곳은 오아후 북서쪽 끝 카에나 포인트 Kaena point 였다. 인상적인 바다 절벽을 따라 트레킹을 하고 운이 좋으면 알바트로스나 물개를 만날 수 있는 코스였다. 하지만 왕복 3시간이 걸릴 것 같다는 게 단점이었다. 다시 가까운 거리에 아이들과 가기 힘든 곳을 생각해 보니 다이아몬드 헤드 Diamond Head 가 떠올랐다. 최근에 다녀온 친구가 설렁설렁 산책하기 좋은 곳이라고 추천했던 것도 떠올랐다. 다만 내가 등산을 10년에 한 번 할까 말까 할 정도로 가파른 길 자체를 즐기지 않았다. 다이아몬드 헤드는 전혀 내 스타일은 아니었지만 이때 아니면 결코 갈 일이 없을 것 같은 기분이 들었고 딱히 다른 대안도 없었다. 그래, 일단 가 보자.

숙소에서 15분 거리였다. 난 조금이라도 덜 걸으려고 5달러를 내고 입구 앞까지 올라가 주차한 다음 설렁설렁 산책을 시작했다. 어디가 다이아몬드 헤드인지 두리번거리다가 저 멀리 산꼭대기를 보니 어렴풋했지만 사람들이 개미 떼처럼 부지런히 한 줄로 움직이는 것이 보였다. 순간 생각보다 멀다는 사실에 당황했다. 마치 수학여행 때 흔들바위까지 가는 줄 알고 나섰다가 목적지가 울산바위임을 확인한 순간과 비슷했다. 난 저렇게 멀고 높은 곳까지 갈 생각이 없었는데.

주위 사람들은 등산화 혹은 최소 운동화를 신고 있었고 내려오는 사람들의 옷에는 땀이 흥건했다. 내 발을 감싸고 있어야 할 아디다스 운동화는 남양주에 있고 난 지금 조리 슬리퍼를 신고 있었다. 와이프가 브라질에서 사 온 조리라 내구성도 아직 검증되지 않았다. 함께 샀던 와이프의 조리 슬리퍼는 며칠 전 끊어졌다. 그것도 터프한 산악 지형이 아니라 아주 평범한 산책길에서. 이건 아니다 싶었지만 이미 늦었

"하나우마 베이, 세 번만에 성공!"

다. 자유 시간은 점점 줄어들고 있었고 여기까지 왔으니 한 번 올라가 보기로 했다. 최대한 조리 끈에 부담이 가지 않도록 조심스레 올라갔더니 정상까지 30분 정도 걸렸다. 정상에서 내려다보니 와이키키부터 남서부 하와이가 한눈에 들어왔다. 감탄은 잠시 날 찾아왔지만 30초 이상 머무르질 않았다. 역시 난 높은 곳에 올라 아래를 내려다보는 행위에는 큰 감흥이 없었다. 더구나 산 정상이라 바람이 거셌다. 모자를 두 손으로 꽉 누르고 있지 않으면 훨훨 날아가 마우이에서 발견될 것 같은 미친 바람이었다.

대화할 사람도 없어서 셀카만 수십 장을 찍고 내려왔다. 다이아몬드 헤드는 12세 이상이라면 체력적으로 힘든 코스는 아니었지만 문제는 슬리퍼였다. 내려오는 길은 발 앞쪽으로 무게중심이 쏠리다 보니 조리 끈과 마찰되는 첫째 발가락과 둘째 발가락 사이가 찢어지는 듯 아팠다. 무좀균도 태워 버릴 수준의 마찰력이었다. 마찰을 최소화하기 위해 보폭을 최대한 줄이고 내시 걸음으로 내려왔다. 다이아몬드 헤드, 널 다시 찾을 일은 없을 것 같다.

나름 등산했다고 시원한 콜라 한 잔이 당겼다. 주차장 옆에 자판기가 눈에 들어왔지만 순간 콜라를 마시고 싶은 장소가 떠올랐다. 그곳은 바로 지난번 여행 때 숙소 근처에 있던 맥도날드였다. 전혀 특별할 것 없는 한적한 맥도날드지만 내겐 아주 좋은 기억으로 남아 있는 곳 중의 하나였다.

지난 여행 때 세탁기와 건조기를 돌리기 위해 25센트 여덟 개가 필요해 집을 나섰다. 날씨가 유독 좋아 집 앞을 산책하는데 콧노래가 절로 나왔고, 그때 콧노래는 날씨나 여행 분위기와는 전혀 어울리지 않는 김건모의 '잘못된 만남'이었다. 약간의 춤까지 곁들여 랩을 하면서 스웩 넘치게 걷다가 동전을 바꿀 만한 곳으로 근처에 있던 맥도날드가 생각났다. 난 그곳에서 10달러를 내고 애플파이를 사서 25센트를 받았다. 정말 별것 아닌 순간이지만 그 장면이 자주 떠올랐었다. 그래, 콜라를 마시러 그곳으로 가자.

다이아몬드 헤드부터 지난 여행의 숙소가 있던 와이마날로로 향하는 하와이 남동부 해안 길은 내가 처음으로 감탄사를 내뱉었던 곳이었다. 중간에 경치를 구경할 수 있는 전망대도 있어서 여행객 기분을 내기에 안성맞춤인 길이었다. 지난번엔 모두 지나쳤지만 이번에는 전망대 두 곳을 모두 들러서 눈 호강을 즐겼다. 성난 파도가 바위에 부딪쳐 부서지는 장면은 장관이었다.

호텔로 돌아오니 오후 5시였다. 이것저것 많은 일을 한 것 같았는데 자유 시간을 겨우 4시간만 쓰고 돌아왔다. 아이들은 신나게 수영을 했는지 잠이 든 후였

WAIKIKI BEACH

다. 아이들을 깨워 알라 모아나로 가서 저녁을 먹고 기분 좋게 다시 호텔로 돌아왔다. 호텔 로비에는 할로윈을 맞아 벤치에 해골을 앉혀 놓았다. 세상에서 가장 힘세고 용감한 이 아빠가 낮에 혼자 다이아몬드 헤드 갔다가 진짜 해골을 발견해 여기 둔 거라고 했더니 우리 애들은 진짜로 믿었다. 내가 직접 해골을 업어 왔고 체크아웃하기 전까지 다른 사람이 볼 수 있도록 여기에 두기로 호텔 주인과 이야기했다고 하니 아빠를 존경하는 눈빛으로 쳐다봤다.

지우는 이 해골이 정말 예전에는 살아 있는 사람이었느냐며 신기해했다. 착하고 순진한 우리 지우는 아직 이런 이야기를 믿는구나. 지아는 아빠가 이 세상에서 제일 힘이 센 것까진 믿는데 밤에 안 자고 떠들면 호랑이가 나온다는 말은 더 이상 믿지 않았다. 지우는 호텔에 돌아와서 일찍 잠들었고 지아는 여전히 힘이 넘치는지 11시가 넘도록 혼자 놀았다. 와이프와 나는 두 번째 하와이 여행이 끝나가고 있다는 걸 실감하고 있었다. 이런 우울함을 최소화하기 위해선 재빨리 다음 여행을 계획해야 한다.

이번 여행을 통해 섬을 오가는 여행은 힘들다는 것, 하와이는 계절보다는 날씨가 중요하다는 것, 렌터카는 좋은 차를 빌릴수록 보험료만 비싸진다는 것, 한식당을 멀리하지 말자와 같은 노하우가 쌓였다. 우리는 나란히 앉아서 내년 달력과 항공편을 검색해 봤다. 일단 내년 여름 즈음으로 계획을 세우기 시작했다. 어느 때가 항공권이 저렴한지 조사하고 빅아일랜드보다는 왠지 카우아이가 더 구미가 당긴다는 것과

섬과 섬을 이동하는 게 힘들다면 오아후에 베이스캠프를 차리고 카우아이로 1박 2일 정도 다녀오자는 구체적인 계획까지 나왔다.

그래서 이날 저녁, 또 한 번의 하와이 여행을 결정지었다. 달러 빚을 내서라도 꼭 가자.

FAMILY COMMENT

엄마 / 지영

단단히 빠졌다, 하와이에. 이틀이나 더 남은 여행지에서 다음 하와이 여행을 계획하다니!

첫째 / 지우

하나우마 베이를 드디어 왔다. 내려가기 전 교육을 받는 게 조금 지겨웠고 해변에 사람이 너무 많아서 싫었다. 산호를 밟지 말라고 해서 산호를 밟을까 봐 계속 신경 쓰였다.
그래도 물고기는 엄청 많이 봐서 좋았다.

둘째 / 지아

디즈니 또 가서 좋았어.

두 번째 하와이 여행을 끝내며 세 번째를 꿈꾸다

하와이에서 보내는 온전한 마지막 하루였다. 오아후를 한 바퀴 돌며 추억하고 싶은 곳을 다시 둘러보며 눈도장도 찍고 맛집을 다니며 하루 다섯 끼를 먹을 계획이었기에 늦어도 8시에 기상하려 했다. 하지만 계획은 역시 엑셀 시트에만 존재하는 것일 뿐. 애교로 봐 줄 수 있을 정도인 9시에 온 가족이 일어나 조식을 먹으러 내려갔다.

아침 식사 중 두 가지 나쁜 사인을 발견했다. 하나는 소나기였다. 마지막까지 날씨가 협조하지 않았다. 바람도 많이 불어서 테이블 위에 올려둔 모자까지 날아가려 했다. 또 하나의 나쁜 신호는 지우가 열이 나기 시작한 것이다. 어젯밤 지우를 안았을 때 몸이 따뜻하다고 느꼈다. 종일 수영하느라 햇볕에 타서 그런 거라 생각했는데 밤새 열이 올랐던 모양이다. 딱딱한 베이컨, 미지근한 요거트와 과일로 대충 아침을 때우고 방에 올라가서 열을 재니 38.6도였다.

계획대로라면 아침에 우리 가족의 비밀 바닷가에 가서 마지막 해수욕을 하며 놀다가 점심으로는 지오반니 슈림프에서 한 번, 훌리훌리 치킨에서 한 번씩 먹으려고 했다. 이어서 내륙 고속도로를 타고 내려와 와이켈레 프리미엄 아웃렛 Waikele Premium Outlet에 들러 선물을 사고 호텔에서 쉬면서 마지막 저녁을 먹을 채비를 하려고 했다. 하지만 지우가 열이 나는 바람에 모든 오전 스케줄을 취소했다.

다행히 지우는 열은 났지만 씩씩했다. 해열제를 먹이니 열도 금방 떨어졌다. 열도 분위기 파악을 한 것 같다. 여기가 어디라고 감히 지우 머리에 터를 잡았는지. 지우에게 조금 자라고 했지만 지아랑 둘이서 침대에 앉아 어제 산 장난감을 가지고 신 나게 놀았다. 해열제에는 자매 사이를 일시적으로 좋게 만드는 성분도 있나 보다. 그동안 와이프는 짐을 싸기 시작했고 난 사진과 동영상을 정리하며 시간을 보냈다.

지우가 컨디션이 좋아져서 늦긴 했지만 본래 계획대로 비밀 바닷가로 출발했다. 내비게이션으로 확인하니 45분 거리였는데 해안도로로 가고 싶어서 우회했더니 1시간 정도 걸렸다. 눈을 감아도 떠오르던 오아후 동쪽 해안도로는 여전히 아름다웠고 길가에는 개발을 반대하는 피켓도 변함없이 자리를 지키고 있었다. 그중 'Trump Pence'라는 푯말이 눈에 들어왔다. 와이프와 저게 무슨 뜻인지 잠깐 대화를 나눴다. 나는 트럼프가 워낙 부자라서 하와이에도 땅이 있고 '이곳은 트럼프의 땅이니 펜스를 넘지 마시오'라는 메시지라는 결론을 내렸다. 하지만 알고 보니 Pence는 부통령의 이름이었다. 더구나 울타리를 뜻하는 펜스의 철자는 Fence였다. 나야 그렇다 치고 영어 고수인 와이프는 '트럼프 울타리'라는 결론을 왜 가만히 듣고만 있었을까.

다시 찾은 비밀 바닷가. 느낌표가 팡팡 터져야 하는데 비바람이 감동을 허락하지 않았다. 강렬한 태양이 내리쬐는 새하얀 모래사장과 코발트 빛 바다의 향연을 기대했지만 바람 때문에 탁해진 바다가 기다리고 있었다. LA까지 보일 것처럼 탁 트였던 시야는 바로 앞에 있는 모콜리이섬 Mokol'i 도 흐릿하게 보일 정도였다. 그럼에도 새끼 거북이처럼 바다만 보면 무조건 돌진하는 지우는 10분 정도 파도와 밀당을 하며 뛰어다녔다.

날씨는 별로였지만, 하와이에 우리 가족만의 아지트가 생겼다는 것이 뿌듯했다. 언젠가 내가 소리 없이 사라지면 가족들은 내가 어디로 갔는지 알겠다며 이곳으로 나를 찾아오고 난 〈흐르는 강물처럼〉의 브래드 피트처럼 카우보이 모자에 멜빵바지를 입고 낚시를 하다가 두 팔을 벌려 환영하는 장면을 상상해 봤다.

나는 어릴 때부터 아지트를 좋아했다. 최초의 아지트는 피아노 의자 밑이었다. 초등학생 때는 친구네 집 옥상에 버려진 문짝을 주워다가 집을 만들었었다. 학교에도 아지트를 만들었었다. 새로 증축한 건물 끝에 굴뚝이 달린 조그만 공간이 있었다. 도시락도 까먹으면서 놀고 있었는데 굴뚝에서 먹다 버린 우유갑이 쏟아졌다. 알고 보니 아지트로 삼았던 곳은 건물의 쓰레기가 모이는 곳이었다. 그 후 30년이 흘러 아지트가 생겼다. 피아노 의자 밑과 옥상, 쓰레기통을 거쳐 무려 하와이에 말이다.

해열제를 먹은 지우가 잠시 컨디션을 회복하기는 했지만 언제 다시 열이 오를지 몰라 바삐 와이키키 시내로 향했다. 와이키키로 가는 동안 햇빛은 쨍쨍하게

"무려 하와이에
아지트가 생겼다."

비치지만 비는 쏟아지고 바람은 강하지만 무지개가 뜬, 한 마디로 지구과학 현상이 한꺼번에 총출동한 날씨가 이어졌다. 시내로 접어들자 우리는 저녁 메뉴를 골랐다. 마지막 저녁 식사인 만큼 팁을 듬뿍 주는 레스토랑에서 요리를 먹고 싶었는데 지우에게 먹고 싶은 걸 물었던 게 실수였다.

"김치찌개."

정말 내키진 않았지만 몸도 좋지 않은 지우의 상태를 고려해 한식당으로 향했다. 그러다 길가에 한글로 적힌 분식집 간판을 발견했다. 분식점의 이름은 이레 분식이었는데 하와이에서 나름 유명한 곳이었다. 학교 앞에서 흔히 보던 분식집 그대로였다. 의외로 외국인 손님이 더 많았고 모두 떡볶이와 군만두, 라면을 먹고 있었다. 제육 덮밥과 라볶이, 군만두를 시키고 기다렸지만 외국인 단체 손님의 음식이 먼저 나오느라 제법 기다려야 했다. 그 사이 지금까지 잘 버티던 지우의 컨디션이 급격히 나빠졌다. 옷을 따뜻하게 입혔는데도 춥다면서 테이블에 엎드려 자려고 했다. 약이라도 먹이려면 일단 밥을 먹어야 하니 억지로 몇 숟갈 떠먹여 줬다. 지우는 열이 나고 지아는 졸아서 허겁지겁 먹고 나왔는데 다시 생각해 보니 음식이 정말 맛있었다. 오아후에 올 때면 앞으로 자주 찾을 듯하다.

이번 여행에서는 와이프가 내게 자유 시간을 선물했다. 그 보답으로 와이프에게 마음껏 쇼핑하고 구경할 수 있는 시간을 선물했다. 와이키키 메인 도로에 와이프를 내려주고 아이들과 먼저 호텔에 들어왔다. 아이들을 씻기고 아이패드를 주니 만병통치약이 따로 없었다. 이번에도 아이패드는 자매 사이도 좋게 하고 열도 떨어뜨렸다. 와이프는 예상을 깨고 1시간 만에 돌아왔다. 양손에는 마카다미아 초콜릿과 양초를 가득 들고 말이다. 들고 다니기 무거워서 선물할 것만 샀다는 와이프. 다음번에 와이프에게 자유 시간을 줄 때는 지우와 지아를 번갈아 태워도 9년이나 멀쩡히 굴러갔고 수많은 해외여행에서도 살아남았으며 마트에서 산 햇반과 물, 수박까지 실어도 거뜬했던 유모차도 함께 주어야겠다.

해가 저물고 와이프와 나는 짐 싸기라는 슬픈 작업을 시작했다. 대부분 와이프 몫이었고 나는 사진 자료를 정리하며 여행을 마무리했다. 마지막 밤을 이렇게 보내는 게 아쉬운 나머지 맥주 두 캔을 사 왔다. 며칠 전에 산 딸기도 꺼내 기분을 내려 했더니 딸기가 어찌나 딱딱한지 앞니 하나가 나갈 법했고 맹맹한 맛이 나서 더는 먹을 수 없었다. 역시 싼 과일은 이유가 있었다. 다른 때는 몰라도 여행지에서는 싼 것만 찾지 말자는 교훈과 함께 남은 맥주를 수채 구멍에게 양보했다.

두 번째 하와이 여행의 마지막 밤이 저물었다. 이 밤의 끝을 잡고 두 번째 하와이의 소감을 정리했다. 손끝으로는 두 번째 하와이를 쓰고 있지만 마음은 세 번째 하와이에 벌써 도착한 기분이다. 아쉬운 밤이다.

FAMILY COMMENT

엄마 / 지영

양손 힘들게 남편 회사 사람들에게 줄 선물을 사 왔더니 이런 거 왜 샀느냐며 타박하는 남편. 담부턴 내 것만 살 거야. 하지만 또 자식들 거 남편 거부터 사겠지….

첫째 / 지우

아침에 열이 날 때, 여행 와서 아프면 많은 추억을 못 남길까 봐 불안했다. 점심에 맛있는 우동 먹고는 조금 괜찮아졌다.

둘째 / 지아

언니, 왜 아파?

두 번째 작별

아침에 눈을 뜨니 초점이 맞지 않고 앞이 뿌옇게 보였다. 마지막 날이라 눈물이 고였나 보다. 그만큼 슬픈 아침이 밝았다. 호텔에서 현실을 부정하며 버티기에는 시간이 없었다. 간밤에 지우는 열이 39도까지 올랐고 아침에 37도와 38도를 오르내렸지만 잠에서 깬 지우는 다행히 씩씩했다. 보통 때라면 집에서 축 늘어졌을 텐데 어제부터 컨디션이 괜찮았다. 오늘은 집에 가는 날이라고 하자 지우는 할머니를 빨리 보고 싶다고 했고 지아는 호텔에서 살자고 했다. 이번에도 나는 지아의 의견에 한 표를 던졌다. 나도 호텔에서 살고 싶다.

하와이에서의 마지막 식사를 말라비틀어진 베이컨과 빵으로 대신 할 순 없었다. 서둘러 짐을 싸서 호텔 발레파킹 서비스를 받으며 우아하게 마무리하고 싶었다. 우리의 목적지는 웨스턴 호텔의 더 베란다였다. 지난 여행 때도 여기서 마지막 식사를 했는데 한국에서도 지우는 맛있었다고 자주 말하곤 했다. 모든 메뉴가 훌륭했지만 망고 팬케이크는 양손의 엄지를 모두 치켜세울만하다. 이번에도 망고 팬케이크를 포함해 브런치 메뉴 세 개를 시켰다. 지난 방문 때 우리 테이블을 담당했던 할아버지가 여전히 일하고 있었다.

도란도란 아침을 먹으며 우리는 하와이 여행의 규칙을 하나 정했다. 하와이에서의 첫 번째 식사는 무조건 헤븐리 Heavenly, 마지막 식사는 바로 이곳, 더 베란다에서 하는 것. 두 곳 모두 입맛이 제각각인 우리 가족의 취향이 교차하는 레스토랑이었다. 가격도 합리적이고 무엇보다 와이키키 분위기가 물씬 나는 곳이라 어디에 시선을 두어도 이곳이 하와이임을 실감케 했다. 여행의 시작과 끝으로는 제격이다. 식사를 마치고 와이키키 해변에서 마지막 가족사진을 찍었다. 셀카봉이 없어서 한계는 있었지만 아담한 우리 가족은 복싱으로 늘어난 내 팔로 다 담을 수 있었다.

공항에 도착해 5달러짜리 유료 카트 두 대를 찾으러 가는 길에 구석에 버려진 카트 두 대가 때마침 눈에 들어왔다. 행운과는 거리가 먼 내게 이건 무슨 일인가 싶었다. 내 인생에서는 극히 드문 10달러짜리 행운이었다. 카트에 짐을 싣고 수속 라인에 섰다. 역시나 하와이 에어라인은 엄청난 인원이 대기하고 있었다. 비록 몸수색과 물품 압수를 당한 기억이 있지만 와이프는 어느새 공항 전문가의 포스를 발휘하며 아무도 없는 무인 체크인 기계 앞으로 가더니 능숙하게 버튼을 꾹꾹 누르기 시작했다. 잠시 후 화물 태그까지 전부 출력했고 인포메이션에 가서 스카치테이프를 빌려와 카시트까지 박스에 넣고 봉했다. 여전히 줄어들지 않은 수속 라인을 뒤로하고 우리는 가볍게 돌아섰다.

“엄마, 집에 가기 싫어. 여기 살자.”

돌아오는 비행기에서 〈체이싱 매버릭스 Chasing Mavericks〉라는 영화를 봤다. 22살이라는 어린 나이로 몰디브에서 다이빙 사고로 세상을 떠난 천재 서퍼의 일대기를 담은 영화였다. 배경이 하와이가 아닌 캘리포니아라는 것만 빼면 하와이 여행길에서 꼭 봐야 하는 영화로 추천하고 싶다. 서핑을 소재로 한 영화를 본 적은 처음이었지만 파도타기 장면과 연습 과정이 잘 담겨 있어서 서핑에 관심이 있던 사람이라면 당장 바다로 가고 싶을 만큼 피를 끓게 만드는 영화였다. 지금까지 하와이의 잔잔한 파도 위에서 둥둥 떠다니며 스노클링을 하고 스탠드업 패들링이나 할 생각이었던 내게 이 영화가 불을 지폈다.

날씨 운도 없고 섬을 옮겨 다니는 강행군이었던 하와이 여행이었다. 그래도 우리 가족이 평생 되새길 추억을 하나 더 얻었다. 온 가족이 환하게 웃는 얼굴을 떠올리며 하와이와 두 번째 작별을 했다.

FAMILY COMMENT

엄마 / 지영

모험심 강하고 혈기 왕성했던 대학생 때, 그리고 월급이란 것을 받기 시작한 싱글 직장인 일 때 나에게 여행이란 새로운 경험이자 무엇인가 끊임없이 보고 느끼는 활동이었다. 가족이 생기고 심지어 어린아이가 둘씩이나 있는 지금은 끊임 없이 보고 느끼는 여행은…. 물론 불가능하진 않겠지만 힘들다. 그렇 다고 내 성향이 변한 것도 아니다. 어쩌면 그래서 하와이에 온 것일지도 모른다. 나에게 하와이는 적당히 새롭고 적당히 여유롭고 적당히 가족 친화적이며 또 적당히 세련됐다. 아마 또 오지 싶다.

첫째 / 지우

마지막 날이라 서운하고 더 있고 싶었다. 그래도 아침으로 먹은 팬케이크는 정말 맛있었다. 비행기에서 라면을 줘서 좋았다. 하와이 또 가고 싶다.

둘째 / 지아

우리 하와이 호텔에서 계속 살자.

마우이 지역별 추천 코스

1. 웨스트 마우이 지역 추천 코스

- Ⓐ Black Rock Beach / 블랙 록 비치
- Ⓑ Ono Gelato / 오노 젤라또
- Ⓒ Lahaina / 라하이나
- Ⓓ Sugar Cane Train Maui / 사탕수수 열차
- Ⓔ West Maui Mountains / 웨스트 마우이 산맥
- Ⓕ University Of Hawaii Maui College / 마우이 대학
- Ⓖ Hookipa Beach / 호오키파 비치

2. 마알라이아 베이 지역 추천 코스

- Ⓗ Kalepolepo Beach Park / 칼레폴레포 비치 파크
- Ⓘ Sansei Seafood Restaurant & Sushi / 산세이 씨푸드 레스토랑
- Ⓙ Kihei Cafe / 키헤이 까페
- Ⓚ Kamaole Sands / 카마올레 샌즈

3. 하나 지역 추천 코스

- Ⓛ Black Sand Beach / 블랙 샌드 비치
- Ⓜ Red Sand Beach(Kaihalulu Beach) / 레드 샌드 비치

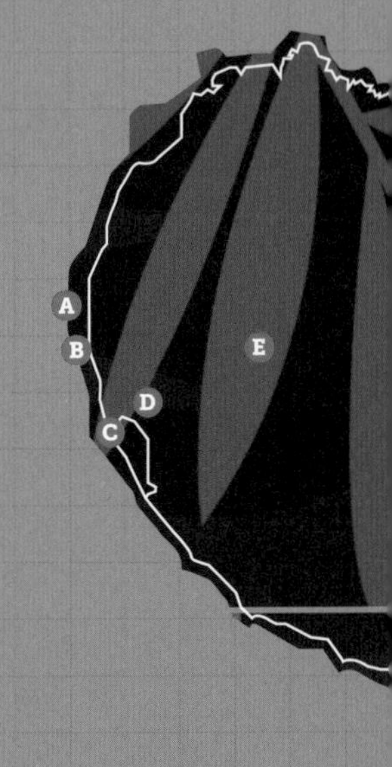

Maalaea Bay
마알라이아 베이 지역

〈하와이 섬 전체지도〉

West Maui
웨스트 마우이 지역

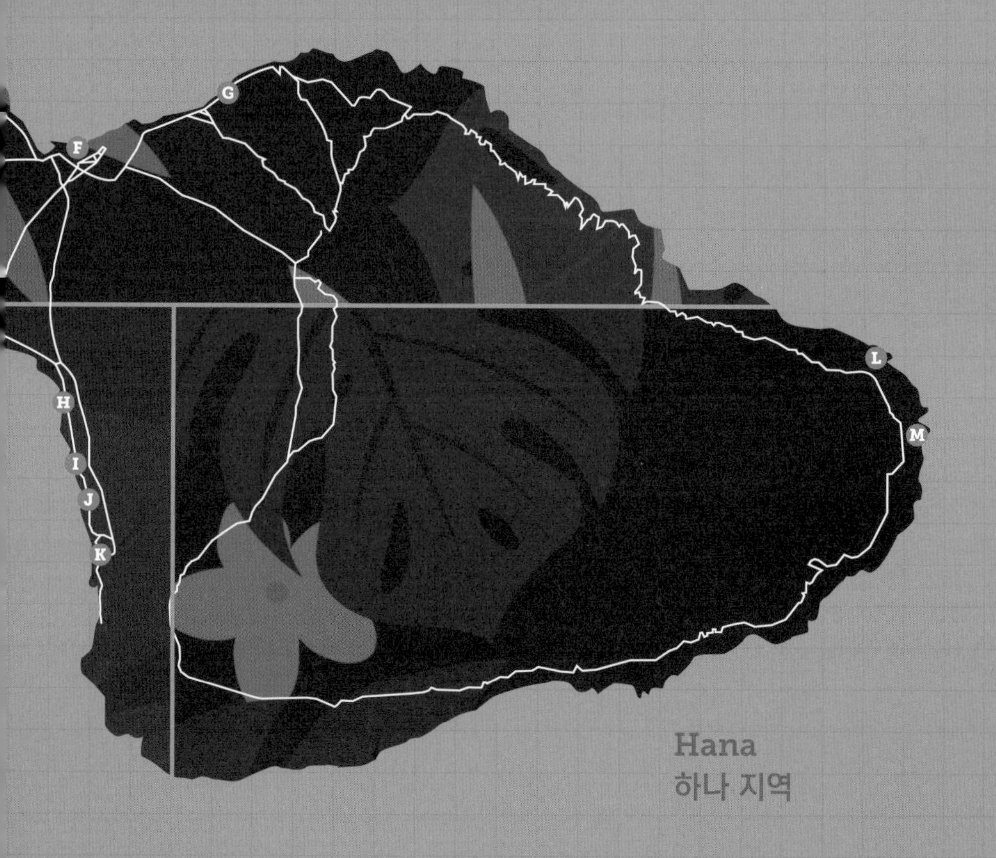

마우이 베스트 드라이브 코스

① 하나 로드

하와이 전역을 통틀어 가장 압도적인 드라이브길. 이름이 예쁘다고 만만히 보면 안 된다. 지구 산소의 10% 정도는 책임질 것 같은 밀림 속을 구불구불한 산길을 따라 2시간 이상 운전하다 보면 그 끝에 뭐가 있든 반가운 법이다. 그런데 그 길의 끝이 천국처럼 예쁜 곳이라니!

② 할레아칼라 가는 길 Road to Haleakala National Park

새벽 6시에 도착하면 구름 위로 떠오르는 일출을 만난다. 가파른 길이 이어지지만 하나 로드에 비하면 강변북로 수준이다. 앞차 꽁무니만 보며 올라가는 운전자보다는 별이 빛나는 새벽하늘을 감상할 수 있는 동석자에게 최고의 드라이브 길이다.

③ 마알라이아 Maalaea**에서 라하이나까지, 호노아피일라니 국도** Honoapiilani High way

오아후 해안도로와는 또 다른 분위기다. 마우이는 조용하고 아담한 시골이라는 걸 느낄 수 있다. 언제나 볼 수 있는 무지개는 보너스.

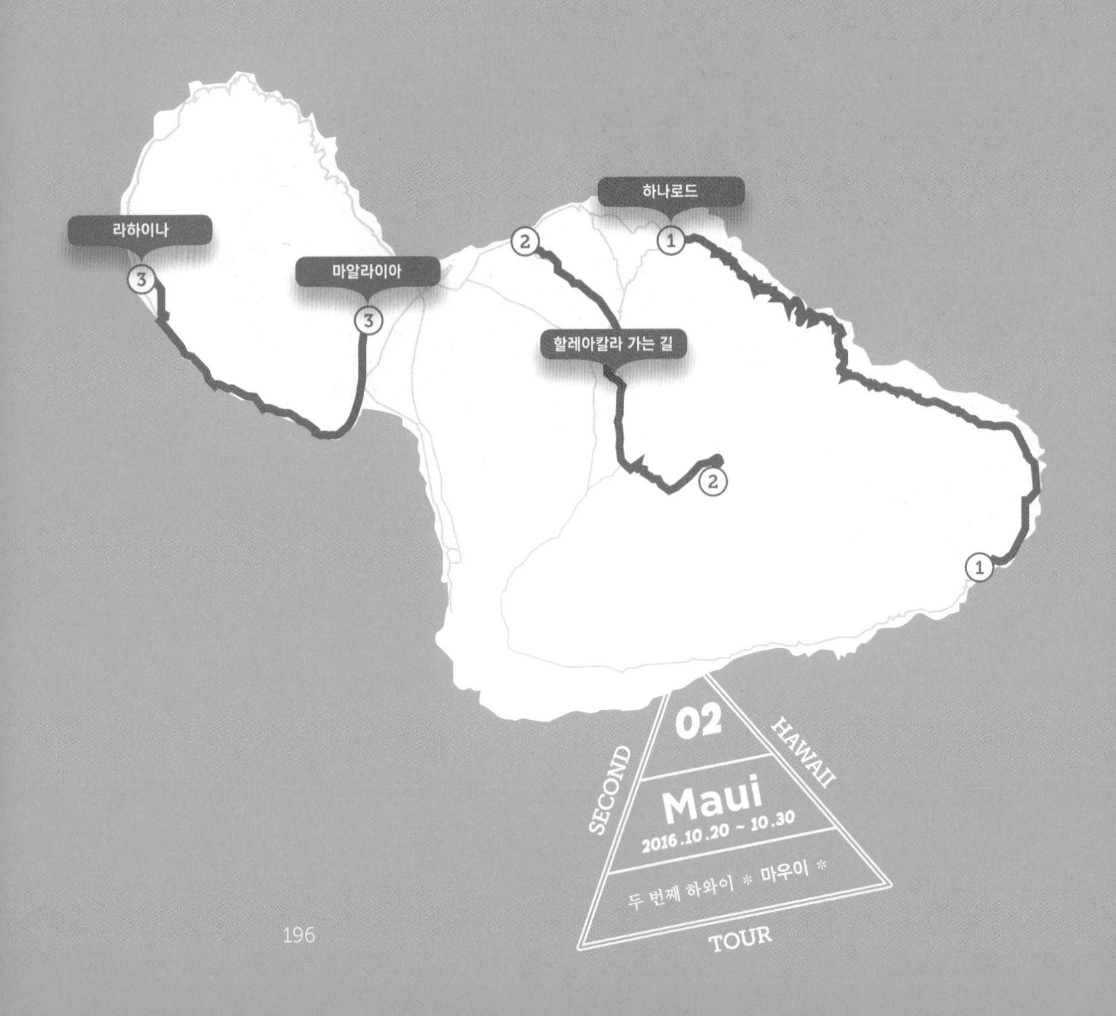

TOTAL COST

/ 두 번째 하와이 여행 총경비 /

항공권 2,600,000원

하와이안 항공 이코노미 클래스
* 오아후 / 마우이간 주내선은 대한항공 마일리지 이용

숙박 2,800,000원

마우이 VRBO 7박 200,000원/Day
오아후 엠바시 스위츠 및 발렛비 350,000원/Day

렌트 1,280,000원

마우이 대형 SUV 140,000원/Day
오아후 중형 SUV 100,000원/Day
* 보험은 필히 사전에 가입해야 하고, 좋은 차 필요 없다는 것을 뼈저리게 느낌

환전 1,200,000원

식비 및 마트 쇼핑 500,000원

쇼핑, 선물 500,000원

총경비 ₩ 8,555,000

BIG
ISLA

THIRD HAWAII TOUR
Big Island
2017.07.13 ~ 07.23

ND

이제 내 취미는 하와이!

우리 가족의 역사는 하와이 전후로 나뉘는 것 같다. 운동장에서 헤쳐 모일 때도 기준이 중요한 것처럼 하와이라는 기준은 정신없는 일상을 보내는 우리 가족을 헤쳐 모으는 효과가 있다. 세 번째 하와이 여행을 떠날 때까지 세부 사항이 자주 바뀌었다. 첫 번째 하와이 여행은 오아후, 두 번째 하와이 여행은 마우이, 세 번째 하와이 여행은 카우아이로 정했지만 빅아일랜드를 추천하는 사람이 많았다. 나는 빅아일랜드의 황량함과 날 것 그대로인 자연 풍경에 썩 끌리지 않았다. 사진을 찾아봐도 아름다운 섬이라기보다는 칭기즈칸의 후예가 말을 타고 달릴 법한 대륙의 모습이었다. 이렇게 남성적이고 날 것 그대로의 이미지는 내 고향 부산으로도 충분하다.

무엇보다 운전을 오래 하는 것은 피하고 싶었는데 빅아일랜드는 제주도의 여덟 배였다. 하와이의 주요 섬을 다 합친 것보다 큰 데다 지금도 화산 활동이 일어나 성장판이 열린 것처럼 매년 여의도 면적만큼 땅덩어리가 커지고 있다고 하니 나처럼 조금 크다 만 사람들에게는 상당히 비호감이었다. 하와이 여행 노하우가 쌓이면서 이제 지도를 펼치고 빤히 쳐다보면 동선이 입체적으로 그려졌는데 빅아일랜드는 살짝만 움직여도 1시간 거리라 지도를 봐도 흥이 나지 않았다. 그래도 나는 삶의 진리를 깨닫고 있었다. 살면서 마주하는 수많은 선택의 순간에 나를 버리고 와이프의 말을 따르면 적어도 중간은 간다는 것. 결국, 와이프가 가고 싶어 한 빅아일랜드로 세 번째 하와이 여행을 준비하기 시작했다.

지난번과 마찬가지로 인스타그램으로 검색해 경치 좋은 바다와 맛있어 보이는 식당 리스트를 모두 뽑아서 구글맵에 저장했다. 우리 가족의 취향을 반영한 효율적인 동선을 고민하면서 최종 계획표를 확정했다. 매일 밤 잠들기 전, 안마의자에 몸을 맡기고 안마 구슬이 내 몸을 비비는 20분간 빅아일랜드를 조사한 게 한 달이었다. 거의 600분을 투자한 결과를 단 몇 줄로 정리하니 조금 억울한 마음이 든다. 이제 누군가가 내 취미를 묻는다면 하와이라고 답하겠다.

두 차례 하와이 여행을 하면서 가족의 기호를 잘 파악할 수 있었다. 지우는 수영장이든 바닷가든 물이 있는 곳에 가면 제일 좋아했고 수영을 별로 즐기지 않는 지아는 디즈니 매장처럼 장난감을 파는 가게에 가끔 들러 에너지를 충전해 줘야 한다. 입맛도 정반대라 지우는 브런치 메뉴를 좋아했고 지아는 극단적인 밥순이라 한식과 양식도 돌아가면서 한 번씩 먹어야 한다. 와이프는 특별한 요청은 없었지만 커피 농장과 맥주 브루어리처럼 툭툭 가고 싶은 곳을 말했다. 이 모든 기호를 반영하되 최단거리로 움직일 수 있는 스케줄을 짠 다음 가족 앞에서 설명회를 열었다. 이번 여행의 하이라이트는 빅아일랜드에서 일곱 밤을 보낼 숙소였다. 와이콜리아 Waikoloa 에 있는 리조트를 VRBO 사이트를 통해서 예약했는데 침실과 화장실, 부엌, 식탁, 거실이 모두 마음에 들었다. 이 집의 백미는 수영장이 있는 이층집이라는 사실이었고 1박에 겨우 169달러였다.

아이들에게 하와이에 대한 이야기를 많이 들려주기 위해 조사를 많이 하다 보니 하와이에 관한 새로운 지식이 쌓였다. 안창호 선생님의 호인 '도산'이 하와이를 뜻한다고 한다. 안창호 선생님이 미국으로 가는 뱃길에서 망망대해에 우뚝 솟은 하와이의 모습을 보고 자신의 미래와 닮았다 여기며 호로 삼았단다. 또 하와이 한인회에서 미국의 MIT와 같은 공과대학을 설립하고자 인천에 학교를 지었는데 그 학교가 인천과 하와이의 앞글자를 딴 인하대학교였다.

하와이에도 인종차별의 역사가 있었다. 특이한 것은 차별의 대상이 백인이었다. 하와이 원주민은 독립 국가였던 하와이가 미국에 편입된 것을 못마땅하게 여겼고 그에 대한 반발로 백인을 향한 거부감을 표출했다는 것이다. 그 밖에도 하와이는 오른쪽에 있는 섬일수록 비교적 최근에 생긴 섬이라는 것. 따라서 가장 오른쪽에 있는 빅아일랜드는 여전히 활발하게 화산 활동이 일어나고 있고 빅아일랜드 동남쪽에는 로이히 Lo'ihi 라는 섬이 새롭게 만들어지고 있다.

여행 준비물도 많이 줄었다. 카시트가 없어도 된다는 게 무엇보다 좋았다. 만 4세까지는 카시트가 필수고 4세부터 8세까지는 카시트나 방석처럼 깔고 앉는 부스터만 있어도 충분했다. 세 번째 하와이 여행부터는 지우와 지아가 만 8세와 만 4세를 모두 넘어서 지아가 쓸 부스터만 챙기면 끝이었다. 물론 엄청난 양의 햇반, 컵라면, 김, 밑반찬으로 캐리어 하나가 가득 차겠지만.

여행 준비물 중에서 가장 중요한 것은 건강이었다. 지우와 지아는 어릴 때부터 잔병치레를 많이 하는 편이라 신경을 많이 썼지만 여행을 일주일 남기고 지우가 구내염에 걸렸다. 매일 놀이터에서 놀고 자전거와 인라인스케이트, 수영장을 오간 결과였다. 출국 전까지 시간이 있으니 충분히 회복할 수 있었지만 아프면 하와이에서 수영할 수 없다고 하니 주말에 친구가 놀자고 해도 문 앞에서 인사만 하고 나가지 않았다. 지우는 열 살 아이답지 않은 초인적인 절제력으로 컨디션을 회복하고 있었지만 여행을 이틀 남겨둔 아침, 와이프가 청천벽력 같은 한마디를 했다.

"어쩌지, 지아가 열이나."

좋지 않은 신호였다. 이틀 동안 회복하는 건 쉽지 않으니 말이다. 일단 지우와 지아의 약을 짓고 나는 만료된 국제면허증을 재발급받았다. 친구에게 카메라를 빌리고 아이들을 위해 아이패드에 신상 만화를 가득 채웠다. 나를 위한 영화도 고심 끝에 다섯 편을 추렸다.

드디어 하와이로 떠나는 날, 오랜 준비로 정작 떠나는 날이 되자 살짝 지쳤지만 정신을 바짝 차렸다. 아이들 컨디션도 다행히 나아지는 듯했고 출근해서 남은 일만 처리하면 퇴근은 하와이로 한다.

“세 번째 하와이 예습 중.”

복서들의 우정

이번에도 회사 옆 도심공항타워에서 가족들을 만날 계획이었지만 와이프가 집에서 생각보다 늦게 출발했다. 아이들이 막판까지 와이프의 진을 다 빼놓은 듯했다. 이번에는 내가 조금 더 이동해 잠실에서 탑승하기로 했다. 리무진 버스를 기다리며 버스에 얽힌 에피소드가 떠올랐다. 버스에서 온 가족을 패닉에 빠뜨렸던 지아의 '엄마, 쉬!' 사건. 이번에는 기저귀를 챙겼다. '엄마, 응가!'를 외쳐도 걱정 없었다. 그리고 아이패드를 회사에 두고 왔던 사건. 그 바람에 우사인 볼트처럼 코엑스를 왕복하며 뛰었다.

'헉, 아이패드!'

미쳤나 보다. 이번에도 아이패드를 사무실에 두고 온 것이다. 지난번에는 회사가 가까웠지만 지금은 잠실이다. 5시 20분에 출발하는 버스가 서서히 들어오고 있었다. 순간 상상을 해 봤다. 이제 아이들이 아이패드가 없어도 여행을 잘 할 수 있지 않을까? 하와이의 푸른 하늘과 뭉게구름, 드넓은 바다를 보며 꿈과 행복을 이야기한다면? 순간 리무진 버스가 타요 버스로 변신해 일침을 날렸다.

'지금 장난하니?'

그래, 진솔한 대화는 아직 이르다. 인정할 건 인정하자. 아이패드는 여

“지아야, 비행기 타고 울면 안 돼. 알겠지?”

행의 필수품이었다. 아이패드가 없는 여행은 스카이다이빙을 하러 왔는데 낙하산이 없는 것과 같은 재앙이었다. 세 명이 먼저 버스를 타고 나는 뒤따라온 택시를 탔다. 다행히 세상이 날 버리지 않은 듯 신호가 계속 바뀌었고 회사 직원의 도움으로 극적으로 건네받아 삼성동 5시 40분 리무진 버스의 마지막 승객으로 탑승했다. 네 식구가 버스 두 대로 나눠 타고 인천공항으로 가는 길. 숨을 고르며 가방을 열었더니 기저귀가 여기 있었다. 뭐하나 쉽지 않은 출발이었다.

공항에 도착했을 때 와이프와 아이들은 아직 수속 라인에서 대기하고 있었는데 앞에 몇 팀 남지 않은 상태였다. 함께 비행기를 탈 사람들을 천천히 살폈다. 지난 두 번의 여행은 신혼여행을 떠나는 사람이 많았는데 이번에는 가족 단위 여행객이 많았다. 초등학교가 아직 방학에 들어가지 않아서 유아의 비율이 높았다. 비행기가 난장판이 되겠구나 싶었다.

공항에선 모든 게 순조로웠다. 수속도 빨랐고 난 1층에서 미리 신청한 포켓 와이파이를 받아왔고 와이프는 신한은행 환전 전용 ATM기에서 환전 금액을 찾아왔다. 세 번째가 되니 마치 예행연습이라도 했던 것처럼 호흡이 척척 맞았다. 무엇보다 가장 뿌듯한 것은 짐이 대폭 줄었다는 점이었다. 현지에서 싸게 살 수 있는 것과 숙소에 비치된 물건을 파악하는 노하우도 생겼고 캐리어당 무게도 내가 오징어 인상을 짓지 않고도 들 수 있는 수준이라 추가 요금의 부담도 없었다. 캐리어 세 개와 배낭 하나, 아이들이 지칠 때 발이 되어줄 10년 된 유모차가 전부였다. 이번 여행이 이 유모차의 은퇴 무대가 될 듯했다.

비행하는 동안 아이들이 부쩍 성장했다는 것도 느꼈다. 밤새 칭얼대던 지아는 좁은 비행기 의자에서도 제법 잘 버티는 어린이가 됐고 지우는 이제 설명해 주지 않아도 능숙하게 좌석 앞 스크린을 작동하며 보고 싶은 만화를 골라 봤다. 귀가 아프다고 울지도 않는 거로 봐서 지우는 고막마저 성장한 것 같았다. 8시간 30분 만에 드디어 호놀룰루 공항에 도착했다. 아이들은 수화물 벨트에서 가방을 기다리는 걸 아주 좋아했다. 비슷한 수화물 사이에서 우리 짐이 나오면 이산가족을 만난 것처럼 반가워서 펄쩍펄쩍 뛰었다. 이젠 귀찮아서 캐리어에 자물쇠도 채우지 않았지만 빠진 것 없이 짐들도 무사히 하와이에 도착했다.

이제 렌터카를 찾으러 갈 차례. 이번엔 스리프티 Thrifty 를 이용했다. 이름처럼 상대적으로 저렴한 가격이었다. 대신 렌터카를 공항이 아니라 셔틀버스를 타고 이동해서 찾아야 했지만 렌터카에 큰돈 쓸 필요가 없다는 걸 지난 여행을 통해 깨달았다. 어딜 가도 시야도 탁 트이고 풍경 자체가 예술이라 경운기를 몰아도 만족도가 높을 수밖에 없다.

스리프티 사무실에 갔더니 귀에 동전만 한 피어싱을 한 아저씨가 기다리고 있었다. 내 이메일 아이디를 보더니 반가운 말을 던진다.

"Are you a boxer?"

내 아이디에는 모두 'boxer'라는 단어가 들어간다. 그렇다고 했더니 익숙한 영어가 들렸다.

"Do you like Pacquiao?"

이렇게 두 유 라이크로 시작하는 익숙한 회화 패턴을 좋아한다. 나도 모범 답안으로 답했다.

"Of course, I do."

그러고 보니 피어싱을 한 아저씨는 필리핀계인 것 같았다. 난 필리피노들의 영웅, 파퀴아오를 별명인 팩맨이라 부르며 그를 레전드 중의 레전드라며 치켜세웠다. 그와 계속 복싱에 대해 이야기했다. 메이웨더와 맥그리거의 경기는 어떨 것 같으냐고 묻길래, 마치 복싱 평론가라도 된 것처럼 으쓱하며 답했다. 4온스 글러브를 쓰던 맥그리거가 10온스 복싱 글러브를 끼는 순간 이미 승부는 결정 난 것이나 다름없다며

메이웨더가 쉽게 이길 것이라고 말이다. 나와의 대화가 만족스러웠는지 예약은 중형 SUV로 했지만 대형 SUV가 한 대 남아 그걸 주겠다고 했다. 브라보! 파퀴아오가 더 좋아졌다.

첫 번째 목적지는 우리 가족이 하와이에 올 때마다 제일 먼저 가기로 약속한 해븐리였다. 와이키키 중심가에 위치한 헤븐리는 주차비를 받는다고 하기에 맞은 편 로스 주차장을 이용했다. 어차피 여행 첫날이라 로스에서 살 물건이 득실득실했다. 점심을 해결하고 로스에서 장을 보면 주차 요금은 해결할 수 있었다.

지우는 헤븐리에서 역시나 맛있게 먹었고 지아는 좀처럼 먹지 못했다. 해열제를 먹고 잠잠해진 줄 알았던 감기 기운도 다시 올라와 목과 귀까지 아프다고 했다. 중이염 증세였다. 곧이어 더 충격적인 말을 했다.

"집에 가자. 나 빨리 우리 집에 돌아가고 싶어."

짐도 안 풀었는데 이게 무슨 일이란 말인가. 원래 계획은 와이키키 해변을 한 번 거니는 것이었지만 호텔로 곧장 이동했다. 오아후에 머무는 동안은 알라모아나 호텔에서 지낼 예정이었다. 빅아일랜드에서 그림 같은 이층집을 예약했으니 오아후의 3일은 집을 빌리기에도 애매한 기간이고 굳이 좋은 호텔도 필요 없다는 생각에 알라모아나 쇼핑센터와 붙어 있는 호텔을 잡았다. 아이들이 애정하는 디즈니 매장도 가까워 이보다 더 좋을 순 없었다.

호텔에 짐을 풀고 잠시 휴식을 취한 다음, 알라모아나 쇼핑센터로 향했다. 컨디션이 좋지 않은 지아와 지우가 서로 유모차를 타겠다며 다퉜다. 좀처럼 화해하지 않는 아이들을 보다 못해 지우는 와이프가, 나는 지아를 데리고 한참을 달랜 후, 다시 만났다. 이제 언니인 지우는 동생을 사랑으로 돌보고, 동생인 지아는 언니를 공경하겠다고 약속하며 악수를 했다. 삼국지 도원결의에 맞먹는 두 자매의 알라모아나 결의였다. 인감 도장을 찍고 공증을 받아 놨어야 했나. 당연히 이 결의는 오래가지 않았다.

FAMILY COMMENT

엄마 / 지영

그동안은 입국 심사에 대비해 ESTA, 호텔 예약 서류, 항공권을 다 출력해서 준비하느라 꽤 짐이 됐는데 이번에는 무슨 배짱인지 항공권만 출력했다. 입국장에서 살짝 걱정했지만 다행히 추가 서류 요청 없이 통과! 다음에는 무인 입국 시스템에 도전해 보리라.

첫째 / 지우

지아가 아파서 신경 쓰이고 재미없었지만 그래도 세 번째 하와이 첫째 날이라 기분이 좋고 이번 여행이 기대되었다.

둘째 / 지아

몸이 아파서 기분이 안 좋아. 유모차를 계속 타고 싶고.

하와이에서도 이불 밖은 위험해

사람이 1시간의 시차에 적응하려면 대략 하루가 걸린다고 한다. 그렇다면 한국과 하와이의 시차가 5시간이니 5일이 필요한 것이 정상이겠으나 지난 경험으로 미루어볼 때 우리 가족의 생체시계는 거꾸로 19시간에 맞추는 듯했다. 2일 차 아침은 당연히 늦잠을 자겠지만 나는 과감히 하나우마 베이를 일정에 집어넣었다. 하나우마 베이에 가기 위해서는 적어도 7시 30분에는 기상해야 한다. 말이 안 된다. 우리 가족이 이 시각에 일어나지 못하리라는 것쯤은 내 손목도 걸 수 있지만 일정에 늦잠을 포함시키면 너무 나이브하게 보일 것 같아 세운 위장 계획이었다. 고등학교 때 공부보다는 일찍 자는 걸 택한 날, 죄책감을 덜기 위해 새벽 5시에 일어나서 공부하겠다는 말도 안 되는 다짐을 하던 심리와 비슷했다.

일단 8시 40분부터 20분 간격으로 알람을 맞춰 놓았다. 알람 소리를 듣고 건성으로 와이프를 깨웠지만 깊이 잠든 상태였다. 호텔 조식을 먹기 위한 기상 데드라인인 9시 20분을 넘기는 순간, 그냥 쭉 자기로 했다. 그렇게 잠에 빠졌다가 일어나니 오전 11시. 하루의 반이 지났다는 허탈함이 몰려왔다. 그래도 이불 밖은 무서운 세상이다. 하루쯤은 원 없이 자는 것도 좋지 아니한가.

늦잠을 잤는데도 지아의 오전 컨디션은 최악이었다. 어제보다 상태가 더 안 좋았다. 열이 38도 근처에서 떨어지지 않았고 짜증 지수는 폭발했다. 아이들은 일단 배가 부르면 기분이 좋아진다. 아침 식사를 방에서 급히 해결하기로 했다. 어젯밤

과 똑같은 메뉴인 햇반, 미역국, 장조림, 깻잎과 김이 좁은 호텔 테이블에 차곡차곡 쌓였다. 하와이까지 왔는데 두 끼 연속으로 호텔에서 인스턴트 한식을 먹다니. 이건 좀 심하다 싶었지만 지아에게 약을 먹이기 위해서는 어쩔 수 없다. 지아는 극단적인 밥순이다. 밥과 미역국만 있으면 연속 삼십 끼도 먹을 수 있다.

아이들이 대충 배를 채우면 하와이 남부 도로를 타고 반시계방향으로 섬을 돌면서 오바마도 애정한다는 라니카이 비치에서 점심을 먹을 계획이었다. 하지만 지아가 미역국을 먹었는데도 컨디션이 좋지 않았고 나가기 싫다고 떼를 써서 다시금 디즈니 카드를 꺼냈다. 디즈니 매장에서 선물을 하나 사 주겠다고 하니 울음을 뚝 그치고 혼자서 신발을 주섬주섬 신었다. 아픈 아이들에게 디즈니는 게보린, 정로환, 청심환, 안티푸라민, 용각산, 여명 808을 합친 거나 다름없었다.

와이프가 아이들을 데리고 알라모아나로 먼저 떠나고 나는 차를 빼서 백화점 주차장으로 갔다. 주차장에서 나는 대혼란에 빠졌다. 알라모아나에는 백화점이 네 개가 함께 있었다. 블루밍데일스 Bloomingdale's, 메이시스 Macy's, 노스트롬 Nordstrom, 니만마커스 Neiman Marcus 까지. 현대, 롯데, 신세계, 애경 백화점이 한데 모여 있는 셈이었다. 와이프는 노스트롬 주차장으로 오라고 했지만 거기가 거기 같아서 알라모아나를 한참 헤맸다. 기분이 좋아진 지아를 냉큼 차에 태우고 라니카이 비치로 출발했다. 내륙 도로를 가로지르면 훨씬 빠르지만 와이키키, 다이아몬드헤드, 하나우마 베이, 와이마날로, 라니카이로 이어지는 해안 길은 역시 최고였다. 특히 하나우마 베이 입구부터 와이마날로까지 이어지는 길은 최고의 드라이브 코스다. 이 길의 풍경을 처음으로 제대로 보게 된 지우는 연신 예쁘다는 탄성을 지르며 빨리 사진을 찍으라며 엄마를 독촉했다. 엄마가 제일 못하는 게 사진 찍기라는 걸 모르나 보다.

나는 깜짝 이벤트를 준비했다. 라니카이 비치으로 가는 길에 첫 번째 하와이 여행 때 묵었던 숙소를 찾아갔다. 난 아이들이 반가워할 줄 알았다. 숙소 앞에 차를 세우고 여기가 어딘지 알겠느냐며 의기양양하게 물었더니 지우가 차분하게 답했다.

"그때 그 집이네. 아빠, 그냥 가. 괜찮아. 괜히 돌아서 가지 말고."

우리 딸, 시크하다. 라니카이 해변을 달려 우리는 비밀 바닷가를 다시 찾아갔다. 벌써 네 번째 시도다. 그런데 카메하메하 국도를 타고 점점 바닷가와 가까워질수록 예감이 좋지 않았다. 마치 배웅이라도 하는 것처럼 구름이 모여들기 시작했고 어처구니없게 비까지 내렸다. 삐뚤어지고 싶었다. 조금 전까지만 해도 에메랄드빛이었던 동쪽 바다가 서서히 갈색으로 변하고 있었다. 비밀 바닷가는 다시 평범한 바다의 모습으로 우리 가족을 맞았다. 벌써 1승 3패. 1승의 임팩트가 너무 강해서 그날을 추억하며 연달아 세 번이나 더 찾았는데 갈 때마다 날씨가 받쳐주질 않았다. 곰곰이 생각해 보니 1승을 거뒀던 때는 오전이었고 3패는 모두 오후였다. 비밀 바닷가로 오면서 바로 옆에 있는 쿠알로아 목장에서 내일 아침 장이 선다는 안내를 봤다. 겸사겸사 내일 오전에 다시 한번 비밀 바닷가를 찾기로 했다. 호텔로 돌아와 하루를 마감하고 누웠는데 지우는 2시간 정도 계속 뒤척였다. 난 이어폰을 꽂고 영화를 보다가 중간중간 지우와 와이프의 대화를 엿들었다. 와이프가 지우를 빨리 재우려고 내일 일정을 친절하게 설명해 줬다. 일정 정리는 항상 내 몫이었기 때문에 와이프가 일정에 관해 말하는 것은 처음이었다.

"내일은 호텔에서 아침을 먹고 비밀 바닷가에 가서 수영하고 조금 더 올라가서 새우 트럭에서 새우를 먹고 다시 돌아와서 훌리훌리 치킨도 먹을 거고."

이 대화를 들으며 확신이 들었다. 와이프는 하와이 지리를 모르는구나. 와이프 설명대로 동서남북을 누비는 건 불가능했다. 막중한 책임감을 느끼며 영화를 20분쯤 더 보다가 이어폰을 빼니 어느새 고요했다. 드디어 모두 평화롭게 잠이 들었다.

FAMILY COMMENT

엄마 / 지영

역시 호텔은 우리 가족과 안 맞는구나. 비좁은 호텔 방에서 3일이나 보낸다는 것은 가혹하다. 심지어 끼니까지 때우려니 너무너무 힘들다!

첫째 / 지우

비밀 바닷가에 다시 갔는데 또 구름이 많고 추웠지만 그래도 반가웠다. 바다에서 놀 땐 좋은데 옷이 젖으면 계속 찝찝했다. 엄마가 지아랑 나랑 똑같은 가디건을 사 줬는데 쌍둥이처럼 보일까 봐 싫었다.

둘째 / 지아

아파서 난 아이스크림을 못 먹었어.

"다시 찾은
비밀 바닷가."

좌충우돌하며 발견한 오아후의 매력

오늘은 모두 9시에 일어났다. 이 정도면 장족의 발전이다. 하와이 사람이 다 됐다. 호텔 조식도 먹을 수 있는 시간이었다. 눈을 뜨자마자 지아부터 살폈다. 여전히 열이 났고 기침 소리가 탁했다. 오아후의 마지막 날이라 나름 강행군을 해야 하는데 걱정이 앞섰다.

일단 짐은 모두 챙겨서 나갔다. 바다 수영까지 준비해야 하는 날은 짐이 엄청나게 불어난다. 데스크에 짐을 한 보따리 맡기고 식당으로 들어갔다. 알라모아나 호텔 조식은 간소했다. 있어야 할 것만 있었고 없어도 되는 건 깔끔하게 없었다. 원래 호텔 조식은 점심을 거르겠다는 심정으로 파이팅하며 먹어야 하지만 두 접시 먹고 나니 더 이상 손이 가지 않았다. 지우와 지아는 밥과 미소 국물만 먹었다.

아침을 먹고 다시 비밀 바닷가로 출격했다. 토요일이라 그런지 차가 더 많았고 구름이 많은 건 이젠 놀랍지도 않았다. 비밀 바닷가는 우리만의 비밀이 아니었다. 주말에 찾은 이곳은 길가에도 주차할 곳이 없었다. 한적한 길가를 찾아서 500m 정도 더 올라가서 차를 세웠다. 아이들이 물놀이하기 괜찮은 바다가 나왔다. 가두리 양식장처럼 돌이 주변을 감싸고 있었는데 내가 근처에 살았다면 이곳에 물고기를 몇 마리 풀어놓고 아침저녁으로 지렁이를 주면서 키웠을 것 같다. 물고기들에게 잡아먹지 않겠다고 약속도 하고.

지우와 난 차에서 수영복으로 갈아입고 물속으로 뛰어들었고 지아와 와이프는 모래사장에 타월을 깔고 앉아 시간을 보냈다. 모래사장이 딱 우리 집만 했다. 아쿠아 슈즈를 빠뜨리고 와서 마음껏 놀진 못했지만 지우는 이 정도 바다에서도 신이 났다. 바닷물에 아스피린 성분이 녹아 있는지 지아도 갑자기 열이 내리고 컨디션이 살아나서 바다에 발을 담그고 오랜만에 활짝 웃는 얼굴을 보여 줬다.

이곳엔 우리 말고 한 가족이 더 있었다. 그들도 비밀 바닷가 쪽에 주차하는 걸 실패해서 여기까지 왔을 것 같았다. 현지 가족이었고 아들만 둘이었다. 아빠로 보이는 사람이 아이들에게 낚시를 가르쳐 주고 있었는데 낚싯대도 직접 나뭇가지를 꺾어서 만든 것 같았다. 스노클링 포인트도 아니었고 물고기가 많은 바다도 아니었는데 어설프게 생긴 낚싯대로 연신 물고기를 잡아 올렸다. 고기를 잡으면 인증샷만 찍고 다시 바다로 돌려보냈다. 당장 점심거리를 해결하러 왔을 거라 추측한 걸 반성했다. 입에 구멍이 난 채 사진만 찍히고 바다로 던져지는 물고기가 조금 불쌍했지만 안 잡아먹힌 게 어딘가.

1시간 정도 바다에서 놀고 나면 차 안은 난리가 난다. 특히 우리가 짐을 풀었던 곳은 샤워 시설은 물론이고 화장실도 없는 날 것 그대로의 바다였다. 생수를 찔끔찔끔 부어가면서 모래만 대충 씻어내면 차 안은 축축한 옷과 끊임없이 나오는 모래가 1톤쯤 쌓인다. 아이들만 옷을 갈아입히고 난 축축한 수영복을 그대로 입고 의자에 수건만 깔고 운전을 시작했다.

다음 목적지는 어제 눈여겨봤던 쿠알로아 목장에서 열리는 장터였다. 과일과 꽃, 여러 먹거리와 장신구를 팔고 있었는데 아이허브 오프라인 매장에 온 것 같았다. 눈은 즐거웠지만 태양 빛이 너무나 뜨거워 아이들이 축 처지기 시작했다. 이럴 때면 어김없이 유모차 쟁탈전이 벌어진다. 서둘러 토마토와 과일 음료 세 개를 사고 장을 빠져나왔다. 어쨌든 하와이의 유명 관광지인 쿠알로아 목장에 한 번 와 봤다는 사실만으로도 나는 만족했다.

지아가 다행히 잘 놀아서 차가 막히더라도 무조건 노스 쇼어 쪽으로 가 보기로 했다. 와이프가 하와이에 처음 온 사람처럼 새우를 꼭 먹고 싶다고 해서 한 번 맛을 본 지오반니 슈림프는 건너뛰고 로미스로 갔는데 사람들이 바글바글했고 줄이 줄어드는 속도를 보니 30분은 더 기다려야 할 것 같았다. 조금 더 이동하니 후미스 FUMIS 라는 가게도 나왔다. 한 라인에 새우 가게 세 개가 옹기종기 모여 있었다. 후미스는 고래 싸움에 등 터진 새우만 모아서 파는 것도 아닐 텐데 두 가게와 비교될 만큼 너무나 한적했다. 우리는 13달러짜리 버터갈릭 슈림프만 맛보기로 샀다. 인간적으로 버

FUMIS
FUMI'S
SHRIMP FARM
COOKED

THE ORIGINAL
新鮮なエビ

터와 갈릭이 함께 들어갔는데 어찌 맛이 없겠는가. 한 접시를 금세 비웠다. 지오반니 슈림프와 로미스가 더 유명하기는 하지만 새우는 누가 뭐래도 새우다. 다음번에는 처음부터 한적한 후미스에서 새우를 먹는 것도 고려해 봐야겠다.

손톱 밑에서 새우 비린내가 은은하게 풍기는 가운데 할레이와 마을로 향했다. 30분이면 충분한 거리였는데 구글맵에서는 1시간이 걸린다고 했다. 주말이라 쏟아진 차 때문에 막혀도 너무 막힌 탓이다. 그래도 할레이와 마을을 포기할 수 없었다. 내가 하와이에서 먹은 음식 중에서 가장 맛있었던 레이스 키아웨 브로일드 치킨을 꼭 먹어야 했다. 주말에만 영업하는 곳이라 특별히 일정을 조절했고 뱃속에 공간을 충분히 확보하기 위해 새우도 한 접시만 먹었다.

아이들은 잠이 들었고 차량 행렬을 따라서 천천히 올라가 보니 예전에는 보이지 않던 풍경이 눈에 들어왔다. 그러다 사람들이 많이 모여 있는 바다를 발견했다. 그곳이 스노클링 포인트로 유명한 샥스 코브였다. 지난번에는 파도가 높아 출입이 통제됐던 곳이었는데 오늘은 달랐다. 잠시 후 눈이 휘둥그레지는 바다를 또 발견했다. 와이프와 나는 모두 육성으로 감탄했다. 난 혹시라도 놓칠까 봐 현재 위치를 구글맵으로 확인하고 캡쳐했다.

그곳은 와이메아 베이 Waimea Bay Beach Park 였다. 한쪽에는 경사진 모래사장에 바다로 연결된 엄청난 길이의 간이 미끄럼틀이 있었다. 어른, 아이 할 것 없이 첨벙첨벙 빠지고 있었고 다른 한쪽에선 바위에 올라간 사람들이 순서대로 점프해 바다로 뛰어들고 있었다. 워터파크 같은 바닷가였다. 지우, 지아가 마침 잠들어서 다행이었다. 만약 이 광경을 봤다면 당장 미끄럼틀을 타자고 했을 것이다. 오아후가 살짝 지루해질 틈에 새롭게 발견한 곳이었다. 다음 여행 계획이 벌써 머릿속에 잡혔다. 노스 쇼어에 숙소를 잡고 샥스 코브와 와이메아 베이를 집중적으로 파헤칠 것이다.

드디어 할레이와 마을에 도착했다. 그런데 뭔가 이상했다. 지난번엔 마을 입구부터 연기가 모락모락 올라오는 게 보였고 엄마 냄새보다 더 좋다는 닭 굽는 냄새가 솔솔 났었다. 오늘은 마을이 너무 차분했다. 설마설마하면서 가게에 가 보니 안타깝게도 천막을 걷고 있었다. 영업시간이 4시까지라고 했는데 시계를 확인하니 3시 50분. 조기 퇴근을 하다니. 너무나 가혹했다. 간절한 마음으로 그릴을 닦고 있던 아저씨에게 남은 치킨이 없느냐고 물었지만 미안하다는 답뿐이었다. 미안하다는 말로는 위로가 되지 않았다. 허탈한 마음에 멍하니 서 있었는데 닭 한 마리가 나를 비웃기라도 하듯 날개를 파닥거리며 지나갔다. 저 닭은 내가 조금 늦게 와 생명을 일주일 연장했다

“좀 성의는 없어 보여도
이 정도 맛이면
훌륭하다.”

는 걸 알고 있을까. 비록 오늘은 닭이지만 다음 주엔 치킨이 될 테니 일주일 동안 하고 싶은 거 다 하며 지내기를.

FAMILY COMMENT

엄마 / 지영

와이메아 베이, 정말 대단한 곳이다. 여름의 노스 쇼어는 겨울과 또 다르네. 지우, 지아가 잠들었으니 망정이지 그 환상의 해변을 봤다면 아마 그대로 지나치진 못했을 듯.

첫째 / 지우

하와이까지 왔는데 지아가 아파서 많이 못 다니는 것이 아쉬웠다. 지난번에 먹은 닭을 또 먹으러 갔는데 문을 닫아서 아빠는 실망했지만 난 좋았다. 왜냐하면 난 하와이 닭을 먹기 싫었다.

둘째 / 지아

언니가 새우를 먹었다.

빅아일랜드 행성에 도착하다

빅아일랜드로 이동하는 날이었지만 온 가족의 관심사는 다른 무엇보다 지아의 건강이었다. 새벽에는 이마가 불덩이었고 기침도 심하고 변성기를 지난 남학생의 목소리로 말했다. 아침에 눈 뜨자마자 지아를 살폈는데 별로 나아지지 않았다. 오늘이 앓기 시작한 지 일주일이 되는 날이다. 그동안 지아는 이런저런 잔병을 치를 때 일주일을 기점으로 조금씩 회복되었으니 이번에도 그렇게 되길 바랐다.

짐 싸는 일은 언제나 신기하다. 다 넣었다고 생각해서 안 닫히는 캐리어를 끙끙대며 닫으면 꼭 어디선가 빠뜨린 짐이 나타난다. 한국에서 출발할 때와 비교하면 그동안 인스턴트 음식을 먹어서 짐이 줄었지만 그 자리에는 어느새 선물로 산 샴푸와 바디로션이 자리를 잡았다. 힘들게 지퍼를 채웠는데 부피가 큰 신발이 현관 쪽에 덩그러니 남아 있는 게 보였다. 순간 신발을 포기하고 싶었지만 쑤셔 넣으면 어떻게든 더 들어간다는 걸 여러 번의 경험을 통해 알고 있다.

이제 렌터카를 반납하고 셔틀버스로 공항으로 이동한 다음 이웃 섬으로 수속하는 건 매일 타는 지하철처럼 귀찮기는 하지만 쉬운 일이 되었다. 언제나 그랬듯 체크인은 와이프가 책임졌다. 셀프 체크인 기계와 무척 친해진 모양이었다. 그런데 수화물을 올려놓으니 무게를 초과했다며 짐을 덜어내라는 경고가 떴다. 캐리어 세 개 중 두 개가 모두 경고였다. 인정사정없는 기계였다. 올 때보다는 조금 무거워졌지만 그래도 이곳은 뉴욕이 아닌 하와이가 아닌가. 투덜거리면서 마지막에 쑤셔 넣은 신발을 캐리어에서 빼내려는데 직원으로 보이는 한 분이 다가와 그냥 타도 괜찮다며 수속을 진행해 줬다. 업무의 유연성과 신속정확성을 보니 하와이안 에어라인에서도 일 잘하기로 소문난 부장급이 아니었을까.

탑승 게이트에 도착하니 시간이 40분이나 여유 있게 남았다. 오아후와 빅아일랜드를 오가는 노선은 서울과 부산 노선만큼이나 많았다. 와이프는 유모차에서 꼼짝도 안 하는 지아를 보살피고 나는 지우와 함께 공항 여기저기를 구경했다. 지우가 우리가 탈 비행기를 보고 싶다고 해서 창가로 갔다. 빅아일랜드에서 출발해 오아후에 막 도착한 사람들이 내리고 있었고 직원 한 사람이 수화물을 모두 옮기고 있었다. 드웨인 존슨이나 마크 헌트처럼 엄청난 덩치가 아니었는데도 엄청난 양의 캐리어를 번쩍번쩍 들어서 능숙하게 수화물 카트에 실었다. 정말 극한 직업이었다. 내가 이번 생에는 절대 못할 것 같은 직업이 몇 개 있다. 술 감별사, 지하철 푸시맨, 알래스카 게잡이 같은 일이었다. 술이 약하고 힘쓰고 추운 걸 싫어하고 게 알레르기가 있어서였다. 여기에 공항 수화물 처리 기사도 추가해야 할 것 같다.

하와이안 에어라인 주내선은 좌석 배치가 특이했다. 한쪽으로 기우뚱하면 어쩌려고 하는지 3인, 2인 좌석이었다. 3인 좌석은 세 모녀의 몫이었다. 지우가 먼저 창가 자리에 앉았는데 지아는 과감하게 지우 위에 앉았다. 창가 자리 전쟁이 시작된 것이다. 둘 다 절대로 양보하지 않았다. 난 지아가 아프니 지우 보고 양보하라고 말할 참이었는데 와이프가 언니인 지우가 먼저 창가에 앉고 돌아올 때는 지아가 앉으라고 통보했다. 울며 떼쓰는 지아의 투정에도 와이프는 흔들리지 않았다. 이럴 때 괜히 아빠가 나서면 엄마의 위상도 흔들리고 지아만 더 폭발할 수 있다. 난 살포시 영화를 틀고 이어폰을 꽂았다. 잠시 후 3인 좌석 쪽을 다시 보니 창가에 지우가 앉은 채 세 모녀가 깔깔대고 웃고 있었다. 어떻게 해결한 거지? 와이프, 나이스.

빅아일랜드의 코나 Kona 공항은 아주 아담했다. 셔틀버스를 타지 않으려고 허츠로 예약했지만 허츠 역시 셔틀버스를 한 번 타야 했다. 그나마 다행인 건 한국에서 미리 허츠의 골드 회원 가입을 한 상태라서 대기하고 있는 사람들을 뒤로하고 골드 회원 전용 라인으로 이동했다. 골드 회원으로 가입하려면 성적증명서, 경력증명서, 갑근세 원천징수 확인서, 지인 추천서 등을 스캔해 제출하면 일주일 동안의 심사를 거쳐 합격 여부를 알려 준다. 농담이다, 그냥 온라인에서 신청만 하면 된다.

빅아일랜드에서 일주일을 머물 예정이라 예산을 절감하기 위해 SUV가 아닌 세단으로 예약한 상태였다. 보험까지 다 포함하면 일주일 동안 총 350달러로 상

"드디어 도착한
빅아일랜드 우리 집."

당히 저렴했다. 담당자는 내 아이디, Boxer를 보고 박스를 포장하는 사람으로 해석할 것처럼 보이는 분이었다. 골드 회원에 대한 예우인지 무척 친절했고 주차장 71번에 차가 있다면서 키를 건네주었다. 항상 기대 이상의 차를 배정받았기 때문에 이번에도 부푼 기대를 하면서 찾아갔다. 71번에는 처음 보는 뷰익 Buick 차가 우릴 기다리고 있었다. 첫인상은 나쁘지 않았는데 볼 때마다 마법처럼 차가 줄어들더니 마침내 소형차가 되어 버렸다. 실내 공간이 너무 좁았고 트렁크에 캐리어가 전부 들어가지도 않았다. 대형 SUV에 익숙해진 아이들이 뒷자리가 좁다고 불평했다. 다시 사무실로 가서 SUV로 바꾸면 금액이 어느 정도 되는지 물었더니 600달러라고 했다. 여행지에서 250달러 차이라면 갈등에 빠질만한 금액이다. 10초 정도 고민하다가 결국 그냥 돌아왔다. 우리가 언제부터 큰 차를 탔다고!

뷰익의 시동을 거는 것으로 본격적인 빅아일랜드 여행이 시작됐다. 식당으로 이동하는 20분 동안, 일시적인 약발이기는 했지만 지아의 컨디션이 완전히 돌아왔다. 지우와 지아가 기분이 좋아서 노래를 부르며 깔깔댔다. 역시 람보르기니의 SUV를 타고 중후한 엔진 소리를 듣는 것보다 뷰익의 소형 세단을 몰더라도 아이들의 웃음소리를 듣는 것이 최고다.

점심을 먹고 타겟과 코스트코에 들렀다. 한 번에 일주일 치 장을 다 보겠다는 야무진 계획이었다. 좁은 차 안에는 이미 짐이 가득했지만 캐리어에도 짐이 계속 들어가듯이 일단 사면 차에 어떻게든 쑤셔 넣을 수 있다. 타켓에서는 음료, 과자, 맥주, 수프, 생활용품 등을 사고 코스트코에서는 햇반, 고기, 김치, 수박, 복숭아, 산딸기를 산 다음 성인용 스노클링 장비를 샀다. 물놀이 장비는 이미 숙소에 있는 걸 확인했던 터라 새로 사는 게 의아해서 와이프에게 이유를 물었더니 공용은 찝찝해서 싫다고 했다. 바닷물에 3초간 담갔다 빼면 새것이 된다고 생각하는 나와는 역시 사고가 달랐다.

빅아일랜드 생활 준비를 마치고 숙소가 있는 와이콜리아로 향했다. 북쪽으로 올라가는 퀸 카아후마누 고속도로 Queen Ka'ahumanu Highway 는 정말 특이했다. 용암과 화산재가 식어서 만들어진 검은 돌이 끝없이 펼쳐지고 우뚝 솟은 마우나케아산 Mauna Kea 중턱에는 머털도사 수염처럼 구름이 걸려 있었다. 검은 돌 사이에는 노란색 풀이 마치 트럼프 대통령의 머리카락처럼 살랑살랑 날리고 있었다. 이 풀들은 전생에 무슨 잘못을 했길래 이처럼 삭막한 곳에 피어난 걸까. 검은 돌과 노란 풀의 조화를 보고 있으니 생명체가 살고 있는 행성을 처음 발견한 우주인이 된 기분이었다.

드디어 도착한 우리의 이층집. 문을 열고 들어가 보니 내부는 VRBO 사이트에서 열광했던 사진 속 모습과 큰 차이가 없었다. 아이들은 1층과 2층을 환호성을 지르며 휘젓고 다녔고 짐을 풀어서 현지인이 살 것같은 집처럼 꾸미는데 1시간 정도 걸렸다. 지난 4일간 입었던 옷을 모조리 세탁기와 건조기에 넣고 돌리는 동안 식탁에는 집밥이 차려졌다.

빅아일랜드의 첫인상은 이 정도면 꽤 훌륭하다. 게다가 지아의 컨디션이 조금씩 살아나고 있었다. 내일은 아이들이 더 크게 웃고 떠들 수 있는 하루가 기다리고 있겠지. 드디어 우리 가족이 완전체로 돌아왔다. 이글거리는 태양아, 이제 나와라.

FAMILY COMMENT

엄마 / 지영

연식이 살짝 되어 보이는 집이었지만 대체적으로 관리를 잘 해서 불편함은 없었다. 이제 비좁은 호텔에서 해방되어 드디어 집다운 집이구나. 장도 봤겠다, 이제 제대로 현지인처럼 살아볼 차례!

첫째 / 지우

비행기에서 지아가 또 창가에 앉겠다고 떼를 썼지만 이번엔 양보하지 않았다. 빅아일랜드 공항은 야외라서 놀랐고 주위가 사막 같았다. 차를 받아 왔는데 뒷자리가 너무 좁았다. 처음 먹어 본 맥앤치즈는 너무 맛있었다.

둘째 / 지아

나도 창가에 앉고 싶었는데 언니가 양보 안 해서 슬펐어.

환상의 키카우아 비치와 양고기 고문

이젠 늦잠은 일상이었다. 누군가 벨을 누르지 않았다면 더 늦장을 부렸을 것이다. 택배 기사님도 아닐 테고 하와이 집에서 벨이 울리다니. 영어가 유창할 것 같은 표정을 하고 문을 열어 보니 차 배터리가 방전되었다며 도움을 요청하는 것이었다. 점프 충전을 부탁하는 듯해서 기름때 좀 묻힌다는 생각으로 현장으로 나갔다. 한 번도 해 본 적은 없었지만 별 거 있겠어. 케이블 선 두 개로 전극을 잘 맞추기만 하면 되겠지. 안 되면 검색하면 된다. 그렇게 야심 차게 나갔건만 사람을 불렀으니 차만 다른 곳으로 옮겨달라고 했다. 내가 맥가이버처럼 안 보였나 보다.

바로 들어가기 멋쩍어서 산책을 시작했다. 혼자 산책하는 일은 혼자서 소주를 마시는 것만큼이나 이번 생에서는 웬만해서는 하지 않을 일이었지만 하와이의 상쾌한 공기라면 예외였다. 이곳은 산소와 질소, 이산화탄소까지 모두 착할 것 같았다. 산책하는 김에 근처 지리를 파악해 봤다. 먼저 쓰레기 버리는 곳을 체크했다. 내가 최소 열 번은 드나들 곳이다. 쓰레기통도 열어 봤는데 역시나 분리수거를 제대로 하지 않았다. 한국에서 쓰레기를 버릴 때는 봉투도 돈으로 사고 분리수거도 최대한 쪼개서 한 다음, 지정된 날짜에만 버려야 했는데 그에 비하면 미국 사람들은 참 쉽게 산다.

이곳의 정확한 명칭은 애스톤 와이콜로아 콜로니 빌라스 Aston Waikoloa Colony Villas 다. 곳곳에 암석이 있고 조경이 잘 가꿔진 리조트였다. 그런데 콜로니는 식민지라는 뜻이 아닌가. 식민지 빌라라니 뭔가 '따뜻한 아이스 라떼'같은 느낌이었다. 이곳은 새와 나비, 벌레까지 날아다니는 생명체들의 천국이기도 했다. 저들 눈에는 땅바닥에 붙어서 터벅터벅 걷고 힘차게 뛰어야 땅에서 겨우 30cm 남짓 날아오를 수 있는 내가 얼마나 하등동물로 보일까.

차 한 대쯤 분해하고 온 것처럼 집에 들어가니 와이프는 그 사이 아침을 준비했고 아이들은 왕실 공주처럼 귀엽게 식탁에 앉아 있었다. 아침으로는 어제 먹다 남은 피자, 복숭아, 수박, 산딸기, 포도, 오렌지 주스, 햇반이 차려졌고 우리는 잽싸게 먹어 치웠다. 햇반은 지아가 먹었을 텐데 이 조합에서 과연 반찬으로 무엇을 먹은 것일까. 아무튼 지아는 정상 컨디션을 회복했지만 이럴 때 조심하지 않으면 불씨가 다시 일어난다. 집 앞 수영장이 하필이면 오늘, 문을 닫은 것도 무리하지 말라는 계시였던 모양이다.

오전 시간은 집에서 모두가 빈둥거렸다. 이게 여행이지. 하와이에서 가장 먼저 누려야 할 것은 바로 이런 느긋함이다. 일정표대로 움직이지 않아도 아무것도 하지 않아도 불안하지 않고 오히려 편안해지는 마음을 한 마디로 표현하면 '알로하'가 아닐까. 잉여의 시간은 빠르게 지나갔고 점심시간이 가까워졌다. 원래 계획은 바닷가에서 수영하고 라면을 먹는 것이었다. 하나라도 지켜야겠다는 생각에 수영은 안 했어도 라면은 끓였다.

충분한 에너지를 채웠으니 오후에는 움직일 차례다. 수영을 하지 않더라도 일단 바닷가를 찾아 나섰다. 빅아일랜드에 있는 수많은 해변 중에서 첫 번째로 선택한 곳은 키카우아 비치 Kikaua Beach Park 였다. 유명한 바닷가는 아니었지만 오아후의 코올리나 인공 바닷가를 연상시킬 만큼 아담하고 예쁜 곳이었다. 돌이 자연 방파제처럼 바닷가를 보호하고 있어서 파도도 잔잔했다. 인스타그램에서 검색하다가 이곳을 발견하고 첫 번째로 찾아갈 바닷가로 점찍었었다.

별다른 사전 조사 없이 왔는데 들어가는 과정이 좀 복잡했다. 알고 보니 이 바닷가는 개인사유지였다. 내비게이션에서 일러주는 대로 가면 입구가 나오는데 보안 담당에게 쫄지 말고 키카우와 비치에 왔다고 말하면 주차 티켓을 나눠 주면서 길을 알려 준다. 알려 준 곳으로 가다 보면 또 한 번 입구가 가로막고 있는데 호출 버튼을 누르면 문이 열린다. 한 번에 입장하는 차량을 열 대가 넘지 않도록 관리하는 듯했다. 바다로 내려가는 길 주변에는 고급 별장이 많았고 와이프와 나는 이 신비로운 광경에 연신 감탄했다.

주차장에는 차가 다섯 대 정도 있었고 해변까지는 조금 더 걸어야 했다. 와이프가 아이들의 손을 잡고 걸어갔고 나는 물놀이에 필요한 짐을 손과 어깨, 겨드랑

"저 바다 뒤에
하얀 물고기떼가 있다."

WARNING

이, 목덜미까지 동원 가능한 모든 신체 부위를 활용해 짊어지고 걸어갔다. 이제 막 해변에서 나오는 사람들이 부기 보드는 필요 없다고 말해 줬다. 보드를 탈 만한 파도는 없지만 스노클링을 하기에는 너무 좋은 곳이고 거북이도 봤다면서 엄지를 치켜들었다.

키카우아 비치는 사진보다 훨씬 아기자기한 바닷가였다. 와이프가 물에 들어가겠다고 떼를 쓰는 지아를 맡고 나는 지우만 데리고 곧장 바다로 뛰어들었다. 수온도 적당해서 물 안이 오히려 더 따뜻했다. 다만 구름이 많이 낀 오후여서 물 안이 조금 탁했고 물고기도 거의 보이질 않았다. 아마도 거북이가 나타났다는 곳은 저 먼바다였던 것 같았다. 멀리 나가도 바위가 많아서 수심이 깊어지지 않았지만 미지의 바다로 지우를 데리고 나가기는 부담스러웠다. 잠시 지우를 쉬게 한 다음, 회심의 액션캠을 뒷주머니에 찔러 넣고 오리발을 신고 비장하게 먼바다를 향해 나아갔다.

역시 먼바다가 정답이었다. 물고기들이 하나씩 등장했고 잠시 후에는 감당이 안 될 만큼 많은 물고기가 나를 둘러쌌다. 우리 집 금붕어도 여기 풀어놓으면 금세 참치가 될 것 같은 물고기들의 천국이었다. 물 반 고기 반이 아니라 고기가 70쯤 되는 듯했다. 이 녀석들이 동시에 달려든다면 난 흔적도 없이 사라질 것 같았다. 나는 나쁜 사람이 아니니 공격하지 말라는 의미로 계속 미소를 지으며 수영했다.

조심스럽게 뒷주머니에서 권총을 꺼내듯 액션캠을 꺼냈다. 직접 보는 나조차도 믿기지 않는 이 멋진 광경을 가족들에게 꼭 보여 주고 싶었다. 서둘러 해변으로 나가 지우 앞에서 액션캠을 켰다. 그런데 화면에 등장하는 것은 아름다운 바닷속이 아니었다. 오리발을 차고 출발할 때 이미 촬영 버튼이 눌렸던 모양이다. 내가 물고기를 발견하고 촬영 버튼을 눌렀다고 생각했던 순간부터 아무것도 찍히지 않았다. 그렇게 액션캠은 물고기가 아니라 내 엉덩이만 잔뜩 찍다가 배터리만 닳았다.

그래도 지우에게 이 엄청난 광경을 꼭 보여 주고 싶었다. 지우를 데리고 먼바다로 나가자 내가 보고 감탄했던 하얀 물고기 떼가 여전히 헤엄치고 있었다. 바닷속에서 물고기를 발견할 때마다 엄지를 치켜들던 지우가 하얀 물고기 떼를 발견하고 잠시 충격을 받은 듯 멈칫하더니 처음으로 물속에서 내 손을 스르르 놓고 물고기 떼와 함께 둥둥 떠다녔다.

먼바다라고는 했지만 수심은 여전히 내 허리와 가슴 사이 정도밖에 되지 않았다. 난 지우를 살피느라 바위 하나를 피하지 못하고 무릎을 부딪쳤다. 살짝 찍혔다고 생각했는데 피가 솔솔 흘러나왔다. 마치 향에서 연기가 피어나는 것처럼 피가 흘러나왔다. 문득 상어는 먼 곳에서도 피 냄새를 맡는다는 사실이 떠올랐지만 수심이 워낙

"한 번 움직일 때마다 짐이 너무 많아."

낮은 데다 거친 바위 때문에 상어가 오더라도 뱃가죽이 남아나지 않을 것이다.

물 밖으로 나와서 보니 피가 제법 많이 났고 상처도 깊었다. 훗날 이 상처를 소개할 때 빅아일랜드에서 내 인생 최고의 물고기 떼를 만났을 때 생긴 것이라고 말하겠다. 시간이 아주 많이 흐른 뒤에 이 상처는 영화 〈빅 피쉬〉 속 아버지의 기억처럼 점점 부풀려져서 빅아일랜드의 깊은 바다에서 착한 물고기 떼를 공격하는 상어와 사투를 벌이다가 그 녀석 송곳니에 살짝 긁힌 자국이라고 말할지도 모르겠다.

키카우아 비치는 너무나 만족스러운 바다였다. 바다 수영은 뒤처리가 항상 고역이었는데 이곳은 샤워시설도 깔끔하게 갖춰져 있었다. 지금까지 가 봤던 바닷가를 국내외 가리지 않고 순위를 매긴다면 하와이의 비밀 바닷가와 고등학교 때 친구들과 함께 갔던 남해 상주 바닷가를 제치고 이곳을 1위에 올리고 싶다.

우린 저녁을 먹기 위해 5분 거리에 있는 킹스숍 King's shop 으로 향했다. 킹스숍은 빅아일랜드에서 가장 큰 아웃렛이라고 했는데 상당히 한적했다. 아는 브랜드도 거의 없었고 아웃렛에 갈 때마다 마주치는 한국인도 없었다. 나는 치킨 윙을 시키고 와인 한 잔을 곁들였다. 그런데 담당 웨이트리스가 치킨 윙보다는 양고기가 좋다며 강력하게 추천했다. 양고기 재고가 많이 남았나 보다 생각하고 난 너그럽게 메뉴를 바꿨다.

잠시 후, 어마어마한 사이즈의 양고기가 나왔다. 양고기에서 역한 냄새가 난다며 못 먹는 사람도 있지만 난 양고기를 원래 좋아했다. 엄청난 크기의 양고기는 당연히 반가웠지만 양고기 냄새가 장난이 아니었다. 양치기 소년의 거짓말 때문에 진짜 늑대가 나타났을 때 허무하게 잡아먹힌 한 맺힌 양으로 만들면 이런 냄새가 날 것 같았다. 억지로 반을 먹었지만 왜 돈을 내고 먹는 음식으로 고문을 당해야 하는지 억울했다. 치킨 윙을 하나 더 주문하고 계산서를 확인했더니 치킨 윙은 12달러였고 양고기는 45달러였다. 난 당연히 비슷한 가격대를 추천했을 거라 믿었는데 45달러짜리 요리를 유도하다니. 내가 제대로 호구 짓을 했구나. 너무 어이가 없어 팁을 적게 주고 싶었지만 그래도 여긴 하와이고 우린 가족 여행 중 아닌가. 너그럽게 봐 주자. 그래도 이번 여행에서 딱 한 번 시간을 되돌릴 기회가 주어진다면 난 치킨 윙을 양고기로 바꾼 순간을 택하겠다.

냄새 쩌는 양고기를 제외하면 처음으로 하와이에 여행 온 제대로 기분이 났던 하루였다. 내일은 숙소에 있는 수영장에서 놀다가 와이프가 가고 싶어 한 커피 농장에 갈 예정이다. 부디 내일도 오늘만 같길.

FAMILY COMMENT

엄마 / 지영

왜 우리나라 사람들은 해외 여행지에서 한국인을 만나면 불편해할까? 여행 블로그에도 반드시 나오는 질문이 그곳에 한국인이 많은가 인데 사실 나도 한국인이 없는 곳을 선호하는 편이라…. 환상의 키카우아 비치를 발견하고 흥분의 도가니에 빠진 것도 잠시, 먼저 자리 잡은 한국인 가족을 본 순간…. 뭔가 김이 확 센 느낌. 이 설명할 수 없는 감정은 도대체 무엇이란 말인가!

첫째 / 지우

이층집은 사진으로 봤을 땐 진짜 좋은 곳인 줄 알았는데 생각보단 좁았다. 수영장부터 가려고 했는데 문이 닫혀 있어서 아쉬웠다. 오후에 간 바닷가는 너무너무 좋았다. 물고기를 수천 마리 정도 본 것 같다. 물고기를 만지고 싶었는데 너무 빨라서 만지지 못했다.

둘째 / 지아

이층집 너무 좋아. 바다에서 아빠 무릎에서 피가 나서 슬펐어.

커피 농장에서 곰탕을,
로스에서 역대급 쇼핑을!

1층 침실에선 지아와 와이프가 양탄자를 타고 하와이를 날아다니는 꿈을 꾸고 있었고 난 2층 침실에서 지우와 함께 잤다. 시차 때문에 새벽 3~4시쯤 눈을 떴을 땐 영화를 한 편 보고 싶었지만 잠든 지우 얼굴 보는 게 더 재미있어 참았다. 새벽에 지아의 기침 소리가 들려서 조금 걱정했지만 아침에 일어나자마자 2층으로 올라와 나를 흔들어 깨운 걸 보니 확실히 나은 것 같았다.

아침은 과일과 함께 지우가 이번 여행에서 새롭게 꽂힌 음식인 맥앤치즈로 해결했다. 계속 주면서 언제까지 좋아할지 두고 볼 참인데 아직은 게눈 감추듯 한 그릇씩 먹어 치웠다. 식사를 끝낸 아이들을 데리고 수영장에 갔더니 사람이 아무도 없었다. 지우는 어깨 튜브를 하고 천하무적이 되었고 지아는 자쿠지 온탕에 들어가더니 또 나이답지 않은 소리를 내며 좋아했다.

점심으로 와이프가 김치볶음밥을 준비하자 아이들이 김치볶음밥은 아빠가 잘 만든다고 입을 모아 외쳤다. 아이들에게 난 김치볶음밥만큼은 이연복 셰프에게 뒤지지 않는 사람이었다. 다만, 엄마가 출장 때문에 집을 비웠을 때에만 만들기 때문에 와이프는 한 번도 맛을 못 봤다.

지아는 배가 아프다고 하면서 밥을 먹질 않았다. 열이 안 나는 것은 다행인데, 또 복통이라니. 오늘의 일정인 도토루 마우카 메도우즈 커피 농장 Doutor Mauka Meadows Coffee Farm에 가려면 빨리 움직여야 했다. 하와이에서는 영업시간을 잘 확인해야

"집에서 뒹굴거리는게 제일 좋아."

한다. 커피 농장은 오후 4시까지였다. 참 일찍도 퇴근한다. 시간 안에 도착하려면 적어도 1시엔 집에서 출발해야 했다.

그런데 시간이 너무 빠듯했다. 그렇다고 배가 아프다는 지아에게 빨리 먹으라고 독촉하는 건 알로하 정신이 아니다. 쉬다가 천천히 출발하자고 했더니 집에서 빈둥거리는 것을 가장 좋아하는 아이들은 다시 기분 좋게 놀기 시작했다. 지우는 엘사 인형의 머리를 빗겨주며 대화를 시도했고 지아는 엘사보다 더 예쁜 모습으로 잠이 들었다. 와이프는 우리 집도 아닌데 또 집 정리를 시작했고 난 냉장고를 계속 여닫으면서 이것저것 주워 먹었다.

2시에 지아를 깨워서 커피 농장으로 출발했다. 집에서 40분 거리였다. 내려가는 퀸 카아후마누 고속도로에서 본 빅아일랜드는 오늘 처음 본 것처럼 여전히 신선했다. 절대로 적응할 수 없는 묘한 풍경이었다. 해안도로를 벗어나 산길을 따라 올라가니 코나의 주거 지역이 나왔다. 그나마 비도 오고 풀도 자라는 곳에 사람들이 옹기종기 모여 살고 있었다. 집을 하나하나 뜯어보면 특별하진 않았는데 조경이 예쁘다 보니 마을 전체 분위기가 고급지게 느껴졌다.

커피 농장은 산속에 있었지만 찾기 어렵지 않았다. 다만 농장 안에 사람도 없었고 주차장도 텅텅 비어 있었다. 커피 농장에서 처음으로 마주친 생명체는 다람쥐였다. 자세히 보니 다람쥐가 아니라 미어캣 혹은 족제비로도 보이는 동물이었다. 사향 고양이 배설물로 만든 커피가 가장 비싸다는데 이 농장은 저 미어캣 같은 녀석이 커피를 만들고 있는 건 아닐까.

이 농장은 빅아일랜드에 있는 여러 커피 농장 중에서 가장 아름다운 곳이라고 평가받는 곳이었다. 농장에 난 길을 따라 걸으면서 수많은 커피나무를 봤다. 공원처럼 정리된 농장을 끝까지 걷다 보면 SNS에 업데이트하기 딱 좋은 멋진 풍경이 나온다. 저 멀리 빅아일랜드의 바다가 보이고 바다로 이어지는 듯한 분수, 구도의 중심을 잡는 열대나무, 커피를 시음할 수 있는 테이블까지. 호불호가 갈릴 수 없는 예쁜 공간이었다.

코나 커피를 한 잔 시음했지만 저주받은 나의 미각으로는 삼성동 도심공항타워 1층 커피빈에서 자주 마시던 아메리카노와 별다른 차이를 느끼지 못했다. 할아버지 웨이터 한 분이 이곳에서 재배한 커피와 꿀을 열심히 홍보하고 있었다. 할아버지는 나에게 계속 일본어로 말을 걸었고 나는 영어로 대답했다. 난 꿀에 더 눈길이 갔으나 와이프는 이곳에서 가장 품질이 뛰어나다는 커피 한 봉지를 샀다.

“커피 농장에서 먹는
곰탕의 맛.”

우리 말고도 농장을 찾아온 가족이 더 있었다. 그 부부도 할아버지한테 가서 이것저것 설명을 들었고 엄마가 아이들에게 꿀을 한 번 먹어 보라고 권했는데 아이들은 달아서 싫다며 거절했다. 단 걸 싫어하는 아이들의 정체는 도대체 뭘까. 엄마가 꿀은 원래 달다며 계속 권했지만 아이들은 끝까지 거부했다. 그때 할아버지가 농담처럼 던진 한마디.

"아이들이 아빠를 닮았나 봐요."

그 순간 엄마가 할아버지에게 버럭 화를 냈다. 옆에 아빠가 있는데도 말이다. 난 어느 대목에서 그렇게 화가 났는지 이해할 순 없지만 뭔가 아픈 사정이 있었겠지 짐작했다. 역시 외국인들은 화를 내는 포인트가 남다르다.

지아는 이제야 배가 고프다고 졸랐고 우리는 이 아름다운 공간에 곰탕을 세팅했다. 와이프가 보온병에 정성스럽게 담아온 곰탕이었다. 빅아일랜드의 대자연을 눈앞에 두고 커피 향이 풍겨야 할 공간에서 곰탕에 밥을 말아 먹은 건 지아가 최초가 아닐까. 커피도 마셨고 곰탕도 먹였고 사진도 찍었겠다, 외국인의 버럭도 봤으니 이제 커피 농장을 떠나도 될 것 같았다.

숙소로 오는 길에는 로스에 들렀다. 로스는 너무 커서 두 번째 하와이 여행 이후로는 잘 가지 않는 곳이었는데 빅아일랜드에는 TJ 맥스도 없었고 킹스숍도 실망스러워 한 번 가 보기로 했다. 나와 아이들은 차에서 대기하고 와이프만 홀로 로스에 들어갔다. 아이들 밥해 먹인다고 고생하는 만큼 혼자만의 시간을 주고 싶었다. 아이들은 아이패드로 만화를 보기 시작했고 난 잉여 인간 모드로 돌입했다. 30분쯤 흐른 후 와이프로부터 전화가 왔다.

"여기 둘러보니 괜찮은 거 같아. 나 쇼핑 좀 할게."

이제 쇼핑을 한다니. 지금까지 와이프는 무엇을 한 걸까. 다시 20분이 흘렀고 전화가 또 한 번 울렸다.

"아이들 데리고 들어와. 옷 다 골랐어."

들어가서 보니 카트에 옷이 수북하게 쌓여 있었다. 괜찮은 걸 모두 골랐으니 제일 마음에 드는 걸 고르라고 했다. 운동화도 네 켤레나 있었다. 그런데 와이프가 고른 옷은 모두 M 사이즈였다. 와이프에게 난 큰 존재구나. 나도 내가 M 사이즈였으면 좋겠다. 와이프를 처음 만났을 때 키가 177이라고 뻥을 쳤는데 아직도 그걸 믿는 것 같았다. 안타깝게도 난 S 사이즈면 충분했다.

난 와이프가 고른 M 사이즈 옷은 살포시 제자리에 두고 S 사이즈가 있는 곳으로 가서 내 마음대로 옷을 고르기 시작했다. 그 사이 와이프와 아이들은 한바탕 패션쇼를 벌였다. 이제 지우와 지아도 본인들이 입을 옷을 제법 잘 골라냈다. 옷과 신발, 보온병 등 총 스물세 개의 아이템을 샀는데 총금액은 300달러를 넘지 않았다. 가장 비싼 것은 39달러짜리 내 나이키 운동화였다. 와이프는 역대급 쇼핑이었다며 웃음치료사처럼 해맑게 웃었다. 역시 돈 쓰는 일이 제일 신 난다.

와이프는 숙소에 도착해서도 쇼핑한 물건을 쫙 펼치고 웃음을 머금은 채로 저녁을 준비했다. 나는 바비큐를 담당했는데 불이 약해서 육질이 아쉬웠지만 확실히 어제 먹었던 양고기보다는 훨씬 맛있었다.

내일은 오늘과 정반대 쪽인 힐로 Hilo 로 가는 날이다. 당일치기로는 너무 힘이 들 것 같아서 힐로에서 호텔도 하루 예약했다. 힐로에서는 이름부터 멋있는 칼스미스 비치 Carl Smith Beach , 온천이 흘러 물이 따뜻하다는 아할라누이 카운티 비치 파크 Ahalanui County Beach Park 에 들렀다가 자전거 투어를 할 계획이었다. 힐로에서 하루가 아니라 더 있었어야 했다고 후회하며 돌아오기를 바란다.

FAMILY COMMENT

엄마 / 지영

역대급 쇼핑이었다. 오늘의 득템은 요즘 핫하다는 스탠리 보온병! 색깔 별로 6개나 구매했다. 시중가보다 훨씬 싸게 구매했을 때의 그 쾌감을 남자들은 알란가 몰라.

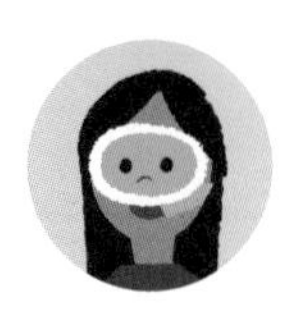

첫째 / 지우

오전에는 집에 있었는데 난 밖에 나가는 것보다 집에서 뒹구는 것이 더 좋았다. 드디어 가 본 수영장엔 사람이 없어서 좋았다. 커피 농장은 너무 많이 걸어야 해서 싫었는데 그늘에 앉았을 때는 좋았다. 그리고 맥앤치즈는 3일 연속 먹으니 이제 질렸다.

둘째 / 지아

난 수영하는 것보다 아빠랑 수박 먹는 게 더 좋아.

입에서 살살 녹던 하와이 전통음식 포케의 맛

힐로로 떠나는 날이라 이른 시간에 기상했다. 그래 봐야 8시였지만 가장 빨리 일어난 아침이었다. 잠에서 깰 때마다 깜짝깜짝 놀랐다. 침대가 너무 높았다. 이 집의 권위를 침대 높이로 증명하려는 듯 유럽 왕실 침대처럼 높은 침대였다. 키가 큰 서양인들이어야 무난히 내려올 수 있겠지만 나처럼 동양의 스탠다드 사이즈 사람은 침대에서 내려올 때마다 쿵 떨어지는 기분이었다. 침대 모서리에 봉이라도 달렸으면 좋았을 텐데 자다가 떨어지면 어딘가 부러질 것 같다는 생각에 아이들이 자는 쪽에는 여분의 베개와 쿠션을 잔뜩 깔아놓았다.

겨우 1박 2일 떠나는 건데 짐이 한가득이다. 부기 보드, 해변용 의자, 스노클링 장비, 타월, 전자제품 등으로 이미 차 트렁크가 절반이 넘게 찼고 나머지 공간에 여벌의 옷, 세면도구, 일용할 양식들을 구겨 넣었다. 잠에서 덜 깬 지아에게 이제 힐로로 간다고 하자 눈을 번쩍 떴다.

"헬로? 헬로 팡팡?"

하와이보다 헬로 팡팡 키즈카페를 더 좋아하는 우리 둘째 딸. 우린 지금 헬로 팡팡을 오백 번도 갈 수 있는 돈으로 이곳에 온 거라고 알려 주고 싶었다.

짐을 꼼꼼하게 챙겼다고 생각했지만 두 번이나 다시 돌아갔다. 선글라스 가지러 한 번, 음식물 쓰레기 버리러 또 한 번. 역시 인간미가 있는 가족답게 준비를 한 번에 끝내는 법이 없다.

힐로까지는 생각보다 멀지 않았다. 마우나케아산을 기준으로 북쪽으로 넘어가는 마말라호아 고속도로 Mamalahoa Highway 와 남쪽으로 넘어가는 새들 로드 Saddle Road 두 가지 길이 있었는데, 북쪽 길로 가면 1시간 30분, 남쪽 길로 가면 1시간 10분이 나왔다. 이 정도면 겨우 내 출근 시간이다.

우린 새들 로드를 택했다. 처음엔 조금 시간이 걸리더라도 영화 〈하와이안 레시피〉의 배경이었던 호노카아 Honokaa 마을을 경유하고 싶은 마음에 북쪽 길로 가고 싶었다. 그러나 와이프와 〈하와이안 레시피〉를 끝내 보지 못했고 호노카아 마을에서 유명하다는 소품 가게를 구경하기에는 이미 어제 로스에서 너무 많이 샀다. 게다가 새들 로드는 대부분의 보험 회사가 보험 제외 구간으로 지정한 곳이었다. 사고가 나도 보험이 적용되지 않는다고 하니 더 가고 싶어졌다.

열린 공간 속을 가르며 달려가는 자동차와 석양에 비친 사람들.

“하와이가 아니라 화성 같았던 곳에서.”

변진섭의 노래, '새들처럼'이 절로 나오는 새들 로드는 색다른 분위기를 풍겼다. 와이프는 화성에 온 것 같다고 했다. 언젠간 화성에도 한 번 가서 비교해 보자. 지아가 적당한 타이밍에 쉬를 외쳐 잠시 차를 세웠는데, 온 세상이 시커먼 화산암들뿐이었다. 검은색이 풍기는 강렬한 존재감과 세련미가 넘치는 이곳에서는 사진을 막 찍어도 작품이 나왔다. 나중에 검은 양복을 입고 와서 증명사진도 찍고 싶었다.

하와이에서 가장 높은 마우나케아산이 왼쪽에 보였다. 마우나케아산은 해발 4,206m지만 해저부터 높이를 측정하면 10,203m로 세계에서 가장 높은 산이라고 한다. 마치 내 뼈마디를 모두 늘리면 185cm라고 우기는 것만큼 억지스러운 셈법이었다. 약 4500년 전에 마지막으로 폭발했던 기록이 있지만 여전히 언제 폭발할지 모르는 화산이라고 했다. 나와 성격이 비슷한 산이었다. 나도 마지막으로 화를 낸 기억이 까마득하지만 언젠가는 한 번 폭발할 때도 있겠지.

옆에서 보니 그리 높아 보이지 않았는데 알고 보니 우리가 지나고 있던 곳이 이미 해발 2,000m였다. 마우나케아는 하와이어로 흰 산이라는 뜻이었는데 겨울이면 꼭대기에 눈이 쌓여 스키도 탈 수 있다고 한다. 하와에서 스키 한 번 타 보겠다고 장비를 챙겨 오는 사람이 있겠지? 검색해 보니 역시 마우나케아산 정상에서 스키를 타는 사진을 올린 사람이 있었다. 해시태그로는 버킷 리스트가 붙어 있었다. 그분의 청개구리 정신을 응원한다.

오르막길은 즐거웠지만 내리막길은 괴로운 시간이다. 지우는 산에서 내려올 때 기압 차로 귀가 아픈 걸 유독 힘들어한다. 이번에도 귀가 아프다고 울먹이기 시작했고 지아는 언니 옆에서 얄밉게 자기는 귀가 뚫렸다고 싱글벙글했다. 이럴 때를 대비해서 귀마개를 챙겼는데 힐로에 올 때는 빠뜨렸다. 비행기를 타는 것도 아닌데 귀마개가 필요할 줄이야. 지우는 엄마아빠가 시키는 대로 침도 삼켜보고 물도 먹고 하품도 하고 소리도 지르고 해 볼 건 다 했는데도 귀가 계속 아프다면서 다시 좋아지지 않으면 어떡하느냐고 엉엉 울었다. 그러다가 힐로에 거의 다 도착했을 때는 괜찮아졌는데 본인이 펑펑 울어서 귀가 뚫린 거라고 결론을 내렸다. 다음에도 귀가 아프면 우는 쪽을 택할 것 같았다.

힐로의 첫인상은 살짝 당황스러웠다. 코나와는 전혀 다른 느낌이었다. 하와이라기보다는 괌에 가까운 느낌이었다. 뒤쪽 길로 들어가니 부산 녹산공단 분위기도 났다. 하와이 경제는 90%가 관광산업에 의존한다는 통계를 보고 그렇다면 나머지 10%는 뭘까 궁금했었는데 이런 곳에 컨테이너가 쌓여 있는 부두와 공장이 숨어 있었다.

힐로에 도착해서 생선회를 깍두기 모양으로 잘라서 양념과 버무려 먹는 하와이 전통음식인 포케 Poke 를 사서 칼 스미스 비치에 가서 먹을 생각이었다. 포케 전문점은 우리나라의 김밥천국만큼 여기저기 널려 있었지만 인스타그램에서 누군가가 하와이 최고의 포케 전문점이라고 소개한 곳이 있어서 찾아가 봤다. 가게 이름은 무척이나 트렌디했다. 바로 포케 투 유어 테이스트 Poke to your taste .

구글맵의 안내를 따라갔는데 힐로 시내를 벗어나 더 공단 같은 지역으로 들어갔다. 절대 맛집이 있을 것 같지 않은 곳이었다. 식당 앞에 도착했을 때는 더 깜짝 놀랐다. 제대로 온 것이 맞는지 의심이 들 만큼 식당은 열악했다. 컨테이너 같은 가게에 간판도 오래되어 현수막이 걸려 있었고 가게 옆에는 주인의 차로 보이는 족히 50년은 넘은 듯한 소형 트럭 한 대가 있었다.

가게 안은 더 가관이었다. 실내는 생선회의 신선도를 측정하기 어려울 만큼 어두컴컴했고 포케도 딱 두 종류만 있었다. 진열 상태도 성의 없기가 이루 말할 수 없었다. 내가 만약 비브리오균이라면 이곳을 고향으로 삼고 싶을 정도였다. 포케 한 그릇만 사서 냉큼 가게를 벗어났다. 우리의 아이스박스 안에는 이미 먹을 게 넘쳐났고 포케 한 그릇이 실패한다 해도 괜찮았다. 그런데 포장된 포케에서 초등학교 운동회 때 먹었던, 참기름 듬뿍 발라 윤기가 자르르 흐르던 김밥 냄새가 폴폴 올라오는 것이 아닌가. 운전하면서 한 입 먹어 보았다. 그리고 말없이 또 한 입 먹었다. 그리고 신호에 걸렸을 때는 미친 듯이 먹었다. 생선회가 마시멜로처럼 입속에서 사르르 녹았다. 와이프도 탄성을 질렀다. 가게 겉모습만 보고 판단한 걸 반성했다.

맛있게 포케를 먹고 나니 비가 많이 온다는 힐로답게 비가 내리기 시작했다. 목적지를 칼 스미스 비치에서 아할라누이 카운티 비치 파크로 변경했다. 아할라누이는 비가 와도 상관없는 곳이었다. 온천에 비할 바는 아니지만 용암으로 데워진 따뜻한 물이 고여 있는 연못 같은 바닷가였다. 비를 맞으며 따뜻한 물에 동동 떠 있는 것이 운치 있을 것 같았다. 아할라누이로 가는 길은 하나 로드를 연상시킬 만큼 멋진 길이었다. 드라이브 코스만으로도 오길 잘했다는 뿌듯함이 몰려왔다. 다만, 마침내 도착한 아할라누이는 바위가 천연 방파제 역할을 하던 다른 바닷가와 달리 인공 방파제가 주위를 둘러싸고 있어 감동이 덜했다.

수심이 깊어 지아는 물에 데리고 들어가지 못했고 지우와 나만 둘이서 스노클링을 했다. 물은 정말 따뜻했고 물고기들도 제법 보였다. 하지만 따뜻한 걸 좋아하는 나이 든 물고기들만 모였는지 느릿느릿 움직였는데 난 그 물고기들의 팔자가 부러웠다. 아니다. 이 물고기들을 부러워하다니. 물살을 가르며 역동적으로 헤엄치는 참치처럼 살아야지 다짐하며 스노클링을 계속했다.

수심이 대부분 2~3m가 넘는 곳이어서 지우는 당연히 구명조끼를 입혔고 나도 구명조끼를 살포시 입었다. 물에 뜨기 위해 굳이 손발을 저어가며 힘을 빼기가 싫었다. 나중에 주변을 둘러보니 성인 남자 중에서 구명조끼를 입고 있는 건 나뿐이었다. 가만 보니 래시가드를 입은 사람도 나뿐이었다. 심지어 뚱뚱한 할아버지도 삼각팬티만 입고 물개처럼 수영하고 있었다. 한때는 폼생폼사였는데 래시가드와 구명조끼로 무장한 채 물에 동동 뜬 상태로 내 모습을 되짚어 보며 글로벌 하지 못하다며 반성의 시간을 가졌다.

호텔에 도착해서 저녁을 먹고 지우와 함께 호텔 주변을 산책했다. 호텔 앞 바닷가는 수심이 꽤 깊었고 게들이 정말 많았다. 걷다가 게가 나오면 지우도 놀라고 게도 놀라고 바다도 놀랬다. 항구도시 출신답게 게 한 마리를 폼 나게 잡아 주고 싶었는데 하와이 게의 집게는 유독 사나워 보였다. 오리처럼 생긴 새도 뒤뚱거리면서 지나갔는데 하와이주를 상징하는 새인 '네네'인 것 같았다. 네네가 맞다면 나름 하와이에서 사랑받는 새일 텐데 나는 네네치킨부터 떠올려서 미안했다.

바닷가에서 놀고 있는 현지 아이들도 한 무리 있었다. 다들 인상이 별로였다. 환하게 웃고 있는 아이들이 없었다. 미간을 찌푸리고 있는 몇 명과는 눈도 마주쳤다. 저 아이들이 나에게 덤벼들면 어떻게 반응해야 할지 잠시 상상했다. 잠시 후 학교를 발견했는데 개학이 임박한 상태였다. 아이들이 인상을 썼던 비밀이 비로소 풀렸다. 개학이 임박했을 때의 기분을 나도 잘 안다. 설령 저 아이들이 나를 솜 펀치로 공격해도 반격하지 않으리라.

벌써 세 번째 하와이 여행의 일곱 번째 저녁이었다. 오늘까지 가장 재미있었던 일이 뭐였느냐고 지우에게 묻자 내일 할 예정된 자전거 투어라고 답했다. 현재완료형으로 질문했는데 미래형으로 대답하다니. 어쨌든 내일 자전거 투어를 얼마나 기대하고 있는지 알 수 있었다. 호텔로 돌아와서 지우와 산책하며 찍은 사진을 지아에게 보여 줬다. 그중에는 지우가 점프하는 사진도 있었는데 언니에게 하늘을 나는 법을 가르쳐 주고 찍었다고 하니 지아는 진짜라고 믿었다. 빨리 자신에게도 알려달라고 졸라서 열 살이 되면 알려 주겠다고 하자 그때부터 잠들 때까지 빨리 열 살이 되고 싶다고 반복해서 말했다. 괜한 희망을 심어 준 것 같아 미안했다.

아이들이 모두 잠든 후 가장 달달한 라벨을 단 맥주를 한 병 샀다. 그런

"입에서 녹아 없어지는 포케."

데 너무 쓴맛이 나서 툴툴거리자 와이프는 내가 고른 맥주는 에일이라 쓰다고 했다. 이어서 라거와 에일에 대한 설명을 해 줬다. 10년 전 유럽 여행 땐 커피 종류에 대한 강의도 들었었다. 나도 와이프가 모르는 뭔가를 설명해 줄 수 있어야 할 텐데. 등심, 안심, 목심, 양지 등 고기 부위별 명칭이나 특장점을 외워서 가르쳐 줘야겠다. 바다가 보이는 공기 좋은 곳에서 술을 마시면 누가 안 취한다고 했던가. 에일 반병을 마셨을 뿐인데 알코올이 빠른 속도로 퍼지면서 세 번째 하와이의 일곱 번째 밤이 저물었다.

FAMILY COMMENT

엄마 / 지영

남편, 사실 난 힐로는 별로였어. 아, 그 포케는 빼고.

첫째 / 지우

침대가 푹신해서 세상모르고 잤다. 식당에서 밥 먹을 때 새들이 옆에 오면 같이 놀고 싶었다. 힐로로 가는 길에 검은 돌들이 있던 곳은 너무 시원해서 좋았는데 산에서 내려갈 때 귀가 너무 아팠다. 영원히 귀가 아플까 봐 무서웠다. 따뜻한 바다는 물이 따뜻해서 좋긴 했지만 밖으로 나갔을 때 추웠다. 엄마는 항상 지아 챙기느라 수영을 못 해서 심심했을 것 같다. 차에서 자는 척하고 있었는데 엄마가 맛있는 음식을 가져와서 "이거, 지우가 좋아할 텐데." 하길래 다리에 쥐가 난 척하면서 일어나 먹었다.

둘째 / 지아

언니는 날 수 있다는데! 나도 날고 싶어.

빅아일랜드 뙤약볕 자전거 투어

공사 소리에 잠이 깼다. 역시 가격이 싼 데는 이유가 있었다. 싸서 예약한 이곳 힐튼 호텔뿐만 아니라 지난번에 묵었던 알라모아나 호텔도 주변 건물이 공사 중이었다. 하와이 구석구석 공사하는 곳이 참 많았다. 내가 원주민이라면 외지인이 들어와 삶의 터전을 다 뒤집어엎는 꼴은 정말 보기 힘들 것 같다. 내 고향 부산 대신동은 30년 전 그대로인데.

체크아웃을 하고 아침을 먹기 위해 호텔 근처 수이산 피쉬 마켓 Suisan Fish Market 으로 갔다. 이곳도 포케를 파는 가게였는데 노량진 수산 시장 분위가 제대로 나는 곳이었다. 막 잡아 올린 생선을 얼음 위에 올려놓았고 포케도 다양한 메뉴가 있었다. 잠에서 덜 깬 아이들은 생선 냄새에 인상부터 썼다. 지우에게 오늘 자전거를 타려면 많이 먹어야 한다며 포케를 떠먹였는데 아침을 든든히 먹어야 하는 날에 왜 이런 곳을 왔냐고 투정을 부렸다. 듣고 보니 맞는 말이었다. 뭘 먹고 싶냐고 물으니 미국 음식이란다. 지우에게 미국 음식이란 비린 냄새가 없고 미역국이 아니면 되는 것 같았다.

가장 미국스러운 음식을 파는 까페 100에서 말랑말랑하게 구워진 프렌치토스트, 버터, 딸기잼, 스팸, 계란이 나오는 아침 메뉴를 주문했다. 정확히 지우가 원하던 맛이었다. 이제 모두 배를 채우고 자전거를 타러 나섰다. 수영만 하려고 하면 비가 왔는데 자전거를 타려니 햇빛이 쨍쨍했다. 투르 두 프랑스 대회 우승자가 오더라도 헉헉 거릴 것 같은 이런 날 자전거를 타는 게 맞나 싶어서 해변을 갈까도 생각했지만 지우가 일편단심 자전거를 원했다.

자전거 대여는 힐로에서 파호아 Pahoa 를 거쳐 카이무 체인 오브 크레이터스 로드 Kaimu-Chain of Craters Road 라는 길을 따라가면 나오는 곳에서 했다. 길을 따라서 남쪽으로 쭉 내려가면 'End of the Road' 푯말이 나오고 자전거 대여소가 나타난다. 자전거 한 대당 20달러였고 지아를 태울 트레일러는 10달러에 빌려서 내가 끌고 가기로 했다. 편도로는 7km 거리라는데 딱 봐도 쉬운 길은 아니었다. 뙤약볕은 여전했고 오르막 내리막이 섞여 있는 비포장도로인 데다 돌아오는 길은 맞바람이 강해서 어른도 힘든 코스였다.

일하는 분에게 지우 같은 여자아이도 이런 날씨에 왕복이 가능하냐고 물으니 아주 쉽다고 했다. 자기 식당의 음식이 맛없다고 하는 사람이 누가 있겠는가. 그래도 여기까지 온 이상 한 번 시도해 보기로 결정한 다음 가방에 물 네 통, 여벌의 옷, 카메라 등을 실었다. 선크림은 SPF 100 이상을 발라야 할 것 같았지만 SPF 41뿐이라 두 겹을 바르고 출발했다.

온 가족이 함께 자전거를 타는 것은 처음이라 초반에는 아주 짜릿했다. 그런데 길이 너무 울퉁불퉁해서 지아가 탄 트레일러가 많이 흔들렸다. 지아에게 힘들면 아빠를 큰 소리로 부르라고 한 다음 열심히 페달을 저었다. 아니나 다를까 2km 정도도 못 간 듯한데 뒤에서 지아의 목소리가 들렸다. 자전거를 세우고 지아를 보니 표정이 안 좋았다.

트레일러에서 꺼내 주니 너무 많이 흔들려서 기분이 안 좋고, 혼자 있어서 쓸쓸하고, 트레일러 안이 너무 더러워서 싫다고 했다. 이 정도로 불만을 나열할 정도라면 다시는 트레일러를 타지 않겠다는 뜻이었다. 다른 것도 아니고 쓸쓸하다는데 어쩌겠는가. 아쉽지만 지아는 여기까지인 듯했다.

와이프와 지우를 먼저 보내고 난 지아를 설득해서 뒤따라갈 생각이었다. 그렇지만 지아는 검은 화산암 위에서 노는 걸 더 좋아했다. 앞서가던 와이프와 지우도 폭염 속에서 자전거를 타는 것은 무리라 생각하고 이내 돌아왔다. 그래, 다들 뒤에 빠져 있어. 나라도 한 번 끝까지 가 보겠다고 길을 나섰는데 지우도 따라나섰다. 힘들테니 아빠만 다녀온다고 해도 'You go we go'를 외치는 지우의 표정이 비장했다. 그래서 함께 태양 속으로 용감하게 전진했다. 1km 정도는 잘 따라오나 싶더니 지우가 자전거를 멈췄다. 역시 자기는 무리인 것 같다며 돌아가겠다고 했다. 같이 돌아가자고 하자 아빠는 계속 가라고 했다. 이렇게 훌륭한 페이스 메이커를 봤나.

지우의 대범함에 감탄하며 허그 한 번 한 후, 우린 각자 반대 방향으로 나아갔다. 나중에 들어보니 지우가 얼굴이 벌게져서 돌아왔고 혼자서 무서웠다고 했단다. 어떻게 어린 딸을 혼자 보냈느냐고 와이프에게 단단히 혼이 났다. 딸은 이렇게 키우면 안 된다는 것을 10년째 배우고 있다.

그렇게 지우가 떠나고 혼자가 된 나는 어떻게 되었을까. 역시나 어른도 힘든 코스였다. 트레일러를 연결하면서 내 키에 안장 높이를 맞춘 자전거는 와이프가 타고 돌아갔고 나는 와이프가 타던 자전거를 그대로 탔더니 더 힘이 들었던 것 같다. 더위에 지쳐 안장 높이를 조절하는 게 귀찮았다. 코스를 완주하려면 세 개의 문을 통과해야 했는데 세 번째 문이 닫혀 있었다. 거기서부터는 자전거를 매고 하이킹을 해서 용암이 보이는 곳까지 가야 하는 것 같았다. 대부분 닫힌 문 앞에서 물을 한 잔 마시고 인증샷을 찍은 다음 되돌아갔다. 나 혼자서 문 안쪽으로 들어가기에는 나의 모험심과 에너지도 애매했다. 저 멀리 모락모락 피어오르는 수증기만 눈으로 찍고 돌아섰다. 용암에서 나오는 수증기를 봤으니 용암도 본 거라고 치지 뭐.

자전거를 혼자 타면서 쉬는 건 모양이 빠지는 일이라 끵끵대며 페달을 밟았는데 세 쌍의 신혼부부가 둘이서 타는 자전거로 힘든 기색 하나 없이 날 앞질러 갔다. 자존심이 살짝 상했다. 두 명이 같이 타는 자전거는 힘이 덜 드는 건지 혹은 신혼여행 때 나타나는 초인적인 허니문로이드의 힘인지 유유히 날 앞서갔다. 그래도 난 쉬지 않고 꾸역꾸역 전진해 나갔는데 잠시 후 날 앞질렀던 신혼부부들이 온갖 인상을 쓰며 페달을 힘겹게 밟고 있었다. 그럼 그렇지. 저들도 힘들구나. 그래도 신혼인데 저 얼굴들이 뭐냐. 서로에게 못생김을 벌써 들키면 안 될 텐데.

선두로 치고 나갔던 우락부락한 남자는 자전거를 내팽개치고 쉬고 있었다. 토끼와 거북이 이야기의 실사판이었다. 앞서가던 토끼들이 쉬는 동안 거북이 같은 내가 앞질렀다. 도착하고 보니 정수리에서 타는 냄새가 났다. 삶이 너무 순탄하다고 생각하는 사람들에게 빅아일랜드 뙤약볕 자전거 투어를 추천하고 싶다.

자전거를 냉큼 반납하고 차에 타서 에어컨을 켜니 천국이 따로 없었다. 자전거 하이킹 따위는 다시는 하지 말자. 용암이 흘러나오는 모습은 유튜브로 보고 다음에는 헬리콥터를 타고 쿨하게 감상하자.

지친 심신을 추스르기 위해 허기부터 채워야 했다. 망설이지 않고 바로 옆 해안가로 차를 몰았다. 지금까지는 대부분 계획 범위 내에서 움직였지만 전혀 계획에 없던 곳으로 들어갔다. 가게 이름은 엉클 키친 Uncle's Kitchen 이었는데 로컬 분위기가 물씬 풍기는 곳이었다. 아이들은 인생 해탈한 표정으로 어슬렁거리는 개들을 보고 가게를 마음에 들어 했다.

벽에는 이곳의 규칙이 적혀 있었다. 싸우지 말 것. 개를 데리고 들어오지 말 것. 테이블 위에 앉지 말 것. 마약을 하지 말 것. 서로 존중할 것. 이 정도는 모두 지킬 자신이 있었다. 가게 안에서 일하는 사람들은 히피 느낌이 났고 가게 곳곳에 걸려 있는 문구들을 살펴보니 하와이의 분리 독립을 원하는 사람들인 것 같았다. 나는 이런 소수의 목소리를 내는 사람들을 존중하고 존경한다. 그래서 지갑에 있던 동전을 모조리 털어서 팁 박스에 넣고 나왔다.

힐로를 떠나 와이콜로아로 돌아가기 위해 길을 조사해 보니 새들 로드로는 1시간 30분이 걸렸고 마말라호아 고속도로로는 1시간 45분이 걸린다고 했다. 이 정도 차이라면 당연히 안 가 본 길로 가야 한다. 마말라호아 고속도로를 타려고 해안도로를 달리는 동안 구글맵은 자꾸 더 빠른 길이 있으니 유턴하라고 외쳤다. 기계가 너무 성실해도 피곤한 일이었다. 그렇게 들어선 마말라호아 고속도로는 새들 로드와 전혀

"아빠, 나 이제 돌아갈래."

다른 분위기였다. 새들 로드가 화성에 온 기분을 느끼게 했다면 마말로호아는 열대 우림, 초원, 농장, 화성, 바닷길을 모두 접할 수 있는 버라이어티한 길이었다. 그중 드넓은 초원이 인상적이었는데 거기 소들은 이 좋은 환경에서 잘 먹고 잘뛰어다니니 마블링이 끝내주겠지. 당장 소고기를 사러 코스트코에 뛰어가고 싶었다.

그렇게 초원이 끝없이 이어지다가 갑자기 스위스 전원 마을 같은 곳이 나타났다. 그곳은 와이메아 마을이었다. 윈도우 배경화면에서 본 것 같은 마을이었고 드넓은 초원 위의 아기자기한 집에서는 스머프들이 노래하며 뛰어나올 것 같았다. 내가 하와이에서 산다면 이곳 와이메아 마을을 1순위로 올리고 싶어졌다. 와이메아부터 와이콜로아까지 오는 길은 눈 앞에 펼쳐진 망망대해와 노을이 절묘하게 조화를 이룬 빅아일랜드 최고의 드라이브 코스였다. 15분은 더 걸리는 길이었지만 새로운 도로로 돌아온 선택은 치킨 윙을 양고기로 바꾼 최악의 선택을 무마할 정도로 좋은 기억으로 남았다.

숙소에 도착해 쓰레기를 버리러 잠시 나와서 무심코 밤하늘을 보니 별이 키카우아 비치의 물고기 떼만큼 촘촘히 박혀 있었다. 굳이 마우나케아산 천문대까지 갈 필요가 없었다. 그냥 의자에 누워 별을 무한정 관찰할 수 있다. 지아가 열 살이 되면 같이 하늘을 나는 법을 배워서 별을 마음껏 보고 싶다.

자기 전에 아이들을 양쪽에 끼고 책을 읽어 주었다. 두 아이 모두 좋아하는 로렌 차일드의 책이었다. 주인공 남매의 대화를 부산 사투리로 읽어 주니 깔깔깔 넘어갔다. 내가 평소에 사투리를 안 쓰는 게 확실했다. 한국에 돌아가면 빅아일랜드 이층집 소파에서 아이들에게 책을 읽어 주던 이 시간이 몹시 그리울 것 같다는 생각이 들어 잠들기 전까지 몇 권 더 읽어 줬다. 그 사이 아이들은 내 품에서 잠이 들었다.

FAMILY COMMENT

엄마 / 지영

자전거 투어는 아이들 있는 집은 무리. 120% 무리. 하지만 덕분에 자전거 세워 놓고 황량한 검은 땅을 천천히 느낄 수 있었던 건 생각지 못한 보너스.

첫째 / 지우

아침을 먹으러 생선 비린내 나는 식당으로 가서 코를 막고 밖으로 나갔다. 오늘은 자전거 타는 날이라 많이 먹어야 하는데 속상했다. 그래서 다시 카페로 가서 아침을 먹었다. 거기서 지아랑 화해의 악수를 했다. 솔직히 하기 싫은데 엄마가 하라고 해서 억지로 했다. 자전거는 너무 기대했는데 이렇게 힘들 줄은 몰랐다. 아빠는 지아를 끌고도 나를 앞서가서 대단해 보였다. 엄마가 자전거를 못 탈까 봐 신경이 쓰였다. 너무 덥고 힘들어 다시는 하와이에서 자전거를 타지 않겠다. 절대로.

둘째 / 지아

생선 눈알이 이상해. 자전거는 엄마랑 타고 싶었는데, 아빠랑 같이 탔어.

누드클럽이 아닌 누들클럽의 맛과 멋진 노을

아침부터 아래층에서 세 모녀가 날 애타게 불렀다. 아빠를 이렇게 급한 목소리로 부르는 이유는 뻔하다. 벌레가 들어왔거나 택배가 왔을 때다. 역시 셋 다 화장실 문 뒤를 가리키며 빨리 벌레를 잡아 달라고 했다. 이들의 표정만 보면 마치 독이 잔뜩 오른 전갈이나 대왕 거미라도 본 것 같았지만 문을 열어 보니 모나미 볼펜 똥만 한 조그만 벌레였다. 고급 인력을 자꾸 이렇게 조그만 데 쓰다니.

벌레를 처리하고 거실로 나오니 바닥에 도마뱀 한 마리가 있었다. 조금 전 세 모녀를 떨게 한 벌레를 혀 한 번 날름해서 처치할 수 있는 무시무시한 녀석인데 세 모녀는 관대했다. 무서움의 기준이 뭐지? 꼬리를 잡으면 끊고 달아날 것 같아서 몸통을 살짝 잡아서 잔디밭으로 보내 줬다.

아침엔 여행 기분도 낼 겸 브런치를 먹기로 했다. 와이콜라 지역에는 보리수 아래서 Under the Bodhi tree 라는 예쁜 이름의 브런치 가게가 있었다. 건강한 식단을 추구하는 가게였다. 엄청난 양으로 사람을 놀라게 하는 것이 아니라 적당한 양에 건강한 식재료를 썼다는 게 느껴지는 음식이 나왔다. 내가 주문한 바나나 토스트는 빵으로 만들 수 있는 가장 근사한 맛을 냈다. 와이프는 코나 커피를 곁들였는데 내게는 여전히 삼성동에서 마시는 아메리카노의 맛이었다. 커피콩들에게 거듭 사과를 올린다.

지아는 또 새를 잡으러 뛰어다녔고 지우는 절대로 새를 잡을 수 없다며 핀잔을 주었다. 불과 1년 전까지만 해도 지우도 새를 잡으러 같이 뛰어다녔는데 그사

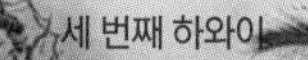

"아빠, 아무리 감기에 걸렸어도 이 날씨에는 수영하자."

“그래, 이 날씨면
수영해야지.”

이 세상을 조금 더 알아 버린 모양이다. 나는 새를 잡을 수 있다고 믿으며 뛰어다니던 지우의 모습이 그리웠다. 앞으로 안 되는 게 많다는 걸 점차 알아가는 나날들이 될 텐데 최대한 늦게 알아가길.

아침을 먹고 하얀 물고기떼가 기다리고 있는 키카우아 비치에 갈 계획이었지만 지우가 예사롭지 않은 기침 소리를 내는 바람에 포기했다. 대신 지우가 물에는 들어가지 않을 테니 모래사장에서 놀고 싶다고 해서 하푸나 비치 파크 Hapuna Beach park에 갔다. 빅아일랜드에서는 보기 힘든 황금색 모래사장이 있는 에메랄드빛 바닷가였다. 주차비 5달러를 내고 들어가니 거의 하나우마 베이에 버금가는 크기의 주차장과 해변이 나왔다. 입구에서 바라본 해변 풍경은 젊고 활기찼다.

날씨의 엇박자는 계속되어 수영을 안 하기로 다짐했더니 날씨가 끝내줬다. 이제 하와이에서 머물 날이 이틀밖에 남지 않았다. 컨디션 조절 따위 하지 말자. 그냥 수영하기로 결정했다. 다시 차로 가서 수영에 필요한 준비물을 가득 가지고 내려왔다. 지우와 부기 보드도 탈 수 있을 만큼 적당한 파도도 있었다. 너무 햇볕이 뜨거워 파라솔을 쳤는데 바람이 조금만 불어도 넘어가는 불량품이었다. 파라솔은 접고 선크림을 겹겹이 바르며 태양과 민낯으로 맞서기 시작했다.

지아는 역시 바다를 별로 좋아하지 않았다. 안고 들어간 지 3분도 안 되었는데 표정이 일그러졌다.

"추워? 나갈까?"
"응!"

지아는 너무나 쿨하게 대답했다. 파도가 쳐서 물이 얼굴에 튀는 게 싫고 맛을 보면 짜서 싫고 모래가 몸에 자꾸 묻어서 싫다고 했다. 바다에서 벌어지는 모든 상황이 싫은 듯했다. 그냥 가운을 입고 선글라스를 낀 채로 엄마 옆에서 재잘재잘 말하며 노는 걸 더 좋아했다. 벌써 수다의 묘미를 깨우친 참 특이한 캐릭터다. 다시 바다에는 나와 지우만 남았다. 난 부기 보드에 올라탔고 지우는 구명조끼를 입고 30분 이상 파도를 타고 놀았지만 감기가 걱정되어 끊고 나왔다.

바다에서 아이를 데리고 수영하는 것은 엄청난 체력이 필요하다. 이건 수영 1,000m를 할 수 있거나 스파링을 10라운드 하는 것과는 다른 종류의 체력이 필요하다. 보통 해변에 갈 때는 해변용 의자 두 개, 파라솔 하나, 스노클링 및 아쿠아 슈즈, 갈아입을 옷과 비치 타월 세 개를 넣은 가방, 아이들 마실 물과 과일이 든 아이스 쿨러, 각종 전자장비, 모자, 선글라스, 지갑 및 귀중품을 넣는 가방 등 짐이 한 보따리다.

거기에 수영을 마치고 나오면 온몸에 붙은 모래와 사투를 벌이며 아이들을 씻기고 옷을 갈아입힌 다음, 집에 가서는 세탁기를 돌리고 장비들을 햇볕에 널어놓는 등 엄청난 일을 처리해야 한다. 사람들이 이 고생을 안 하려고 호텔이나 리조트를 찾는지도 모르겠다. 우리도 다음 여행에는 몸이 편한 리조트를 갈까도 생각했지만 한 번이라도 편안하게 여행하면 다시는 지금처럼 몸을 쓰는 여행을 못 하게 될까 봐 당분간은 그러지 않기로 했다.

그러고 보니 하와이까지 와서 와이프가 바다 수영을 한 번도 하지 못했다. 항상 나와 지우만 수영을 했고 와이프는 수다쟁이 지아를 책임졌다. 그래서 마지막 남은 하루는 와이프가 수영할 수 있는 곳으로 가기로 했다.

점심은 다시 집에서 간단히 먹고 각자 자유 시간을 가졌다. 거실 바닥에 훌러덩 누워서 주변을 둘러보니 와이프는 소파에서 회사 일을 하고 있었고 지우는 그 옆에 누워서 책을 읽고, 지아는 식탁에서 그림을 그리고 있었다. 난 이 모든 장면을 평화롭게 지켜보며 잠이 들었다. 이젠 하와이에서도 시간 아까워하지 않고 느긋하게 낮잠을 잘 수 있는 여유가 생겼다.

평화로운 자유 시간을 가진 후 드라이브 겸 저녁을 먹으러 나갔다. 조금 일찍 나와서 북쪽에 있는 하위 Hawi 마을에 가보려고 했다. 하위는 유명한 관광지는 아니었지만 와이메아로부터 하위까지 올라가는 코할라 마운틴 로드 Kohala Mountain Raod 는 왠지 가 보고 싶은 드라이브 길이었다. 그리고 카메하메하 1세의 동상도 궁금했다.

하와이 역사를 공부해 보니 하와이에서 카메하메하는 미국 본토의 조지 워싱턴과 동급인 존재였다. 캡틴 쿡의 하와이 발견 100주년을 기념해 이탈리아의 조각가에게 카메하메하 1세 동상을 의뢰했는데 피렌체에서 하와이로 운반하던 배가 침몰했다고 한다. 어쩔 수 없이 새로 만든 동상을 호놀룰루 시내 중심에 세웠는데 침몰된 동상을 인양해서 카메하메하가 태어난 하위 지역에 세웠다고 한다. 침몰한 동상을 바다에서 건졌다는 말이 의아해서 다시 찾아보니 믿기 힘들었지만 사실이었다. 1880년에 침몰했는데 1912년, 오리지널 동상이 기적적으로 발견되었다고 한다. 쿠엔틴 타란티노 감독 영화에 나올법한 현상금 사냥꾼들의 인양 경쟁 모습이 떠올랐다. 이렇게 드라마틱한 역사를 지닌 동상을 한번 보고 싶었지만 시간이 부족했다.

하위는 건너뛰고 어제 너무나 인상적이었던 와이메아 마을로 향했다. 그곳엔 메리맨스 빅 아일랜드 Merriman's Big Island 라는 레스토랑이 있었다. 제법 고급 레

Noodle
club
Noodle
Club:
The place to
eat when
she doesn't
know where
the Pho to go
OPEN

스토랑이었지만 레스토랑 배경이 너무 예뻐서 이번 여행을 대표할 가족사진을 찍을 수 있다면 충분히 감당할 수 있었다.

그런데 역시나 교활한 날씨가 우리 계획을 알아챘다. 역대급 가족사진을 위해 셀카봉까지 챙겼건만 잔뜩 구름이 끼더니 비를 뿌리기 시작했다. 엎친 데 겹친 격으로 예약도 꽉 차 있었다. 아무리 여유로운 하와이라 할지라도 예약을 했어야 했다. 그래도 나는 이번 여행을 위해 한 달을 준비한 사람이었다. 이런 상황을 대비해 옵션을 마련해 두었다. 첫 번째 옵션이었던 누들 클럽 Noodle Club 은 누드 클럽이 연상되어서 실격이었다. 두 번째 옵션은 영갈비 Yong's Kal-Bi 란 이름의 한식집이었다. 가만히 식당 이름을 듣던 와이프는 둘 다 마음에 안 들었는지 코나 지역으로 가 보자고 했다. 거의 1시간이 걸리는 거리였다. 그때 누들 클럽의 후기가 아주 좋았던 것이 떠올랐다. 한국인이 다녀간 후기는 거의 없었지만 외국 여행객에게 평이 좋은 곳이었고 사진으로 봤을 때 식당의 분위기도 괜찮았다. 게다가 불과 3분 거리였다. 그래, 오늘은 누들이다.

그렇게 누들 클럽으로 이동하는 짧은 순간에 무지개를 만났다. 조금 희미하긴 했지만 아이들은 무지개를 보고 신이 났다. 누들 클럽은 탁월한 선택이었다. 분식점 수준의 식당이 아니라 요릿집에 가까웠고 구석구석 일본풍 디테일이 살아 있는 깔끔하고 재미있는 공간이었다. 누들 두 개와 만두 한 개, 그리고 추천 요리를 같이 시켰는데 일개 주방장의 솜씨가 아니었다. 재야의 고수 셰프가 만든 게 확실한 데코레이션과 맛이었다.

게다가 가격은 상당히 합리적이었다. 우리 가족은 먹는 것에 목숨을 걸거나 음식 맛에 따라 행복이 좌우되는 스타일이 아니었지만 기대하지 않았던 곳에서의 만족스러운 식사는 온 가족의 에너지를 끌어올렸다. 이런 식당을 옵션으로 준비한 나에게도 박수를!

식사를 마치고 나오니 날이 저물었다. 숙소로 돌아오는 길이 무척 컴컴했다. 빅아일랜드는 워낙 화성 표면처럼 검은 암석이 많은 데다가 가로등마저 없다 보니 정말 칠흑 같았다. 게다가 여긴 도로 중간의 캐츠아이도 밝지 않았고 도로마저 구불구불해서 운전하기 상당히 어려웠다. 내가 밤눈이 좀 어두운 편이긴 하지만 여긴 심하다 싶을 정도로 어두웠다. 빅아일랜드는 다 좋은데 밤에 운전하면 안 되는구나 싶었다. 초보 운전자처럼 핸들을 두 손으로 꼭 쥐고 일 차선 도로를 조심조심 운전하고 있었는데 뒤따르던 차 세 대가 날 추월해갔다. 아무리 현지 사람들이라고 해도 이렇게 어두운 도로에서 샤샤샥 운전을 잘하는 것이 신기했다. 그때 옆에서 와이프가 바다 쪽을 보며

"저희가
노래 한 곡 하겠습니다."

노을이 예쁘다고 했다. 그 순간 깨달았다.

내가 선글라스를 끼고 있었구나. 어쩐지 너무 어둡더라. 밤엔 못생겨도 좋으니 선글라스를 좀 벗자. 이렇게 멋진 하와이 노을을 놓칠 뻔했다. 멋쟁이로 살기 힘든 곳이 하와이다.

FAMILY COMMENT

엄마 / 지영

곱디고운 모래사장은 사진으로만…. 바람 한 번 부니 고운 모래가 사방으로 날려서 썬크림 잔뜩 바른 피부에 달라붙고 아이들 머리카락 사이에서는 끊임없이 모래가 쏟아지네.

첫째 / 지우

새들이 많아서 과자를 던져주니 내 주위로 새들이 모여드는 게 너무 재미있었다. 바닷가에서 지아랑 모래를 뿌리며 재미있게 놀았는데 모래가 날려서 주위 사람들이 맞을까 봐 불안하기도 했다. 지아는 완전히 살아났는데 이제 내가 열이 났다. 저녁에 먹은 우동은 아픈 내가 먹어도 최고였다.

둘째 / 지아

새를 잡고 싶어. 나는 모래가 좋지만 모래가 날리는 건 싫어.

하와이 여행의 부작용, 이민 욕구

햇반 세 개, 곰국, 스팸, 계란으로 하와이에서의 마지막 아침을 해결했다. 정말 많은 음식을 가지고 왔는데 그걸 다 먹고 한국으로 돌아간다. 오늘의 가장 큰 미션은 와이프가 바다 수영을 하는 것이었다. 바다는 당연히 키카우아 비치였다. 와이프에게도 물고기가 물보다 많았던 장관을 보여 주고 싶었다. 그리고 키카우아 비치는 나무 밑 그늘이 충분해서 아이들을 데리고 놀기에도 딱 좋았다. 그런데 키카우와 비치 입구에 주차가 만차라는 푯말이 붙어 있었다. 하나우마 베이에서 해파리 때문에 들어갈 수 없었을 때보다 더 안타까웠다. 정말 딱 열 대만 허용하는 프라이빗한 곳이었다. 할 수 없이 다음 목적지를 탐색했다.

몇 개의 옵션이 있었지만 와이프가 수영을 즐기기 위해서는 모래사장이 있는 에메랄드빛 바다보다는 파도가 잔잔한 스노클링 포인트를 찾아야 했다. 빅아일랜드에서 스노클링 포인트로 유명한 두 곳, 카할루우 비치 파크 Kahaluu Beach Park 와 케알라케쿠아 베이 Kealakekua Bay 를 리스트에 올리고 저울질을 했다. 그런데 아무리 생각해도 케알라케쿠아는 철자와 발음이 너무 어려웠다. 내가 다녀온 곳의 이름을 제대로 말하지도 쓰지도 못하는 것은 용납할 수 없었다. 그래서 이름이 쉬운 카할루후 비치로 목적지를 정했다.

카할루우 비치는 부산 사람들도 외면할 만큼 멋이라곤 없는 곳이었다. 하지만 파도가 잔잔하고 물고기도 많았고 바다거북도 심심치 않게 나와서 유명한 곳이었다. 와이프와 지우가 사이좋게 물에 들어가고 나는 지아와 모래사장에 의자를 깔고 앉았다. 사실 모래사장이라고 부르기에도 민망한 자갈 위였지만 그늘이 있어서 자리를 틀었다. 와이프와 지우가 제법 오랫동안 잠수를 하는 모습을 보니 괜히 뿌듯했다. 나와 지아는 수박을 먹기 시작했는데 참새를 유혹하기 위해 수박 한 덩어리를 던져 놓은 지아는 기다리는 새는 오지 않고 당 떨어진 파리들만 몰려들어 속상해했다.

심심해하는 지아를 데리고 무릎 깊이까지 바다에 들어갔는데 파란색 복어처럼 특이하게 생긴 물고기가 우리 앞을 지나갔다. 노아가 옆에 있었다면 꼭 방주에 실으라고 했을 것 같은 뚱뚱하고 귀여운 물고기였다. 이곳에서는 예쁜 외모로 인기가 좋을 것 같았는데 마음이 후한지 우리 앞에서 20초간 머물며 충분히 감상할 시간을 준 후 천천히 사라졌다. 이 정도면 거의 스노클링을 한 것이나 다름없다.

와이프와 지우가 만족스러운 물질을 끝내고 나온 후, 나도 들어갈까 말까 살짝 고민을 했다. 특히 하와이 주 물고기를 보고 싶었는데 이 녀석의 이름이 끝내줬다. 물고기 이름이 재즈 스캣으로도 쓰일 법한 후무후무누쿠누쿠아푸아아 Humuhumunukunukuapua'a 라니 이 얼마나 스웩 넘치는 이름인가.

"마우이에는
무지개가 많았는데
빅아일랜드에는
동굴이 많네."

빅아일랜드에서의 수영은 여기서 마무리하기로 했다. 주위를 보니 집마다 엄마들이 아이들 뒤치다꺼리하느라 고생이 많았다. 이 땅의 모든 엄마들의 가슴속에 하와이 바다거북 한 마리씩 품고 돌아가길 빌었다.

이제 커피 샤크 The Coffee Shack 에 갈 차례였다. 내가 빅아일랜드 여행을 준비하면서 가장 가고 싶었던 레스토랑이었다. 카할루우 비치에서는 15분 거리였다. 저 멀리 캡틴 쿡 바닷가가 보이고 적당히 맛있어 보이는 음식과 초록색 도마뱀이 거니는 시골 식당이었다. 커피 샤크의 뷰는 기대했던 만큼 대단했다. 잭 스패로우 선장이 이 섬을 정복한다면 제일 먼저 이 식당에 와서 한 끼를 해결할 것 같은 분위기였다. 운이 따랐는지 창가 자리에 앉게 되었고 초록 도마뱀이 눈앞을 지나갔다. 도마뱀이 먹을 수 있게 구석구석 잼도 있었다.

식당 창문 밖으로 보이는 곳이 캡틴 쿡이었다. 요리를 잘하는 선장이었을 것 캡틴 쿡에 대해 찾아보았다. 알고 보니 콜럼버스, 마젤란과 함께 역사상 가장 위대한 선장 중 한 사람으로 칭송되고 있었다. 캡틴 쿡을 유명하게 만든 건 남극도 가고 이스터섬의 모아이와 하와이를 발견한 업적도 있었지만 괴혈병을 해결해 대항해 시대를 열었다는 것이다. 선원들의 건강을 위해 신선한 과일과 야채 식단을 준비했는데 결과적으로 비타민C를 풍부하게 섭취해서 괴혈병을 치료했다는 것이다. 뭔가 얻어걸린 느낌이지만 식단을 과감히 바꾼 결단과 리더십은 칭송받아 마땅했다.

역사의 아이러니가 캡틴 쿡에게도 있었다. 하와이를 발견한 것이 가장 큰 업적인 그가 하와이 원주민에게 무참히 살해된 것이다. 무엇이 하와이 원주민들을 그토록 화나게 만든 것일까. 도착하자마자 와이파이 비밀번호를 물어본 것은 아닐 테고 어쨌든 인생사 새옹지마다.

캡틴 쿡의 그림이 여기저기 붙어 있던 커피 샤크는 음식도 나쁘지 않았지만 코나 커피가 기억에 많이 남는다. 처음으로 커피가 맛있다는 생각이 들었다. 이 정도 맛과 풍미라면 나도 믹스 커피를 끊고 눈을 뜨면 커피부터 내리는 애호가 대열에 합류할 수 있을 것 같았다. 나중에 우리가 마신 게 어떤 커피인지 물어서 커피 원두까지 한 봉지 사 왔다.

지우와 지아에게 내일 집에 돌아가면 가장 먼저 뭐를 하겠느냐고 물었다. 지우는 신발을 벗겠다고 했고 지아는 손을 씻겠다고 했다. 틀린 말은 아니었지만 내 질문의 취지를 무색하게 만드는 시크한 대답이었다. 조금 더 구체적으로 말해보라고 재차 물었다.

SHACK

"신발 벗고 집 둘러보고 손을 씻을 거야."
"손 씻고 인사하고 책을 읽을 거야."

우리 딸들 공대 스타일인 듯하다. 그래도 가족 간의 대화는 더 이어가 보기로 했다. 이번 여행에서 가장 기억에 남는 것을 한 가지씩 말해 보라고 했다. 지우는 자전거를 탔던 것을 꼽았고 와이프는 화성의 표면 같았던 드라이브 코스라고 했다. 나는 키카우아 비치가 인상적이었고 지아는 딱 잘라 무지개라고 말했다. 10초 남짓 봤던 무지개가 가장 인상적이었다니 나머지 시간은 지아에게 어떤 의미로 남았던 걸까.

집으로 돌아가는 길에 첫날부터 눈에 들어왔던 동굴에 들렀다. 고속도로 중간에 생뚱맞게 있어서 매번 차를 세울 타이밍을 놓쳤었다. 이번에는 처음부터 서행을 하다가 제대로 차를 세웠다. 뾰족한 돌이 많아 조리 슬리퍼를 신고 내려가기 힘들었는데 지우는 성큼성큼 잘도 내려가더니 겁도 없이 동굴 속으로 혼자 들어갔다. 두레학교 숲속 산책 때 이보다 더 힘든 곳도 다녔다며 상당한 자신감을 보였다. 지아도 동굴에 들어가고 싶다고 떼를 썼지만 도저히 조리 슬리퍼를 신은 채로 지아를 안고 동굴 속으로 들어갈 자신이 없었다. 아직 어려서 들어갈 수 없다는 말로 지아를 달랬다. 다음에는 맨발이라도 지아를 안고 가야겠다.

하와이에서의 마지막 저녁은 괜찮은 곳에서 먹고 싶었다. 지금까지 세 번의 하와이 여행을 하면서 제대로 된 고급 레스토랑은 가지 않았다. 매일 아이들 밥을 챙기느라 고생한 와이프 손도 포크와 나이프를 한 번쯤 들어 봐야지. 우리가 동굴 탐험을 하는 동안, 와이프가 예약도 마쳤다. 지우와 지아에게 공주 식당에 가니 크게 떠들거나 함부로 뛰어다니면 안 된다고 정신 교육을 시켰고 예쁜 드레스도 입혔다.

식당 이름은 루스 크리스 스테이크 하우스 Ruth's Chris Steak House. 식당 안의 사람들은 모두 기분이 좋아 보였다. 그리고 다들 포멀한 차림새였다. 아이들은 드레스를 입었지만 정작 티셔츠와 모자를 눌러쓰고 온 나의 차림새가 살짝 부끄러웠다. 비록 드레스코드는 벗어났지만 가격표 따위는 보지 않고 음식을 시켰고 마음도 한없이 후해졌다. 두툼한 스테이크는 코스트코에서 사와 내가 그릴에 구웠던 고기들과는 차원이 다른 맛이었고 지우가 먹고 싶다고 한 디저트도 두 개나 시켰다. 팁도 처음으로 20%를 넘게 냈다. 다만 지아가 공주 식당에서 공주가 나오지 않았다고 실망했다.

하와이 여행을 자꾸 하다 보니 부작용이 생겼다. 하와이 이민 욕구가 자꾸만 커진다는 것이다. 식당에서 나오는 길에 부동산까지 구경했다. 지금까지 내가 가진 집은 미니홈피가 전부였지만 그래도 멋진 해변의 별장 하나쯤은 꿈꿔도 되잖아. 하와이 집값은 상당히 비싼 편이었다. 1980년대 일본 갑부들이 부동산을 싹쓸이할 때 첫 번째 가격 상승이 있었고 최근엔 중국 부호들이 바통을 이어받았다고 한다. 그래 봐야 강남 아파트값보다는 싸겠거니 했지만 괜찮은 집들은 30~50억 원 정도 하는 것을 보고 살포시 부동산 잡지를 덮었다. 하와이에는 벌레가 많아서 이민을 포기한 것으로 하자.

짐을 싸야 하는 시간이 돌아왔다. 남자는 세 번 운다고 하는데 난 이미 세 번 다 울었지만 한 번의 기회를 더 준다면 지금 울고 싶었다. 그동안은 이틀만 더 있으면 좋겠다고 생각했지만 아니다. 이제는 일주일이 더 필요하다. 와이프는 부지런히 세탁기를 돌려서 집에 가서는 빨래를 안 해도 된다고 좋아했다. 나도 돌아가서 좋은 일이 하나쯤은 있어야 하는데 딱히 떠오르지 않았다. 캐리어 속으로 짐도 구겨 넣고 헛헛한 내 마음도 함께 쑤셔 넣었다.

FAMILY COMMENT

엄마 / 지영

그래, 한 번쯤은 제대로 된 식당에서 칼질도 해야지. 티본 스테이크, 시금치, 와인, 디저트까지 모두 엄지 척!

첫째 / 지우

처음으로 엄마랑 같이 수영해서 좋았고, 물고기도 많이 봤다. 내가 엄마를 끌고 다니려고 했는데, 엄마가 생각보다 수영을 잘했다. 도마뱀 식당에서 색깔이 너무 예쁜 도마뱀을 만나서 신기했다. 옆에 중국인 가족이 있었는데 좀 시끄러웠다. 아빠랑 동굴에도 들어갔는데 동굴 안은 별거 없었다. 좋은 식당 간다고 옷을 차려입고 갔는데 가 보니 평범하게 입은 사람들도 많았다. 딸기에 불이 붙어 나오는 음식은 신기했다.

둘째 / 지아

도마뱀이 배추 같아. 초록색이야.

우리 집에 가지 말고 하와이에서 살자!

처음으로 새벽에 일어났다. 어제 싼 짐을 차에 싣고 마지막으로 아이들을 옮겼다. 새벽 이동이 필요할 땐 항상 옷을 입혀서 재운다. 아이들은 너무 피곤했는지 짜증도 부리지 않고 멍하게 뒷자리에 앉아 있었다. 지아는 갑자기 도마뱀 식당에 아침을 먹으러 가자고 했다. 아빠도 진심 또 가고 싶단다.

빅아일랜드에서는 새벽 운전이 처음이었는데 조깅하는 사람들이 정말 많았다. 다들 새벽에 일어나서 귀에 이어폰 하나씩 꽂고 조깅을 하고 있었다. 한두 명이 아니라 이 지역에 묵는 사람 중 우리 가족만 빼고 그동안 모두 뛰었던 것 같았다. 그냥 지나칠 수도 있는 장면이었지만 내게는 신선한 충격이었다. 누군가와 외모로 대결해서 오징어가 되는 건 상관없는데 생활습관으로 주꾸미가 되어 버리니 반성이 되었다. 나도 이제 조깅을 해 봐야겠다.

렌터카를 반납할 때 주유 경고등이 켜진 상태로 반납했다. 이렇게 완벽하게 연료를 다 쓰고 반납하는 건 수학의 신 피타고라스에게도 어려운 일일 것이다. 이런 것도 여행의 소소한 재미다. 차를 반납하고 짐을 셔틀버스로 옮긴 다음 공항으로 가려는데 유모차가 보이질 않았다. 와이프가 아이들에게 물어보면 반대할 게 뻔해서 렌터카를 반납할 때 몰래 버렸다고 했다. 10년 동안 수고했다는 인사도 못한 채로 유모차와 작별을 했다. 좋은 사람이 주워가서 또 몇 년 동안 세계여행을 다니기를 빌어 주었다.

이번에도 아이들이 자리 때문에 신경전을 벌였다. 지아는 창가에 앉는

“아빠, 비행기가 왜 이래? 다시 접어 줘.”

것은 물론 옆자리에 엄마가 앉기를 원했다. 지우도 창가에 앉고 싶어 했다. 결국 둘 다 하나씩 양보하여 창문부터 지아, 지우, 엄마 순으로 앉았다. 난 반대편 좌석에서 아기를 안은 아주머니와 함께 앉았다. 아빠를 옆에 두겠다고 싸운 적은 단 한 번도 없었다.

오아후에 도착해 수화물을 미리 다 보내고 나니 우리에겐 3시간 정도의 자유 시간이 남았다. 그냥 멍하니 있을 수 없어 와이키키로 향했다. 셔틀버스, 택시, 우버 등을 놓고 고민하다 일단 택시를 탔다. 공항에서 와이키키까지 20분 정도의 거리에 팁까지 더해 45달러가 나왔다.

하와이 여행의 마지막을 장식하기로 약속한 더 베란다로 갔지만 입구에서 지우가 다른 곳에 가고 싶다고 했다. 그래, 여행에서 패턴을 구축하기에는 아직 이른 나이이다. 조금 걸어가 보니 치즈케이크 팩토리 Cheesecake Factory 라는 가게가 나왔다. 난 왠지 이름이 낯이 있어서 한국에도 매장이 있는 프랜차이즈 식당이라고 생각했는데 와이프가 한국에는 없고 예전부터 오고 싶었던 곳이라고 했다. 그렇다면 더 망설일 이유가 없었다. 10시 오픈과 동시에 들어가서 가장 좋은 야외 자리에 앉았다. 이것저것 주문했는데 하와이에서 제일 맛있는 햄버거가 이곳에 숨어 있었다. 가격도 합리적이고 온 가족의 입맛을 모조리 저격하는 음식이었다. 하와이 여행 루틴으로 정했던 두 곳 중 여행의 시작을 여는 헤븐리는 1차 방어전에 성공했지만 여행의 마무리를 맡은 더

베란다는 2차 방어전에서 치즈케이크 팩토리에 왕좌를 내주고 말았다.

식사 후엔 와이키키 해변 근처 공원으로 가서 나무 그늘 밑에서 늘어졌다. 이젠 필요 없는 바우처가 인쇄된 A4 용지로 비행기를 접어 주니 지우, 지아는 비행기를 날리며 한참을 뛰어놀았다. 어릴 때 신문지로도 접고 공책으로도 비행기를 접어 봤는데 A4 비행기는 성능이 영 별로였다.

다시 공항으로 돌아갈 때는 택시가 아니라 우버를 이용했다. 가격은 32달러였다. 다음번에 하와이에서 이동 수단을 골라야 한다면 무조건 우버다.

지아에게 한 번 더 집에 돌아가면 무엇을 할지 물었다.

"어… 어… 신발 벗고 집안 둘러보고 손 씻고 함박이 책 보고 간식 먹고 할머니 할아버지한테 인사하고 밥 먹고 치카치카하고 잘 거야."

들어갈 건 다 들어가 있었다. 다만 어른들에게 인사가 너무 늦구나. 이렇게 여행이 마무리되었다. 다음 여행 때까지 우리 가족은 얼마나 더 성장해 있을까.

FAMILY COMMENT

엄마 / 지영

1년 동안 또 열심히 적금 들어야지. 유럽 사람들이 1년 동안 돈을 아끼고 아껴서 제대로 된 여름 휴가를 간다는 내용을 어디선가 읽은 기억이 난다. 그걸 보고 우리 부모님은 돈을 모아서 집을 사고 재테크를 해야지 왜 여름 휴가를 가는지 모르겠다고 하셨다. 시간이 흐르고 내가 나이가 드니 쿨한 유러피안처럼 살고 싶더라. 모르겠다. 나중에 시간이 아주 많이 흐르고 난 뒤 지금을 어떻게 평가할지…. 하지만 나는 앞으로 몇 년 동안은 354일 절약하고 11일 동안 올인하고 싶다. 결국, 남는 건 추억이니까.

첫째 / 지우

하와이에서 보내는 마지막 날은 항상 속상하다. 이번에도 내가 창가에 앉고 싶었지만 지아가 비행기에서 울면 다른 사람들에게도 피해가 갈까 봐 자리를 양보했다. 다음 하와이 여행이 빨리 왔으면 좋겠다.

둘째 / 지아

비행기에서는 집이 조그맣게 보여. 우리 집에 가지 말고 하와이에서 살자.

빅아일랜드 지역별 추천 코스

1. 와이메아 지역 추천 코스

- Ⓐ Kohala Mountain Road / 코할라 마운틴 로드
- Ⓑ Waimea / 와이메아
- Ⓒ Hapuna Beach / 하푸나 비치
- Ⓓ Mauna Lai / 마우나 라이
- Ⓔ Waikoloa / 와이콜리아

2. 칼라오아 지역 추천 코스

- Ⓕ Kikaua Beach / 키카우아 비치
- Ⓖ Kona International Airport / 코나 공항
- Ⓗ Mauka Meadows Coffee Farm / 도토루 마우카 메도우즈 커피 공장
- Ⓘ Kahaluu Beach Park / 카할루우 비치 파크
- Ⓙ The Coffee Shark / 커피 쉑

THIRD HAWAII TOUR
Big Island
2017.07.13 ~ 07.2

3. 칼라파나 지역 추천 코스

- Ⓚ Mauna Kea / 마우나케아산
- Ⓛ Saddle Road / 새들로드
- Ⓜ Suisan Fish Market / 수이산 피쉬 마켓
- Ⓝ Poke To Your Taste / 포케 투 유어 테이스트
- Ⓞ Carl Smith Beach / 칼스미스 비치
- Ⓟ Mamalahoa Highway / 마말라호아 고속도로
- Ⓠ Ahalanui County Beach Park / 아할라누이 카운티 비치 파크
- Ⓡ Kaimu-Chain Of Craters Road / 카이무 체인 오브 크레이터스

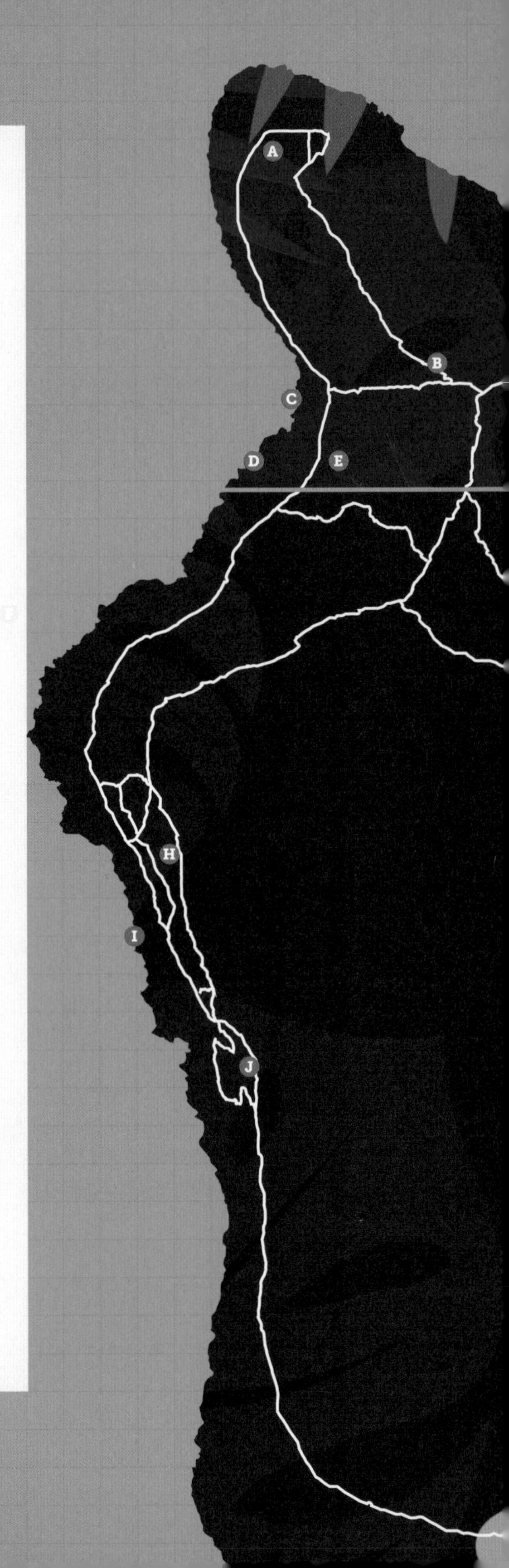

Kalaoa
칼라오아 지역

Waimea
와이메아 지역
하와이 섬 전체지도
K
L
M
N
O
P
Q
R
kalapana
칼라파나 지역

빅아일랜드 베스트 드라이브 코스

① 와이메아에서 하푸나 비치까지, 마말라호아 국도 Mamalahoa High way
스머프 마을 같은 와이메아 지역에서 눈을 정화한 후 서쪽으로 향하다 마침내 바닷가가 눈앞에 펼쳐진다. 이 황홀한 광경에 어울리는 감탄사는 아니지만 나도 모르게 튀어나왔다. "Big! Big island!" 저녁 노을 시간에 맞춰서 드라이브한다면 감동은 배가 된다.

② 새들 로드
빅아일랜드를 대표하는 드라이브길. 화산암과 농장의 절묘한 조화로 죽음과 생명의 기운을 모두 느낄 수 있다. 가장 높은 곳이 해발 2,000m이니 차에서 내리면 시원한 바람이 기다리고 있다. 검은 화산암 배경에 머리카락을 찰지게 흩날려 주는 바람 덕분에 인생 사진을 건질 수 있는 곳.

③ 카포호 로드 Kapoho Road**와 칼라파나-카포호 로드** Kalapana-Kapoho Road
다소 심심한 힐로에서 드라이브 길을 찾는다면 힐로에서 남쪽으로 내려가는 이 길이 새로운 즐거움이 될 수 있다. 하나 로드가 상급자를 위한 밀림 코스라면 이 길은 초보자용 밀림 코스가 기다리고 있다. 적당한 곳에 차를 세우고 힐로에서 미리 사 온 포케 한 접시를 먹는다면 금상첨화!

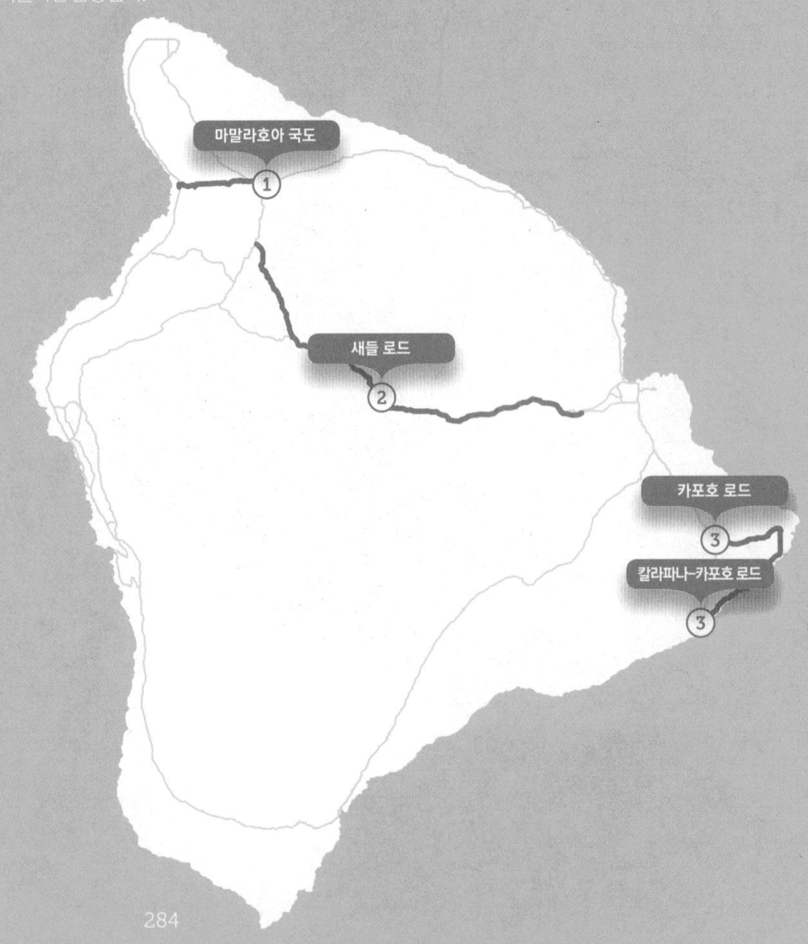

TOTAL COST

/ 세 번째 하와이 여행 총경비 /

항공권 2,600,000원

하와이안 항공 이코노미 클래스
* 오하우 / 빅아일랜드간 주내선은 대한항공 마일리지 이용

숙박 2,510,000원

오하우 알라모아나 호텔 3박 300,000원/day
빅아일랜드 VRBO 7박 230,000원/day

렌트 645,000원

오하우 중형 SUV 75,000원/day
빅아일랜드 중소형 세단 60,000원/day

환전 1,200,000원

식비 및 마트 쇼핑 800,000원

쇼핑, 선물 500,000원

총경비 ₩ 7,855,000

하와이 마트 정리

❶ 코스트코 COSTCO

코스트코 하와이점과 코스트코 상봉점은 거의 똑같다. 식재료가 싸고 가격대비 퀄리티가 훌륭하나 신혼 여행객이나 호텔에서 숙박하는 관광객에게는 추천 하지 않는다. 대신 부엌딸린 집을 빌려 가족 단위로 여행한다면 하와이에 도착하자마자 들려야 하는 성지같은 곳이다. 물과 음료수, 과일, 채소, 고기, 달걀 등을 대량으로 사고 일본에서 나온 햇반과 종가집 김치도 추천한다. 커피와 초콜릿, 비타민도 대량으로 팔기 때문에 선물을 사기에도 괜찮다. 물놀이 도구들은 품질이 좋으나 가격은 타겟 , 월마트보다 조금 더 비싼 편이다.

❷ 홀푸즈마켓 WHOLE FOODS MARKET

지역 특산품과 현지 채소와 과일이 진열되어 있다. 아이 허브 www.iherb.com 에서만 보던 유기농 제품을 눈으로 보고 만질 수 있는 곳. 샴푸에서 맥주까지 유니크한 아이템이 가득했다. 아마존이 괜히 홀푸즈 마켓을 15조 원에 인수한 게 아니었다. 식료품 코너에서는 따뜻한 음식을 테이크아웃할 수 있도록 무게로 재서 팔았다. 오하우에서 라니카이 비치나 카일루아 비치를 방문할 계획이라면 근처 홀푸즈마켓에 들러 점심거리를 사서 해변에서 먹는 것도 좋을 것 같다. 유기농 햄버거 패티를 먹어 보지 못한 게 두고두고 아쉽다.

❸ 아울렛 오브 마우이 OUTLET OF MAUI

오하우 와이켈레 아울렛보다 브랜드는 적지만 브랜드가 겹치지 않고 할인율도 높다. 라하이나에서 관광하거나 식사를 할 경우, 아울렛 오브 마우이에 주차하고 이곳에서 쇼핑하는 것도 좋은 방법이다. 하와이안 항공 티켓, 신용카드 등 여러 프로모션을 많이 진행하는 곳이기 때문에 사전 검색은 필수!

❹ 로스 ROSS

오렌지 팩토리 느낌의 아울렛으로 여행객 사이에서 호불호가 강하게 나뉜다. 로스에서 효율적으로 쇼핑하기 위해서는 가족의 사이즈를 미국 기준표에 맞춰 숙지한 다음 할인 코너를 집중 공격해야 한다. 아이들 장난감, 양말, 인테리어 소품, 주방용품 코너도 열심히 뒤지다 보면 득템 거리가 많다.

⑤ 세이프웨이 SAFEWAY

마트와 ABC 스토어 중간 사이즈로 우리나라 동네 슈퍼 분위기다. 같은 세이프웨이라도 오하우보다는 노스 쇼어 쪽이 조금씩 더 저렴했다. 세이프웨이 멤버십 카드는 빨간색인데 꽤 이쁘기도 하고 할인이 되니 무조건 만들기를 추천!

⑥ 와이켈레 아울렛 WAIKELE OUTLET

고급 명품 브랜드가 없는 프리미엄 아울렛이지만 중급 브랜드(코치, 레스포삭, 폴로, 캘빈 클라인 등)가 많아서 큰 부담 없이 쇼핑할 수 있다. 고급 브랜드는 와이켈레 아울렛 내 삭스 피프스 애비뉴 Saks Fifth Avenue에 모여 있다.

⑦ ABC 스토어 ABC STORE

식료품을 포함해서 화장품, 수영복까지 판다. 가격은 다소 비싸지만 대량 구매가 필요없는 여행객에게는 안성맞춤이다. 와이키키 거리를 포함하여 일본 관광객이 많이 가는 동네에는 꼭 하나씩은 있다.

⑧ 알라모아나 ALA MOANA

백화점, 마트, 로드숍, 호텔이 연결된 초대형 쇼핑몰. 이곳을 제대로 둘러보려면 3일은 걸린다고 한다. 우리 가족은 디즈니숍과 세포라, 빅토리아 시크릿만 이용했다.

⑨ 타겟 TARGET

우리나라의 이마트와 느낌이 비슷하다. 정리가 잘 되어 있고 소량으로 팔기 때문에 구매에도 큰 부담이 없다. 식료품부터 패브릭까지 천천히 둘러보면 충동 구매하기 좋은 상품이 즐비하다. 과일은 복불복이었다. 딸기는 단맛이 없었고 포도와 오렌지는 맛있었다.

⑩ 월마트 WALMART

타겟보다 어수선한 느낌이다. 근처에 타겟이 있다면 타겟으로!

네 번째 하와이를 꿈꾸며,
세 번의 하와이 추억을 사랑하는 가족에게 바칩니다.